Ne jamais dire jamais

Promesses éternelles

Carrie Ann Ryan

Ne jamais dire jamais

Promesses éternelles, tome 1

Carrie Ann Ryan

Ne jamais dire jamais
Promesses éternelles
de Carrie Ann Ryan
© 2020 Carrie Ann Ryan

eBook ISBN : 978-1-63695-274-1
Print ISBN: 978-1-63695-275-8

Traduit de l'anglais par Alexia Vaz pour Valentin Translation

Pour plus d'informations, abonnez-vous à la LISTE DE DIFFUSION de Carrie Ann Ryan.
Pour communiquer avec Carrie Ann Ryan, vous pouvez vous inscrire à son FAN CLUB.

CHAPITRE UN

Hazel

Je ne pouvais pas me permettre d'être en retard aujourd'hui. J'avais promis d'arriver à l'heure parce que tout le monde avait des réunions et d'autres rendez-vous après la pause café, et je ne pouvais pas être celle qui les retiendrait. Le fait que j'aie grillé tous les feux rouges en venant ici et qu'un étudiant soit venu me poser une question au moment où je me dirigeais vers ma voiture ne changeait rien. J'étais restée plus tard que je ne le voulais, surtout parce que je n'aurais jamais laissé un étudiant en plan. Il avait des questions légitimes, et même si j'avais fait trente minutes de plus que prévu, j'avais l'impression de l'avoir aidé à résoudre quelques problèmes pour qu'il puisse travailler sur les autres tout seul. Heureusement, cet élève était aussi celui qui posait des questions pointues, ce qui le faisait réfléchir.

Cela ne se produisait pas toujours avec certains de mes étudiants à l'UB.

Même si je les aimais vraiment et que j'étais contente de les aider, cela impliquait que j'étais désormais en retard.

Je détestais être en retard.

Je traversai la rue, m'éloignant du parking public, agacée de ne pas avoir pu trouver une place devant le café de Dakota, le Boulder Bean.

J'adorais vivre à Boulder, l'ambiance de ville universitaire apportée par l'université centrale qui occupait la majeure partie du centre-ville et ma petite université qui se trouvait dans un petit coin. Boulder était bizarre, du moins c'était ce que tout le monde disait. J'étais plutôt d'accord. Mais après avoir essayé de trouver un endroit qui m'appelle, j'avais besoin du bizarre, de me sentir un peu chez moi.

Je n'avais plus de famille. Je n'avais pas d'endroit où me sentir chez moi en dehors de ça, de Boulder.

J'aimais ma nouvelle ville, même si elle n'était plus tout à fait nouvelle, vu que j'étais là depuis assez longtemps. Je m'étais fait des amies, des personnes que j'aimais vraiment. Un cercle restreint qui m'attendait parce que je n'arrivais pas à trouver une putain de place pour me garer. Se garer était presque toujours un cauchemar.

Boulder s'était développée au fil du temps, et ça devenait un peu ridicule maintenant. J'avais du mal à trouver mon petit coin d'intimité et de paix.

Le tourisme se développait parce que je vivais dans l'un des plus beaux endroits du monde. Les montagnes étaient juste derrière moi, les contreforts étaient magnifiques et semblaient avoir été peints à l'horizon.

J'avais essayé de prendre des photos, mais ça n'avait pas marché. Une photo ne pourrait jamais capturer la véritable beauté.

J'aimais Boulder. J'aimais le chez-moi que j'avais été forcée de me faire. Je n'appréciais pas le fait que tout le monde déménage à Boulder avec sa mère. J'étais peut-être techniquement une trans-plantée, mais j'aimais penser que c'était mon nouveau chez moi. S'il n'en tenait qu'à moi, les autres resteraient à l'écart une minute pour que je puisse en profiter. Je savais que je faisais partie du problème — je n'étais pas née ici, après tout — mais je ne comptais pas trop y penser.

Je tournai au coin d'une rue et je fonçai dans un torse imposant.

Je retins un juron, surtout parce que je n'avais pas regardé où j'allais, tout comme lui, manifestement. Il saisit mes coudes, les serrant très légèrement. Mon cœur s'emballa à cause de ce contact indésirable et inattendu, et je me figeai, toutes les leçons de self-défense que j'avais prises quittant soudain mon esprit alors que je tentai de reprendre mon souffle. Puis je levai les yeux, et encore un peu plus haut, sur l'homme en face de moi.

Il était rasé de près, portait un costume parfait, sa cravate fine était terminée par un nœud élégant au niveau du cou. Il me sourit, ses yeux étaient pleins de chaleur... et de quelque chose d'autre que je ne voulais pas nommer.

J'étais devenue habile à déduire ce qu'un homme pensait quand il me regardait.

Je n'aimais pas ce que je vis chez cet inconnu.

— Bonjour, dit-il d'une voix grave, avec un léger accent. Irlandais, peut-être ? Ça ne sonnait pas juste, cependant. Non, on aurait dit qu'il avait regardé un peu trop la télévision britannique et qu'il avait décidé de prendre un accent.

Ses mains toujours sur moi, ne semblant pas vouloir me lâcher, mon cœur s'emballa, et des images d'autres mains m'apparurent, me remuant jusqu'aux os. Mais ce n'était pas ses mains. Ce n'était pas *lui*. Il fallait que je m'en souvienne.

— Désolée, dis-je, m'en voulant de m'excuser puisque nous étions tous deux fautifs et avions agi trop vite. Mais j'étais tombée sur cet inconnu tout comme il était tombé sur moi, alors peut-être qu'il fallait que je m'excuse de toute façon.

— Pas besoin de l'être. C'est sympa d'être... tombé sur vous.

Je tentai de m'éloigner, mais il garda ses mains sur moi comme pour me retenir.

J'essayai de ne pas laisser la bile se frayer un chemin dans ma gorge.

— Excusez-moi. Je dois y aller.

— Je veux juste être sûr de ne pas vous avoir fait mal. Après tout, on s'est cognés assez fort. Ce sera une histoire drôle que nous pourrons raconter à nos enfants un jour. Vous ne croyez pas ? Il fit un clin d'œil, et je clignai simplement des yeux.

C'était censé être une réplique pour me faire comprendre qu'il ne voulait toujours pas me lâcher ?

Je pris une grande inspiration et je me contorsionnai dans ses bras pour qu'il soit *obligé* de bouger son poignet pour ne pas risquer de se le casser.

Il fit un pas en arrière et fronça les sourcils en me regardant.

— Qu'est-ce qui vous prend ?

Mon pouls battait dans mes oreilles.

— Merci d'avoir veillé à ce que je ne tombe pas, mais tout va bien, maintenant. Passez une bonne journée.

Je fis un pas en avant pour passer devant lui, mais il saisit à nouveau mon bras.

— Je voulais juste m'assurer que vous alliez bien. Ça n'est pas la peine d'être hostile. Je ne suis pas dangereux. Je ne suis pas ce *genre* de gars.

— Bien sûr. Passez une bonne journée. J'avançai à nouveau. Cette fois, son autre main descendit et empoigna mon cul.

Je me figeai et me tournai vers lui.

— Vous êtes sérieux là ? lui demandai-je, mon cœur s'emballant, une boule dans la gorge.

— Si tu dois me traiter comme un obsédé, autant que j'en retire quelque chose. Il plissa les yeux. Salope !

Puis il me poussa très légèrement, et je vacillai sur mes talons avant qu'il ne se retourne et ne s'éloigne. Personne ne remarqua l'interaction, tout le monde était trop occupé avec son téléphone et sa propre vie.

Personne n'avait vu qu'il m'avait agressée, traité de salope, et qu'il avait failli ne pas me laisser partir. Si je n'avais pas su comment me libérer de cette prise....

J'avais les lèvres sèches et je savais que je transpirais. Je pris une profonde inspiration et courus presque jusqu'au café, en espérant que mes amies soient déjà là puisque j'étais en retard. Même si j'espérais qu'elles soient arrivées avant moi au café, j'avais aussi besoin d'un moment pour me ressaisir. Les autres n'avaient pas besoin de me voir comme ça.

Personne n'en avait besoin.

Elles pourraient comprendre parce qu'elles connaissaient mon passé, du moins en grande partie, mais je ne voulais pas en parler.

Je voulais oublier chaque souvenir, chaque moment douloureux, tout ce qui concernait cette époque. Je n'avais pas besoin d'en reparler, même avec les femmes que je considérais comme ma famille.

Je fis un signe de tête à quelques personnes et je plaquai un sourire sur mon visage qui, je le savais, avait probablement un air un peu dément. Peu importe, elles sourirent en retour. Les habitants de Boulder étaient plutôt amicaux si on les testait.

Je me dirigeai rapidement vers l'entrée du Boulder Bean, un petit magasin mignon avec des marques de café affichées sur les vitrines et une petite tasse à café avec de la vapeur qui s'échappait du sommet en tant que logo.

Je respirai, rejetai mes épaules en arrière et je me dis que tout allait bien, que tout était normal. Puis, j'entrai.

Il y avait des tables éparpillées, et quelques box avec des banquettes confortables le long des murs.

Certaines personnes travaillaient sur leur ordinateur portable, d'autres regardaient leur téléphone ou étaient simplement là pour prendre un café. Un couple d'étudiants travaillait avec des manuels et des cahiers devant eux, leurs ordinateurs portables fermés, ce qui donnait l'impression qu'ils faisaient peut-être des maths. Ce n'étaient pas mes étudiants, mais j'avais presque envie d'aller voir sur quoi ils travaillaient.

J'étais professeur de mathématiques. Cela m'apaisait de travailler avec les chiffres, surtout quand parfois je ne me sentais pas du tout apaisée.

Je regardai au fond, dans le box le plus proche du comptoir, et je souris aux trois femmes assises là.

Dakota, la propriétaire du Boulder Bean et mon amie, se leva et s'approcha, en me regardant les yeux plissés.

Je savais que Dakota venait d'une vie bien différente de la mienne. Bien que nos chemins se soient croisés à cause d'un incident en rapport avec ce qui m'était arrivé, nous n'en parlions pas.

Nous avions fait de notre mieux pour oublier nos passés, chacune d'entre nous, et ça me convenait.

Nous étions amies parce que nous voulions l'être, pas parce que nous voulions partager nos secrets les plus profonds et les plus sombres.

— Salut, j'étais sur le point de t'appeler. Tu vas bien ? demanda Dakota, en tendant le bras et en m'embrassant. Je lui rendis son étreinte et je respirai son parfum. Elle sentait la cannelle, les grains de café et la vanille, aujourd'hui.

Le Boulder Bean était principalement un magasin de café, avec à peu près tous les types de café que vous pouviez imaginer. Ils faisaient aussi un bon chiffre avec le thé, principalement parce que Dakota aimait le thé, mais le café était leur fonds de commerce.

Il y avait aussi quelques snacks, des choses que Dakota faisait dans l'arrière-boutique ou qu'elle commandait à une petite boutique voisine. Mais elle faisait de son mieux pour que le Bean soit un vrai café, surtout parce qu'il y avait assez de bars dans le coin et qu'elle voulait se démarquer un peu.

— Désolée, j'ai été retardée au travail. Excuse-moi.

Dakota plissa les yeux.

— Tu es toute moite et pâle. Que s'est-il passé ?

Je souris simplement.

— C'est sympa de savoir que je ne ressemble à rien.

— Arrête d'être évasive, dit Paris en se glissant hors du box, Myra juste derrière elle.

Nous étions toutes les quatre devenues amies il y a quelques années, bien que j'aie rencontré Paris à l'université et que je connaisse Myra depuis que nous étions jeunes. Nos familles vivaient l'une près de l'autre, et vu le genre de famille que nous avions, cela signifiait que nous étions toujours obligées d'assister aux mêmes fêtes et aux mêmes événements de la haute société.

Ce n'était pas ce que je préférais. Cependant, Myra et moi étions proches, même si nous avions quelques années d'écart à l'école.

Paris avait été avec moi dans plusieurs cours à l'université. Dakota possédait ce café. Quand j'étais venue avec Paris un jour pour qu'on se voie, nous avions entamé une conversation avec Dakota, et tout avait fait boule de neige à partir de là. Quand Myra était revenue ici, nous avions renoué tout de suite, et maintenant c'était nous quatre contre le monde entier.

Du moins, c'est ce que nous nous étions dit.

— Laissez-moi prendre un café, et je vous expliquerai tout.

— Qu'est-ce qui te ferait plaisir aujourd'hui? demanda Dakota, en reculant pour que Paris et Myra puissent me serrer dans leurs bras.

Je les serrai très fort, en fermant les yeux juste une minute pour pouvoir prétendre que je n'étais pas encore secouée ou sur le point de vomir.

— J'aimerais bien un latte à la vanille.

— C'est facile. Je peux te faire ça. Maintenant, va t'asseoir. Il y a déjà une assiette de pâtisseries parce que... pourquoi ne pas simplement nous attaquer avec du sucre?

J'ai souri à Dakota qui s'éloignait, puis j'ai suivi Paris et Myra jusqu'à notre box. Nous ne nous asseyions pas toujours ici, mais c'était l'endroit le plus pratique pour nous lorsque Dakota devait encore travailler.

Comme le personnel de Dakota était en service, et que Dakota n'avait techniquement pas besoin d'être derrière le comptoir aujourd'hui, je voyais bien que mon amie voulait faire nos cafés elle-même.

Son personnel s'en fichait, du moins c'est ce qu'ils m'avaient dit. Ils savaient que Dakota était juste tatillon quand il s'agissait de ses amis et de sa famille.

Non pas que Dakota ait beaucoup de famille, mais elle était tout aussi secrète que nous.

— Tu veux bien nous dire ce qui s'est passé ? demanda Paris, en levant un sourcil.

— Attendons que Dakota soit là, dis-je, sachant que je ne m'en sortirais pas. Franchement, je voulais juste que ça sorte de ma poitrine. Ce qui s'était passé dans la rue n'était pas la raison pour laquelle nous étions ici aujourd'hui, alors je devais juste surmonter ce petit incident. Ça n'était pas comme si c'était la première fois que quelque chose comme ça m'arrivait. Je retins un frisson. Malheureusement, c'était déjà arrivé. Et des incidents comme celui-ci se produisaient quotidiennement dans le monde entier. Les femmes ne sont jamais en sécurité. Pas vraiment.

N'était-ce pas une pensée que je voulais avoir à ce moment-là ? Je soupirai.

— Voilà ton latte. Maintenant, dis-nous ce qui s'est passé, dit Dakota en prenant place dans le box. Elle était dos au mur, sa position habituelle pour pouvoir regarder dans le café.

Je pris une grande inspiration et j'essayai d'avoir l'air aussi décontractée que possible, même s'il n'en était rien.

— Oh, j'ai juste été accostée en chemin. Mais je vais bien. Tout le monde se mit à parler en même temps, et je levai les deux mains. Une seconde. Je soulevai la tasse en céramique, soufflai dessus, et pris une gorgée. Je gémis, fermai les yeux et mis la tête en arrière. *Franchement, le meilleur café du monde.*

Dakota se pencha en avant.

— Merci. Maintenant, reviens sur ce que tu viens de dire à propos du fait d'être accostée.

Je racontai ce qui s'était passé, et les yeux de Paris n'étaient plus que deux fentes à la fin de mon histoire. Elle essayait déjà de pousser Dakota hors du box comme si elle voulait retrouver l'homme et l'attaquer, mais je levai à nouveau les mains.

— C'est bon. Sérieusement. Oublions ça. Je ne vais pas porter plainte, même si je le revois un jour. C'est juste quelque chose qui est arrivé.

— Ça n'aurait pas dû arriver du tout, déclara Myra.

— Mais nous savons toutes les deux que c'est le cas. C'est bon. Je ne le reverrai jamais. Si ça arrive, je lui donnerai sans doute un coup de pied dans les couilles.

— Tu aurais dû le faire aujourd'hui, putain, dit Paris, la voix basse, car elle ne voulait pas jurer au milieu du café.

Dakota était celle qui me faisait peur, cependant. Elle n'arrêtait pas de me regarder, le regard intense.

— Il n'y a pas eu de mal. Je vais bien.

Dakota inclina la tête, étudiant mon visage.

— C'est bien. Si ce n'était pas le cas, on irait trouver cet homme, et on lui couperait la queue. Elle sourit en disant ça, mais je me figeai une seconde avant que tout le monde éclate de rire.

— Vous savez, c'est toujours les plus calmes et les plus douces... dit Myra en sirotant son thé.

— Je ne suis pas douce, et nous le savons toutes les deux. Je ne peux pas élever un petit garçon toute seule et être douce.

— Non, je suppose que non, dis-je avant de me frotter les tempes. Assez parlé de moi. On est venues ici pour parler de notre projet. Cependant, j'ai presque l'impression qu'après aujourd'hui, je ne devrais peut-être pas participer.

— Non, aucune de nous ne va faire marche arrière.

Paris sortit son agenda et regarda les notes qu'elle avait prises auparavant.

— On va finaliser ce plan. Parce que les rencards, ça craint, les sites de rencontres, c'est pire, et toute la population masculine s'est réduite à genre, quatre célibataires. On doit les trouver.

— J'espère qu'il y en a au moins quatre, répondit Myra en tapant sa cuillère sur la serviette devant elle. S'il y en a moins, on va devoir partager. Et bien que j'admire les triades, je ne suis pas du genre à partager, dit Myra, et j'éclatai de rire. Ça faisait du bien de sourire et de rire, et c'était généralement le cas avec ces filles.

— Donc le plan... continua Paris.

— Le plan, reprit Dakota.

— Le plan c'est qu'on va se trouver mutuellement des rencards, dit Paris sérieusement.

— Les rendez-vous arrangés, ça craint, dis-je.

— Tu as déjà eu un rendez-vous arrangé ? demanda Paris.

— Non, mais ça ne veut pas dire que ça ne craint pas. Sortir avec un gars c'est déjà assez effrayant. Mais sortir avec un inconnu ?

— Un inconnu que nous trouverons pour toi. Il y a des hommes dans nos vies professionnelles, à la gym, à l'épicerie, partout. Beaucoup sont gentils. On l'a toutes dit dans le passé. Mais ils ne nous conviennent pas pour une raison ou une autre. On va faire en sorte que ça se passe et que ça fonctionne pour le reste d'entre nous.

— Donc... des rendez-vous arrangés. C'est ce qu'on va faire ?

J'étais déjà nerveuse, et après ce qui venait de se passer, je n'étais pas sûre de vouloir continuer à faire partie de tout ça. Mais ça faisait trop longtemps que je n'étais pas sortie avec quelqu'un, et ça me manquait. Oh, j'avais peut-être encore quelques craintes, mais ça me manquait d'avoir une relation. Ça me manquait d'être prise dans des bras. Bon sang, le sexe me manquait, mais ce n'était pas quelque chose que j'allais dire à voix haute.

— Pas seulement des rendez-vous arrangés, corrigea Myra. Peut-être qu'il y a quelqu'un que tu connais déjà et qui, selon nous, serait bien pour toi ?

— Qu'est-ce que tu veux dire ? demandai-je prudemment.

— On a déjà parlé de ça, dit Dakota. On va être ouvertes aux rencontres. S'il y a un homme dans l'une de nos vies qui, selon nous, conviendrait à l'une ou l'autre, c'est un début. Ou peut-être qu'on aidera chacune à aller dans la bonne direction. Dakota fronça les sourcils. Pas... forcément la bonne, mais au moins une correcte. Tu sais, trouver quelque chose qui favorise activement une relation saine. Dakota continuait à remuer son café. Je n'étais même pas sûre qu'elle en ait déjà pris une gorgée.

— Oui, des relations saines, aimantes et torrides, dit Paris en tapotant ses notes. On en a déjà discuté. Aujourd'hui, on est là pour revoir les règles finales et pour tirer à la courte paille.

— Est-ce qu'on a besoin de règles? demandai-je, un peu inquiète maintenant que tout cela devenait réel.

— Tu es mathématicienne, dit Paris. Tu aimes les règles.

— Je sais, mais je ne sais pas si j'ai envie d'introduire les maths dans mes relations, dis-je en riant. Je marquai une pause. Les maths dans une relation, ça a l'air plutôt sexy, mais je suis une intello coincée, c'est mon quotidien.

— Je suis presque sûre qu'on l'est toutes à ce stade, surtout si nous poursuivons activement ce type de plan, dit Myra, d'une voix apaisante et toujours un peu classe.

— Qu'est-ce qu'on fait?

— On va travailler en groupe pour trouver à chacune son conte de fées, déclara Dakota, en hochant la tête. Parce que nous sommes quatre femmes étonnamment intelligentes, fortes et belles. Elle accéléra sur le dernier mot et Paris pouffa.

— Tu es magnifique, dit-elle. Ne commence pas avec tes « vous êtes tellement jolies et je suis juste ordinaire. Tu es magnifique, alors merde, ferme-la.

Je pouffai et pris une gorgée de café.

— Pour une femme aussi douce, ta bouche me surprend parfois, dis-je.

Paris leva un seul sourcil.

— Je ne pense pas que quelqu'un m'ait déjà qualifiée de douce, dit-elle avant de baisser à nouveau les yeux sur ses notes.

— On doit toutes écrire les caractéristiques que nous recherchons chez un homme. Même si on en a déjà parlé, on va vérifier. Ensuite, on va tirer à la courte paille et réfléchir chacune d'entre nous, une par une. Cependant, au fur et à mesure, si on trouve quelqu'un de parfait en cours de route, on prendra ça en considération. Alors, vous êtes prêtes?

— Je suppose que je n'ai pas le choix, dis-je en déglutissant difficilement.

— Bien, dit Paris et elle regarda à nouveau ses notes. La

plupart d'entre nous veulent des choses similaires, des mecs gentils, attentionnés. Certaines d'entre nous veulent des barbes, pas de barbes. Mais cela fait partie de la section apparence et n'a pas tellement d'importance.

— J'aimerais bien que ça ne soit pas un troll, dit Myra avant de rire. Je plaisante. Je ne suis pas vilaine à ce point. Pas tant que ça.

— Il nous faut quatre hommes parfaitement sexy, mais doux, attentionnés, gentils, virils et productifs. Ils doivent avoir un emploi, ils doivent — avec un peu de chance — ne pas avoir de casier judiciaire, bien que nous puissions examiner cela au cas par cas, dit Paris avec un hochement de tête.

Dakota éclata de rire.

— Ça veut dire qu'on cherche quatre licornes à barbe, c'est ce que j'entends ?

Je pouffai en hochant la tête.

— On peut regarder les caractéristiques à un moment donné, mais honnêtement, je ne pense pas que c'est ce que nous allons finir par trouver. Tant qu'ils ne sont pas miteux, négligés ou endormis, ça me convient.

— On va se débrouiller, dit Paris, en prenant d'autres notes. On cherchera nos licornes à barbe comme des grandes. Dans tous les cas, on doit faire quelque chose. Parce que je ne vais pas réessayer les sites de rencontres.

— Je ne sais même pas comment tu as fait la première fois, dis-je franchement.

— Les temps sont durs, tout ça, tout ça. J'ai de vraies pailles, au fait. En papier, parce qu'on n'utilise pas de pailles en plastique ici, dit Paris en en montrant quatre.

— Merci pour ça, dit Dakota.

— Pas de problème. Je les ai coupées à la bonne taille, et elles sont toutes dans mes mains. On va choisir une paille. La plus courte passe en premier, et ainsi de suite.

— Pas la plus longue ? demanda Myra, d'un ton purement sarcastique.

— On peut faire en sorte que n'importe laquelle que tu aies, tu passes en premier si tu veux, dit Paris, d'une voix hautaine.

— Tirons au sort.

Je fermai les yeux et tendis la main pour prendre une paille. Je ne voulais pas regarder. Les autres chuchotèrent toutes et j'ouvris les yeux, sachant exactement ce que j'allais trouver. Parce que, pourquoi pas ?

— Hazel, il semble que tu seras la première à trouver ta licorne barbue, dit Paris en notant l'ordre.

Je ne regardai même pas qui serait la suivante.

Cela n'avait pas d'importance, parce que c'était mon tour. J'allais trouver mon prince charmant.

Enfin, d'une certaine manière, je ne voulais pas.

Pas après aujourd'hui. Pas après ce qui s'était passé avant. Mais je m'étais promis d'essayer, et j'étais là, en train de le faire.

Nous passâmes encore en revue les règles, mais après avoir baissé les yeux sur ma petite paille, je savais que je devais rentrer chez moi et réfléchir. Les autres semblaient d'accord pour faire la même chose, alors nous nous sommes séparées.

J'étais tranquille dans la voiture, n'écoutant même pas de musique sur le chemin du retour, essayant d'imaginer exactement ce qui allait se passer au cours des prochaines semaines. Sortirais-je enfin avec quelqu'un ? Allais-je trouver cette licorne à barbe comme les filles l'avaient appelé ? Ou est-ce que j'essaierais, échouerais, puis passerais à la phase suivante de ce plan ?

La dernière solution semblait plus probable. Surtout parce que je ne me faisais pas confiance pour faire ce que je pensais vouloir.

Je chassai ces pensées étranges de ma tête en arrivant dans mon allée et en sortant de la voiture.

Les poils de ma nuque se hérissèrent, et je regardai autour de moi en montant, perdue. Personne n'était là. Thomas n'était pas là. Je pensais justement à lui à cause de la rencontre avec cet inconnu et maintenant je ressentais des choses qui n'avaient pas de sens.

Je ne vis personne, alors je mis ces inquiétudes de côté pour le moment. J'entrai rapidement dans la maison et je fermai la porte à double tour derrière moi, mon pouls s'emballant.

Je me sentais bien. Personne n'était là pour m'effrayer. Je voyais seulement des fantômes, des choses qui n'existaient pas.

Tout allait bien.

Et, finalement, je sortirais avec quelqu'un, tenant ainsi la promesse que j'avais faite après un seul verre de vin. Je sentis jaillir la petite étincelle d'espoir que j'avais essayé d'ignorer pendant si longtemps.

Peut-être que ça allait fonctionner.

Ou peut-être que je finirais brisée à nouveau.

Dans tous les cas, je devais essayer.

Parce que j'avais laissé tomber pendant trop longtemps.

CHAPITRE DEUX

Cross

J e n'allais pas frapper mon collègue de travail au visage.

Je n'allais pas l'étrangler.

Non, j'allais respirer, passer ma colère, et réaliser que sans café — comme chacun d'entre nous — ce type n'était qu'un connard. Et j'avais besoin de m'y faire.

— Tout ce que je dis, Cross, c'est que si tu travaillais un peu plus vite, on ferait notre planning comme on l'avait prévu depuis le début. Je sais que tu es à fond dans ton art et tout ça, mais on pourrait se faire de l'argent là.

Je me pinçais l'arête du nez.

— Chris, on est entrés dans ce métier ensemble. On sait ce qu'on fait. Cependant, tu me dis de mettre de côté ce que je fais depuis quoi... dix ans maintenant? Plus? Non, ce n'est pas comme ça que ça fonctionne. Je marquai une pause. Ce n'est pas comme ça que ça a toujours fonctionné, et je ne suis pas sûr de comprendre pourquoi tu agis comme si ça avait soudain changé.

— Encore une fois, tout ce que je dis, c'est que si tu mettais de côté ce projet pendant un petit moment et que tu travaillais sur ces décors qui pourraient faire l'objet d'une plus grosse commission, on se ferait de l'argent rapidement.

— « *Se faire de l'argent rapidement* », ce n'est pas comme ça que les choses fonctionnent, Chris. On le sait tous les deux. Ça n'existe pas. C'est une arnaque. Si je mets de côté le projet que j'ai, alors je vais décevoir mes clients, et je serai un connard. Mon projet actuel est pour un gros client, et ils vont faire marcher le bouche-à-oreille. Ils l'ont toujours fait.

— C'est un petit client, et nous le savons tous les deux.

Chris croisa les bras sur sa poitrine.

Je fermai à nouveau les yeux, en essayant de respirer par le nez. J'avais du caractère, on le savait tous les deux. Ma famille se moquait de moi pour ça. Mais j'étais aussi le plus stable. J'explosais vite, mais la colère s'en allait, et j'étais là, solide comme un chêne, celui qui résiste au temps et à toutes ces autres conneries que ma petite sœur disait.

— Chris, si tu veux faire ces commandes, fais-les. C'est ton côté du business de toute façon. Moi ? Je ne vais pas mettre de côté quelqu'un avec qui on travaille depuis des années, juste pour une nouvelle personne qui dit qu'elle va payer le double. Surtout quand ce n'est pas par écrit.

— Tu n'as jamais eu d'ambition, grommela Chris avant de sortir de mon atelier à grands pas.

Je m'appuyai sur mon dossier, furieux d'avoir laissé les choses en arriver là une fois de plus. Nous travaillions ensemble tous les deux depuis environ quatorze ans. Nous nous étions rencontrés à l'université, j'avais obtenu un diplôme de commerce tout en travaillant le bois et en étudiant l'art à côté. J'avais voulu prendre des cours supplémentaires d'art, ainsi que des cours de design, mais je savais déjà à l'époque que je voulais avoir ma propre entreprise. J'avais juste besoin de savoir comment m'y prendre. J'obtins donc un diplôme de commerce tout en me plongeant dans l'art, car je voulais être mon propre patron, et non travailler pour quelqu'un d'autre. Le seul problème était que j'étais devenu le meilleur ami de Chris. Le désormais connard égoïste qui essayait de me donner une putain de migraine.

Chris n'était plus le même gars que dix ans auparavant quand on avait décidé d'ouvrir *Les Meubles Chris Cross*.

C'était un joli nom à l'époque, ma jeune sœur Arden nous avait aidés à le trouver.

Cependant, le Chris de Chris Cross était un connard. Il n'avait pas toujours été comme ça, mais avec le temps, il voulait plus d'argent pour moins de travail.

Je le comprenais, au moins un peu. Bien sûr, ce serait bien si je pouvais gagner des millions, ou tout ce que Chris voulait, sans avoir à travailler tous les jours, mais ce n'est pas comme ça que le monde fonctionne — et Chris Cross faisait de bonnes affaires.

Nous faisions d'excellentes affaires, compte tenu des mouvements de yo-yo de l'économie actuelle. Nous gagnions de l'argent parce que nous prenions soin de notre travail et de nos clients. Du moins, on le faisait. Chris n'avait pas fait tant que ça récemment, et comme nous travaillions sur nos propres commandes, cela signifiait que Chris ne gagnait pas autant d'argent qu'avant.

J'étais simplement reconnaissant que nos contrats aient été rédigés en stipulant que nous ne nous paierions que sur la base de ce que nous travaillions, plutôt que de payer l'entreprise et de partager ensuite 50/50. C'était l'idée de Chris à l'époque, car il gagnait plus d'argent. C'était une étoile montante de la sculpture, et j'avais appris à ses côtés.

La tournure des contrats ne m'avait pas dérangé, car je voulais être payé pour le travail que je faisais, plutôt que de prendre une partie de ce que Chris faisait et vice versa.

Nous nous étions lancés ensemble dans les affaires parce que c'était moins cher de partager un espace et les frais généraux. Les coûts de propriété à l'époque où nous avions commencé étaient élevés. Aujourd'hui, ils étaient scandaleux. Mais grâce à mes économies et à mes projets, je pouvais me payer l'endroit si j'en avais besoin.

Cependant, le système que nous avions bâti ne fonctionnait

pas comme il le devait ces temps-ci. En fait, ça ne faisait que m'énerver.

L'idée que nous étions des fabricants de meubles à notre époque n'était pas vraiment facile à comprendre pour certaines personnes. Mais je passais des semaines voire des mois, sur un projet, sculptant à la main des tables, des objets d'art et des chaises, tout ce que je pouvais créer avec mes mains. En ce moment, je travaillais sur une table d'une valeur de cinq mille dollars. C'est ce que nous avions proposé, en tout cas. Mais parfois, ce client aimait payer davantage, surtout si j'ajoutais d'autres détails.

Mais je ne comptais pas là-dessus, car je n'avais pas l'intention de profiter des gens comme Chris le voulait. Je jurai dans ma barbe puis je secouai la tête avant de quitter mon siège pour faire une pause. Je ne pouvais pas me concentrer sur ce que je devais faire si je ruminais contre Chris pendant des heures.

Chris était dans son petit atelier, musique à fond. J'espérais qu'il travaillait. Il avait une commande à venir, et pas celle que tout le monde voulait et sur laquelle il me suppliait de travailler.

Vu que mon nom était aussi sur la porte, ce serait malheureux s'il commençait à se défiler. Honnêtement, je ne savais pas si je pouvais lui faire confiance.

Cela signifiait que je devais commencer à réfléchir à ce que nous allions faire de cette putain d'entreprise.

Je laissai échapper un soupir et je sortis derrière le bâtiment pour pouvoir évacuer ma colère. Je n'avais pas fumé depuis que je m'en étais grillé une quand j'étais adolescent et que j'avais immédiatement vomi ensuite. Mais là, je voulais une cigarette. J'avais besoin de faire quelque chose avec mes mains pour ne pas frapper le mur ou autre chose. Mon téléphone sonna dans ma poche, et je souris en regardant le nom sur l'écran.

Yess.

Ma sœur semblait savoir exactement ce que je ressentais parfois. Étant donné que j'avais toujours eu pour mission de m'assurer que je savais ce qu'elle ressentait lorsqu'elle devait aller à l'hôpital ou lorsqu'elle avait simplement besoin d'un coup de main, c'était bien que cela fonctionne dans les deux sens.

Je pris l'appel en souriant.

— Salut, toi.

— Salut, grand frère. Je prends juste de tes nouvelles parce que je sais que tu as dit que tu avais un gros projet à rendre et que tu ne pourrais pas venir dîner plus tard.

— Je prenais justement ma pause. C'est comme si tu me surveillais. Je fis une pause, en regardant autour de moi. Tu n'es pas en train de me regarder en ce moment, hein? Genre, bizarrement?

— Chut. C'est toi qui es surprotecteur.

— Aïe. Quoi qu'il en soit, je sais que Liam et toi avez un projet à venir, aussi.

Liam était le mari d'Arden, ancien mannequin et auteur et donc un des clients de ma sœur, et un gars bien. S'il ne l'était pas, je lui aurais déjà botté le cul. Cependant, il vénérait le sol sur lequel Arden marchait, et était un con de protecteur tout comme moi. On s'entendait bien.

— Oui, Liam est charrette, et moi aussi. Heureusement, sur des projets différents. Il part en tournée demain, cependant.

— Je m'en souviens. Je serai là pour t'aider à déplacer ces trucs dont on a parlé. Les choses deviennent difficiles à la maison quand vous travaillez tous les deux sur la même série, alors?

Arden était une assistante virtuelle et elle faisait des recherches pour les livres. Je ne savais pas exactement comment tout cela fonctionnait. Tout ce que je savais, c'est qu'elle s'assurait que l'histoire et les recherches étaient correctes pour ses auteurs. De cette façon, il y avait toujours quelqu'un qui vérifiait la chronologie et les faits. Je ne savais pas que c'était un vrai travail jusqu'à ce qu'elle commence à bien gagner sa vie et qu'elle puisse enfin se payer une mutuelle. Et le fait que ma petite sœur ait un lupus signifiait qu'elle avait besoin d'une putain de bonne assurance maladie.

— On a tendance à s'envoyer des piques si on travaille sur le même projet. Mais je travaille sur un thriller juridique, alors qu'il travaille sur le premier livre d'une nouvelle série.

— Une nouvelle série ? C'est un gros truc, dis-je, réellement intéressé. Liam était un auteur de best-sellers du New York Times avec une série qui sortait un livre par an, chacun prenant à peu près autant de temps à écrire. Il fallait une tonne de recherches et de voyages pour les faire, et j'aimais vraiment ses livres. Non pas que j'en informe Liam tout le temps.

— On en a déjà parlé, non ? demanda Arden.

— Je n'avais pas compris que c'était ce livre.

— Ce n'est même pas un *spin off*. C'est un tout nouveau truc. C'est un peu intimidant, et je sais que Liam est inquiet. Mais je suis sûre qu'il va bien s'en sortir. Ses lecteurs le suivront. Peut-être même qu'il en aura de nouveaux.

— Je suis sûr que ça va bien se passer, dis-je en étant sincère. Je devrais probablement le précommander.

— Tu devrais. Parce que tu n'en auras pas de gratuit. Elle marqua une pause. Tu sais que je plaisante, hein ? Parce que tu peux avoir tout ce que tu veux. Liam a dit que tu étais le bienvenu pour faire du shopping dans sa bibliothèque et prendre n'importe quel livre.

— Je ne profite pas de ma petite sœur.

— Tu ne profites jamais. Nous sommes une famille. Et une famille que j'aime bien. Donc, tu es le bienvenu pour avoir un livre. Bon, j'ai appelé pour voir comment tu allais, mais il semble qu'on parle juste de Liam et moi. J'adore que tu fasses tout le temps ça, dit-elle.

J'ignorais qu'elle aimait ça, en fait.

— Je vais bien, je fais juste une pause.

— Ta table te donne du fil à retordre ? demanda-t-elle, sans aucune ironie. J'étais reconnaissant pour ça. Ma famille *comprenait* mon travail, mais pas tout le monde.

— Pas vraiment. C'est surtout Chris, dis-je en murmurant, sachant que mon associé ne pouvait pas entendre, mais j'étais quand même prudent. Je ne voulais pas entraîner une autre dispute.

— Qu'est-ce que tu vas faire? Vous vous disputez plus que jamais ces derniers temps, et je ne l'aime même plus vraiment. Je veux dire, c'était un bon gars. Mais, je ne sais pas... il me donne juste la chair de poule maintenant.

Je fronçai les sourcils.

— Quoi?

— C'est rien. On ne se parle pas, lui et moi, ce qui est une bonne chose parce qu'il me met mal à l'aise. Pas physiquement. Je ne sais pas, il a juste l'air d'un connard. Ce qui n'est pas la chose la plus gentille à dire sur son associé, mais on en est là.

— Je te comprends. Je me pinçai l'arête du nez. Je ne sais pas ce que je vais faire. Mais il faut que quelque chose change bientôt. Je veux dire, je me demande si je ne vais pas devoir trouver un moyen de me retirer complètement de cette affaire, de lui racheter sa part, ou d'en créer une nouvelle de mon côté. Je ne sais pas, ça m'a l'air d'une putain de galère, et une putain de tonne d'argent que je n'ai pas.

— On trouvera un moyen de t'aider si tu en as besoin, dit Arden, et je fronçai les sourcils.

— Je ne prends pas l'argent de ma petite sœur et de son mari.

Peu importait que Liam soit un putain de millionnaire, je n'allais pas prendre leur argent.

— Tu as renoncé à tant de choses pour m'aider au cours des dernières années. Donc, ne commence pas. Et Liam et moi en avons déjà parlé, donc ce n'est pas comme si je te filais de l'argent sans en parler d'abord à mon mari.

Je fronçai les sourcils encore plus fort, si c'était possible.

— Lima et toi vous parlez de ça?

— Bien sûr! Nous sommes inquiets pour toi et Chris. Et j'en parle au pire moment possible parce que je ne peux même pas m'asseoir avec toi, te faire des câlins et te dire que je t'aime. Mais, sérieusement, si ça devient trop mauvais et que tu ne peux pas t'en sortir, alors

Liam et moi on t'aidera. Et ensuite tu pourras nous rembourser, parce que c'est ce que tu fais, et on en restera là. Nous sommes une famille. Nous sommes toujours là les uns pour les autres. Tu as toujours été là pour moi. Tu n'as pas besoin de t'inquiéter ou de travailler avec Chris si ça doit te donner des migraines ou je ne sais quoi.

Je secouai la tête, même si elle ne pouvait pas me voir.

— Merci pour la proposition. Je ne sais pas ce que je vais faire. Je marquai une pause. Mais, merci.

— Pas de souci. Tu es mon frère aîné préféré.

— J'imagine que tu as probablement une phrase pour Prior, Macon et Nate, aussi.

— Bien sûr. Bien que la tienne et celle de Nate soient les plus faciles parce que c'est mon frère aîné préféré et mon frère jumeau préféré. C'est quand je dois ajouter plus de qualificatifs que les titres deviennent un peu longs. Mais ça en vaut la peine.

— Tu es une bourrique. Et je t'aime.

— Je t'aime aussi. Bon, il faut que je me remette au travail. Je suppose que toi aussi.

— Travaille un peu. Peut-être que demain tu pourras venir dîner.

— On va essayer.

Nous parlâmes encore quelques minutes de plus, puis nous raccrochâmes. Ensuite, je regardai mon téléphone, me demandant si je pouvais en rester là. Il était presque cinq heures de toute façon, et je n'allais pas pouvoir travailler avec Chris dans le bâtiment. Et c'était une raison de plus pour repenser ce partenariat. Je détestais devoir l'envisager, mais si je ne pouvais pas travailler, cela signifiait que je ne gagnais pas d'argent, et donc que je ne pouvais pas payer mes factures. J'avais peut-être un compte épargne correct et j'avais bien préparé ma retraite, mais… putain, même si l'argent que je gagnais avec mes pièces était bien plus important que ce que j'avais imaginé, je ne voulais pas être paresseux et me reposer sur le fait que j'avais eu quelques années vraiment fantastiques.

Je mis mon téléphone dans ma poche et je retournai dans le bâtiment pour déposer mes affaires et rentrer chez moi. Je travaillerais sur quelques croquis pour quelques projets à venir, et peut-être même que je ferais un peu de travail dans mon atelier à la maison. Il n'était pas aussi grand que celui-ci, et je n'y avais pas tout l'équipement nécessaire, mais je pouvais au moins travailler sur quelques petites pièces. Je détestais ne pas pouvoir travailler quand j'en avais envie, et j'avais horreur de ne pas travailler toute une journée, alors j'avais construit ce petit atelier quelques années auparavant.

Chris sortit de son côté du bâtiment, son téléphone à la main et l'air renfrogné. Je me tendis un peu, sachant que je n'aimerais probablement pas ce qu'il avait à dire. Encore une autre raison pour laquelle je devais repenser ce partenariat.

— Ah, bien, tu es toujours là. J'ai une faveur à te demander.

Je me crispai.

— Quel genre de faveur ?

— Oh, rien de trop fou. Je suis censé rencontrer une cliente potentielle au 59, mais je ne sais pas si je vais pouvoir m'y rendre parce que je suis enfin en train de trouver ce que je dois faire pour terminer cet autre projet. Tu penses que tu peux y aller ?

J'eus un blanc.

— Tu veux que je rencontre ta cliente dans un bar chic ?

— Eh bien, oui. Nous étions censés dîner ensemble, aussi. Rien de fâcheux. Je te le promets.

Chris avait déjà été marié deux fois et passait d'une femme à l'autre comme un malade, mais je ne fis pas de commentaires. Après tout, j'ajoutais probablement ma propre couche de préjugés à la façon dont Chris prenait ses décisions ces jours-ci.

— De quoi parle-t-on ?

— Je t'enverrai les détails par e-mail. Mais merci.

— Je n'ai pas dit que je le ferais.

— J'ai besoin que tu le fasses. J'arrive enfin à quelque chose avec cette pièce. Et j'ai cet autre rendez-vous plus tard.

— Un autre rendez-vous ?

Chris agita la main en l'air.

— Avec ces clients potentiels. Ceux qui rapportent de l'argent, tu vois ?

Je fermai les yeux et essayai de compter jusqu'à dix. Je n'arrivai qu'à quatre avant d'exploser. Bien que plutôt calmement, mais je n'avais toujours pas la patience que j'aurais souhaitée.

— Tu veux que j'aille à un putain de rendez-vous dans un bar, à la dernière minute, avec une femme que je ne connais pas, pour que tu puisses aller rencontrer les gens qui veulent qu'on produise de la merde en masse ? Je ne savais pas quelle partie de ça me dérangeait le plus, mais tout mettre ensemble était trop.

— Hé, c'était juste une question. Je ne veux pas annuler. Mais si tu ne peux pas y aller, alors ne t'en fais pas. Je vais le faire. Je le fais toujours.

C'est le ton hautain qui me fit dire ce que je dis ensuite. J'aurais dû dire non et partir, mais je ne le fis pas. Parce que, apparemment, j'étais maso, et je ne voulais décevoir personne.

— Bon, envoie-moi les détails. Je vais y aller. Mais c'est tout. On va bientôt parler, Chris. Parce que ça ne marche pas. J'aurais voulu que le soulagement me traverse en disant ça. Au lieu de cela, je ne ressentis que de la peur.

Le visage de Chris prit soudain une autre expression et il sourit, ressemblant presque au gars qu'il était, mais pas tout à fait. C'est cette partie différente qui m'inquiétait.

— On peut parler. Mais ça va marcher. Je te le promets. Je t'enverrai tous les détails. On va faire ça.

— Mais... dans un bar ?

— C'est bien le 59, tu sais. Et on dirait que tu as besoin d'une bière. J'ai pas raison ?

Chris rit de sa propre blague, puis me fit un signe de la main et retourna de son côté du bâtiment, fermant la porte derrière lui. Je restai là, à me demander ce que je faisais. J'allais vraiment aller dans un bar ?

Je baissai les yeux sur mes vêtements et je jurai. Je devais me changer si je voulais avoir l'air d'avoir au moins ma place là-bas. Je n'avais pas besoin d'y aller couvert de copeaux de bois. Je retournai à mon atelier, reconnaissant d'y avoir laissé un pantalon et une chemise. Parfois, j'étais trop absorbé par mon travail et j'étais en retard pour les dîners en famille. Je n'avais pas toujours besoin de m'habiller pour ça, mais de temps en temps, nous sortions. J'avais donc de la chance d'avoir quelques vêtements en réserve.

J'inscrivis une note dans mon agenda pour les remplacer, parce que si je ne le faisais pas, j'allais sûrement oublier, puis je vérifiai ma boîte mail pour voir le message de Chris.

La cliente voulait un type de sculpture artistique qui n'était pas dans mon répertoire. C'était plutôt dans la lignée de ce que faisait Chris. Mais je baissai les yeux et je me dis que nous pourrions en parler, ainsi que du prix que Chris avait fixé. Je fis la grimace, sachant que ce serait nul de passer en revue ces détails avec cette femme, mais c'était Chris, et nous avions besoin de l'argent pour l'entreprise.

Je me regardai, me dis que j'étais présentable, et je me dirigeai vers ma voiture pour aller au 59.

C'était un bar à martini et vodka en ville. Ce n'était pas vraiment sur la 59e rue. Apparemment, c'était un bar similaire à un autre situé dans une ville plus grande que Boulder, donc ils avaient gardé le nom, même sans la rue correspondante.

J'y étais déjà allé plusieurs fois et ils avaient de bonnes boissons, même si elles étaient un peu trop chères.

Je trouvai tant bien que mal de quoi me garer à un pâté de maisons de là, je payai le prix ridicule et je me dirigeai vers l'établissement, sachant que cela allait probablement être une perte de temps. Je n'étais pas l'artiste qu'elle recherchait. De plus, je n'avais aucune idée de ce à quoi elle ressemblait, si ce n'est que, d'après Chris, c'était « une brune sexy avec des formes pulpeuses et une belle poitrine ».

Un procès pour harcèlement sexuel en perspective, que je devrais probablement gérer si Chris finissait par travailler avec cette femme.

J'entrai et je cherchai une jeune femme seule avec de longs cheveux noirs. J'en trouvai une assise seule à une table haute, en train de regarder son téléphone comme si elle attendait quelqu'un. Elle avait de longs cheveux bruns qui tombaient dans le dos, quelques mèches sur l'épaule. Elle portait une robe verte sexy qui semblait épouser et mettre ses formes en valeur. Elle portait des talons hauts qui semblaient pouvoir la faire trébucher, mais j'avais le sentiment qu'elle savait exactement comment marcher avec. Elle inspirait franchement le sexe et le péché. D'une certaine manière, je voulais que ce soit la bonne personne et je ne le voulais pas.

Mais ça devait être elle, il n'y avait pas d'autre femme célibataire dans cet endroit, et j'étais déjà en retard. Donc, je me dirigeai vers elle et je souris.

— Bonjour, je pense que c'est moi que vous cherchez.

Elle écarquilla les yeux, sourit et fit un geste vers le siège en face d'elle.

Il me fallut une seconde pour cligner des yeux à cause de ce sourire, puis je m'assis, laissant échapper un soupir.

— Désolé, je suis en retard.

— Pas de soucis, j'étais un peu en avance, en fait.

Je la regardai alors, ma queue devint dure, ce qui m'agaça au plus haut point. Pourtant, je me demandai pourquoi je n'avais jamais rencontré cette femme avant, et pourquoi Chris avait été le premier à le faire.

Et puis mon téléphone sonna, je baissai les yeux et j'eus envie de me taper la tête contre la table en même temps que j'avais envie de rire.

— Qu'est-ce qu'il y a? demanda la jeune femme.

— Vous n'êtes pas Cassidy, n'est-ce pas? Ses yeux s'écarquillèrent de façon comique, et elle secoua la tête. Non, je m'appelle Hazel. Vous n'êtes pas Stavros?

Je pouffai.

— Non, je m'appelle Cross. Je crois que j'ai empiété sur votre rendez-vous.

Il se trouvait que Cassidy, la cliente potentielle, ne venait pas, finalement. Cependant, je me retrouvai à ne pas vouloir partir.

Et c'était un problème.

CHAPITRE TROIS

Hazel

J e regardai l'homme à la longue barbe, aux cheveux en bataille, aux cuisses épaisses et aux larges épaules, absorbant son odeur boisée qui allait directement aux endroits qui me donnaient chaud. J'avais envie de me cacher sous la table et de faire comme si rien de tout cela n'était arrivé.

Pourquoi ne m'étais-je pas présentée tout de suite? Pourquoi n'avais-je pas demandé si c'était la bonne personne?

J'avais été époustouflée par son sourire et son apparence, et j'étais probablement assise à une table avec un tueur en série. Super, c'était donc comme ça que j'allais mourir — la bêtise pure d'un rendez-vous arrangé accidentel.

L'enfer.

Mon téléphone sonna à ce moment-là, et je ne pris pas la peine de baisser les yeux avant de le prendre. Je ne pouvais pas détacher mon regard de l'homme à côté de moi. Je répondis sans même détourner le regard de Cross, me demandant ce que j'allais bien

31

pouvoir faire. Comment allons-nous nous sortir de cette situation particulière ?

— Oui ?

Paris se mit à bafouiller.

— Je suis vraiment désolée. Je suis affreuse.

Je sortis de ma rêverie et je fronçai les sourcils, détournant mon regard du visage de Cross.

— Quoi ?

— Stavros. Il ne peut pas venir. Et sa fille... celle dont je t'ai parlé ? On doit l'opérer de l'appendicite. Genre tout de suite. Il est aux urgences, dans tous ses états et il m'envoie des SMS pour me dire qu'il ne peut pas venir. Il est sincèrement désolé et je suis sûre qu'on peut reporter, mais sa petite fille est en train de se faire enlever l'appendice et elle va subir sa première anesthésie. Évidemment, il panique et se dispute actuellement avec son ex-femme. Super moment.

Paris dit ça pratiquement entre une ou deux respirations, et je grimaçai en essayant de reprendre ma propre respiration.

— Oh.

Eh bien, au moins ça sonnait juste.

— Je suis vraiment désolée. On va arranger ça. La façon dont la soirée se déroule n'est pas la meilleure façon de commencer notre projet.

— Ne t'inquiète pas pour ça. Si tu lui reparles ce soir, dis-lui que j'espère que sa fille va guérir rapidement et que tout va bien.

Je n'allais pas aborder le fait que lui et son ex-femme se disputaient, car ce n'était pas quelque chose au milieu duquel je voulais me retrouver.

Je repris :

— Je dois y aller, mais je te parlerai plus tard.

— Tu vas quitter le bar ? Tu peux venir ici. Je ne fais rien du tout. Ce qui est d'ailleurs le pourquoi de tout ça, mais je m'égare.

Je retins un sourire en entendant ça, sachant que son autodérision était tout à fait franche. En fait, je ne pouvais pas détacher mon regard de l'homme en face de moi.

Un homme que je ne devrais pas fixer.

— Non, je ne sais pas ce que je vais faire. Mais je vais te laisser.

Paris essaya de dire autre chose, mais je la coupai et je raccrochai. Ensuite, je regardai en face l'homme qui s'était assis à la mauvaise table.

Hum... Je n'avais aucune idée de ce que je devais dire.

Cross sourit, même si cela ressemblait en même temps à une grimace.

— J'ai entendu une partie de la conversation. Donc, votre rendez-vous a dû annuler ? Et je suppose que c'était un rendez-vous arrangé si vous ne saviez pas que je n'étais pas lui.

J'ai envie de m'éclipser, tellement je suis mortifiée, mais je ne sais pas trop ce que je suis censée dire.

—Non, mon rendez-vous ne vient pas parce qu'il est question d'opération et de sang. À moins que ce ne soit juste une excuse. Peut-être que Stavros m'a vue, a dit pouah, et qu'il est reparti.

— Certainement pas, dit Cross, et je gloussai.

— C'est gentil à vous de dire ça, mais vous êtes un inconnu, assis à la mauvaise table. Et maintenant je suis sans cavalier. Je devrais vraiment commander cette vodka martini et m'arrêter là pour ce soir.

— Si ça peut vous aider, je suis venu ici pour un rendez-vous auquel mon associé était censé assister, mais qui a été mis sur mon agenda à la dernière minute. Je viens d'apprendre que la cliente ne viendra pas du tout. Donc, oui. C'est pour ça que je ne savais pas qui vous étiez non plus.

Je restai là, perdue et tellement dépassée.

— Je dirais bien que vous devriez vous joindre à moi, mais ce serait bizarre, non ?

Je ne savais pas pourquoi j'avais dit ça.

Cross inclina la tête et me regarda. Lorsque la serveuse vint prendre sa commande de boissons, il leva les yeux vers elle pendant une seconde, puis dirigea son regard vers moi.

— J'aimerais une bière si vous en avez, dit-il.

— Nous avons plus de deux douzaines de bières en fût.

— Une bière blonde. Vous choisissez. Merci.

La serveuse partit, probablement un peu triste que Cross ne l'ait pas vraiment regardée. Et là, je me suis demandé dans quoi j'allais me fourrer.

— Donc, je suppose que vous restez? demandai-je courageusement.

— Pourquoi pas? C'est une nouvelle histoire amusante, non?

Ses mots faisaient écho à ceux de l'homme de l'autre jour, et j'avalai de travers.

Peut-être.

— Qu'est-ce que j'ai dit? demanda Cross, en se penchant en avant.

— Rien.

— Non, dites-moi.

Je ne sais pas pourquoi, mais je continuai.

— J'ai croisé un homme dans la rue il y a quelques jours, et il m'a empoignée. Il a dit que c'était drôle et que ça pourrait être une belle histoire à raconter à nos enfants. Et puis il n'a pas voulu me lâcher, et c'est devenu autre chose.

Les yeux de Cross se plissèrent et s'assombrirent.

— Tout va bien? Je hochai la tête, en me frottant les coudes. Le regard de Cross se déplaça pour suivre mon geste, et sa mâchoire se contracta. Vous êtes sûre? demanda-t-il, d'une voix prudente.

— Je suis sûre. Il s'est enfui après que je l'ai menacé. J'aurais probablement dû le frapper, mais j'étais un peu sonnée.

— Je vous comprends. Je suis désolé que cela soit arrivé. Et je m'excuse de l'avoir ramené au premier plan de vos pensées. Je peux m'en aller. Sérieusement. On peut annuler cette bière, ou je peux la boire au bar et rentrer chez moi.

Je me penchai en avant, en secouant la tête. Je ne voulais pas qu'il parte. Je ne savais pas pourquoi, mais j'en avais assez d'avoir tout le temps peur d'agir. J'avais vécu comme ça pendant bien trop longtemps.

— Non. Franchement, je vais bien. Et vous avez quoi, pourquoi pas ? On va boire un verre et peut-être dîner pour que je puisse rentrer chez moi après un verre rempli de vodka. On va juste faire comme si ce n'était pas bizarre.

Cross sourit, il était sexy comme pas possible, et je me demandai comment ça s'était passé exactement.

— Vous savez quoi ? Après la journée que j'ai eue ? Pourquoi pas ?

— Vous allez me parler de cette journée ?

Cross sourit.

— Je pense que oui.

J'essayai de prétendre que son sourire ne me faisait rien. Après tout, j'avais un rendez-vous avec un homme que je ne connaissais pas. Mais était-ce vraiment un rendez-vous ? Ou simplement un dîner entre deux inconnus. Honnêtement, quelle différence cela ferait-il avec Stavros ?

Stavros aurait été un inconnu lui aussi, bien que Paris aurait probablement fait en sorte d'en savoir un peu plus sur lui avant. En fait, j'étais presque sûre que mon amie avait un dossier sur cet homme, ainsi que sur tous les autres qui pourraient se retrouver dans ce jeu de rendez-vous arrangés auquel nous jouions.

J'essayai donc de ne pas penser à la façon dont Cross m'avait souri, ni à la façon dont cela m'avait donné chaud, fait se dresser les poils de ma nuque et crisper mon estomac.

Parce que ce n'était qu'un sourire.

Même le diable avait un joli visage.

Et ce diable pouvait vous regarder, et vous ne sauriez jamais qu'il mentait. Qu'il était le danger et le péché enveloppés dans un joli paquet de muscles et de peau douce avec une barbe qui rendait son visage juste un peu dangereux.

Je ne croyais pas qu'il fallait voir autre chose dans ce qu'était un sourire, un moyen de faire baisser la garde. Mais je ne laisserais pas cela se produire.

Aujourd'hui, c'était juste une série d'événements aléatoires qui ne signifiaient rien. Cependant, ils m'avaient conduite sur cette nouvelle route où j'étais en quelque sorte en train de dîner avec un homme gentil dans un lieu public. Et j'étais en sécurité, du moins aussi en sécurité que je pouvais l'être, sachant ce qu'il y avait dehors.

—Qu'est-ce qui se passe dans cette tête? demanda Cross, d'une voix basse, presque un grognement.

Il avait l'air sincèrement inquiet, et je rejetai mes épaules en arrière, essayant de faire semblant d'être d'aplomb et de ne pas trembler intérieurement.

J'étais vraiment douée pour faire semblant.

— Désolée, ça a été une journée étrange, et elle se termine de façon assez bizarre aussi. Vous ne trouvez pas?

Cross hocha la tête, puis se pencha en arrière lorsque la serveuse arriva avec nos boissons.

— Voulez-vous prendre quelques minutes pour regarder le menu? demanda-t-elle, et Cross hocha à nouveau la tête.

— Oui, s'il vous plaît, je ne l'ai même pas encore ouvert.

— Pas de problème. Les dîners durent parfois un peu plus longtemps ici, dit la serveuse en faisant un clin d'œil. Mes yeux s'écarquillèrent.

— C'était un peu culotté de sa part, dis-je après qu'elle fut partie, et Cross rit.

— C'est vrai, mais je pense que c'est un endroit où la plupart des gens vont pour leur premier rendez-vous, vous ne croyez pas?

Je secouai la tête.

— Peut-être. C'est mon amie qui a organisé ça.

— Votre amie? demanda-t-il et je secouai à nouveau la tête.

— Vous, d'abord. Vous avez dit que vous alliez me raconter votre journée.

Il scruta mon visage un peu plus longtemps, et j'eus l'impression qu'il pouvait lire chaque émotion, voir tout ce qui me faisait tiquer. Je n'aimais pas ça. Après tout, je comprenais à peine comment j'avais géré la journée, je n'aimais pas le fait que quelqu'un d'autre puisse lire en moi mieux que je ne pouvais le faire moi-même.

— Comme je l'ai dit, j'étais censé venir ici pour un rendez-vous d'affaires, commença Cross, et j'inclinai la tête.

— Ici? demandai-je, légèrement incrédule. Ce qu'il avait dit à propos de l'endroit était vrai. Y retrouver un client semblait un peu étrange.

Cross pouffa et prit une gorgée de sa bière.

— Sympa, dit-il en posant son verre.

— Ils ont la plupart des meilleures boissons ici, dis-je en prenant une gorgée du mien.

Il inclina la tête et me regarda à nouveau avec ces yeux magnifiques.

— Santé. Je suppose que j'aurais dû commencer par ça. Je ne suis pas très doué pour ce genre de choses. Non pas que je sache exactement ce qu'est *ce genre de choses*.

Je ris doucement.

— Vous avez raison sur ce point. Il n'y a rien de normal aujourd'hui. Je fis tinter nos verres, pris une autre gorgée, bien qu'une petite, car j'avais prévu de ne prendre qu'un seul verre.

Je reposai le verre et jouai avec le pied.

— Alors. Votre travail? demandai-je voulant revenir sur le sujet précédent pour pouvoir me concentrer et ne pas laisser mon esprit dériver sur des chemins étranges.

— Oui, dit-il et ses yeux s'assombrirent un peu. Je me demandai ce que cela signifiait. Mon associé a organisé ce rendez-vous pour pouvoir rencontrer une cliente, puis il a oublié de me dire que c'était annulé avant que je sois déjà là.

— Ça ressemblait plus à un rendez-vous, non? Est-ce que j'ai raison? Ici? Ça n'a pas beaucoup de sens.

— Chris n'est pas très sensé.

— Attendez, vous possédez une entreprise avec un nommé Chris? Et votre nom est Cross? J'aurais pu me gifler à juste titre parce que ça n'était pas dans mes habitudes de me moquer des noms. Je ne savais même pas pourquoi je l'avais dit.

Il sourit.

— Ça aide pour le nom de notre entreprise. *Les meubles Chris*

Cross.

Mes sourcils se soulevèrent jusqu'au sommet de mon front.

— Ah bon ? Je vous connais. Quelques-unes de mes amies ont certains de vos meubles. Ils sont difficiles à trouver et à acheter. Waouh, je suis assise à une table avec un artiste. Un artiste vraiment riche d'après ce que j'avais lu dans un article de Forbes. Chris et Cross n'étaient pas seulement des fabricants de meubles, c'étaient des artisans recherchés par des gens du monde entier.

Cela faisait à peu près deux ans que je n'avais pas entendu parler d'eux, mais ils étaient très prometteurs la dernière fois.

— Bref, j'étais censé rencontrer une nouvelle cliente potentielle, mais c'était quelqu'un pour lui. Ce qu'elle voulait n'est pas le type de travail que je fais.

— Donc, vous sélectionnez vos clients ?

— Nous sommes plutôt des entités séparées avec une entreprise en commun. À l'époque, quand nous avons commencé, nous avions besoin d'être deux. Maintenant, nous allons dans des directions différentes. Il fronça les sourcils. Et je n'ai aucune idée de la raison pour laquelle je vous raconte tout ça. Je n'en ai même pas parlé à ma famille.

— Peut-être parce que nous sommes tous les deux assis avec un inconnu rencontré par hasard ? Je suppose que ça nous donne à tous les deux un côté mystérieux.

Nous nous sommes souri l'un à l'autre, et je me suis à nouveau détendue.

— Alors, qu'est-ce que vous faites ? demanda Cross. Et puis je vais vous demander pourquoi vous étiez ici pour un rendez-vous arrangé, si ça ne vous dérange pas.

Je grimaçai.

— Ne parlons pas de ça. Peut-être. Quoi qu'il en soit, pour répondre à votre première question, je suis professeur de mathématiques à l'UB.

— Ah bon ?

— Pourquoi dites-vous ça ? C'est parce que je suis une femme ?

— Non, pas du tout. C'est parce que vous êtes si jeune. À l'époque où j'étais à l'université, tous mes professeurs de mathématiques étaient de vieux bonshommes avec des barbes, des vestes en tweed et des pantalons en velours côtelé qui ne leur allaient pas tout à fait.

J'éclatai de rire en les imaginant.

— Quelques-uns de mes professeurs étaient comme ça, aussi. Mais il y a une nouvelle génération, les femmes dans les STEM[1] et tout ça.

— Oh, j'en suis sûr. La moitié de mes cours d'architecture étaient remplis de femmes quand j'étais à l'école. Certains des gars n'aimaient pas ça. Parce qu'apparemment, l'architecture et les maths et tout ça ne devraient être enseignés que par des hommes, du moins selon eux.

— Vous ne m'apprenez rien, dis-en ricanant.

— Je suppose que oui. Alors, qu'est-ce que vous enseignez ?

— Ce semestre, je n'enseigne qu'un seul cours. C'est un cours de calcul de base. Ce sont surtout les étudiants qui en ont besoin sur leurs relevés de notes pour entrer dans d'autres programmes. Parmi tous ceux qui sont dans ma classe, il n'y a probablement qu'un seul étudiant en mathématiques. Je n'enseigne pas en licence en ce moment, parce que je fais un semestre de recherche.

— C'est incroyable. J'étais vraiment bon en maths, mais une fois que j'ai dépassé quelques concepts théoriques ? Ce n'était tout simplement pas mon truc.

— Vous travaillez avec les maths tous les jours. Mais aussi avec vos mains. Vous seriez probablement plus du côté des applications.

Je baissai les yeux et je remarquai les cicatrices sur ses articulations, et aussi comme ses mains étaient grandes et je déglutis.

Apparemment, quatre gorgées de ma boisson m'avaient suffi.

Cross remarqua la façon dont mon regard s'était posé. Il haussa un sourcil, mais ne me sourit pas. Au lieu de cela, il poursuivit la conversation. Je ne savais toujours pas pourquoi j'étais assise ici avec un homme que je ne connaissais pas.

— Donc, vous étiez censée être à un rendez-vous arrangé. Qui était-ce ?

Je secouai la tête.

— C'est important ?

— Si vous allez à un autre rendez-vous avec lui, ça pourrait l'être.

— Il n'y en aura pas d'autres. Il n'est pas venu à celui-là. La honte me submergea et je secouai la tête. Sa fille est allée se faire enlever l'appendice. C'était une vraie raison pour lui de ne pas venir. Une bonne raison. Pas une excuse. Maintenant je me sens mal d'avoir fait un commentaire sur ça.

Cross tendit le bras et me prit légèrement la main avant de la lâcher. Ma peau se mit à brûler à son contact et j'en voulais davantage. Qu'est-ce qui n'allait pas chez moi ? Je ne connaissais même pas cet homme. Ça ne me ressemblait pas. Pourtant, tout ce que je voulais, c'était me pencher en avant et le toucher à nouveau.

J'avais clairement perdu la raison.

— Bref, je suis venue à un rendez-vous arrangé parce que je le voulais. Je levai le menton. C'est un problème ? demandai-je sachant que j'avais l'air un peu sur la défensive. D'accord, vraiment sur la défensive.

— Pas du tout. Et je ne vais pas vous faire la morale et vous demander ce qu'une jolie fille comme vous faisait à un rendez-vous arrangé ou une autre connerie du genre. Vu que ça fait trop longtemps que je n'ai pas eu de rendez-vous moi-même... je ne sais pas. Peut-être que je serais partant pour un rendez-vous arrangé, moi aussi ? Il fronça les sourcils. Pas arrangé par mes frères, vu qui ils choisiraient. Peut-être par ma sœur.

Je me penchai en avant, intéressée.

— Je vais passer sur le fait que vous ne soyez pas sorti avec quelqu'un depuis un certain temps et vous demander de parler de votre famille. Combien de frères ? Et une sœur ?

— J'ai trois frères et une petite sœur.

Son regard se réchauffa quand il parla d'eux, surtout de sa sœur, et je souris.

— Laisse-moi deviner. Votre petite sœur n'est pas si petite ?

Cross rit, un rire profond qui me traversa et fit des choses horribles à mes hormones.

— Non, ça n'est plus un bébé. En fait, elle a un mari et elle est heureuse et en plein bonheur conjugal. Elle serait probablement la seule que je laisserais me caser avec quelqu'un, mais là encore, je ne suis pas sûr à cent pour cent de pouvoir me fier à ses décisions. Elle voit trop la vie en rose.

— Ce sont toujours les personnes mariées qui veulent vous maquer. Elles connaissent toujours la *bonne* personne.

— Et la personne qui vous a arrangé le coup ? Elle est mariée ?

Je secouai la tête.

— Non. Je n'avais pas vraiment envie de parler du pacte des rendez-vous arrangés que mes amies et moi avions mis au point. Ça avait l'air un peu ridicule en dehors de nous quatre.

— Bref, revenons-en à la famille. J'ai trois frères, tous plus jeunes, tous des emmerdeurs. Donc, non, je ne pense pas que je voudrais qu'ils me mettent avec quelqu'un.

— Je vois bien que c'est un problème.

— Vous avez des frères ou des sœurs ?

— Non, je suis une enfant unique. Mon estomac se contracta à nouveau, mais cette fois pas à cause de la chaleur. Mes parents sont morts il y a quelques années. Il n'y a plus que moi.

— Je suis désolé.

— Ça fait longtemps.

Pas assez longtemps, mais je ne pensais pas que ça ne ferait jamais vraiment assez longtemps.

— Quoi qu'il en soit, j'ai un bon groupe d'amies ici. C'est pour ça que je suis à un rendez-vous arrangé.

— Vous continuez d'esquiver le sujet, même si vous en parlez. J'ai l'impression que vous avez encore des choses à dire sur ce rendez-vous. Je veux dire, on pourrait ne jamais se revoir après ça. Qu'est-ce qu'il y a de si mystérieux ?

J'étudiai son visage, la ligne forte de sa mâchoire, cette petite bosse sur son nez, là où j'étais sûre qu'il l'avait cassée un jour. J'ai réalisé que je voulais lui dire. Qu'est-ce qui me prenait ?

— Il n'y a pas que mon histoire à raconter, dis-je, me surprenant moi-même de prononcer ces mots.

Ses yeux s'élargirent.

— Alors, il y a une histoire.

— Mes trois amies et moi avons décidé qu'il était temps pour nous de recommencer à sortir avec quelqu'un. C'est-à-dire, à s'organiser des rendez-vous. On a décidé de se pousser dans la bonne direction. Je ne sais pas trop comment ça va se passer avec les autres, mais j'ai tiré la courte paille.

— Pourquoi ai-je l'impression que vous parlez de pailles au sens propre ?

— Parce que c'est le cas. Des pailles en papier qui ont été coupées. J'ai tiré la plus courte. Ça voulait dire que je serais la première à avoir un rendez-vous. Mon amie Paris connaissait un gars nommé Stavros. Elle pensait qu'il serait parfait pour moi. Cross inclina la tête pour étudier mon visage. Cependant, je ne pense pas que ça va marcher. Il semblait y avoir des tensions avec son ex-femme, ajoutai-je en voyant sa tête.

Il grimaça.

— Ce n'est jamais une bonne chose de se retrouver au milieu de ça. Mais de nos jours, avec tant de gens qui ont eu des relations avant, on ne peut pas l'éviter.

Je haussai les sourcils.

— Vous avez une ex-femme alors, n'est-ce pas ?

Il éclata de rire et secoua la tête.

— Non, je ne suis jamais allé aussi loin. Mais je suis sorti avec quelques femmes dans le passé qui avaient des ex-maris qui n'étaient pas très enthousiastes à l'idée que leurs ex aient pu trouver quelqu'un d'autre. Je veux dire, je comprends un peu. Quand vous échangez vos vœux, vous créez un lien avec quelqu'un. Quand ça disparaît soudain, vous êtes une personne différente. Tout le monde ne sait pas comment prendre ses distances.

J'eus un frisson, mais je fis de mon mieux pour garder le

sourire, même en sirotant mon verre.

Non, tout le monde ne savait pas comment prendre ses distances.

— Je suis désolée de vous interrompre, je voulais juste voir si je pouvais vous apporter quelque chose à manger, dit la serveuse. Je croisai le regard de Cross.

— C'est à vous de décider, dit-il et je pris une profonde inspiration. Puis, je sautai le pas. Parce que c'est de ça qu'il s'agissait ce soir, non ? Sauter le pas. J'avais déjà regardé le menu. Et si je commandais pendant que vous regardez ?

Cross hocha la tête.

— ça me semble une très bonne idée, Hazel.

J'aimais le son de mon nom sur ses lèvres, et ça m'inquiétait. Je ne devrais pas aimer ça. Je n'allais pas le revoir après ce soir. N'est-ce pas ?

Nous parlâmes de notre travail et un peu plus de nos familles et de nos amis. On ne parla de rien d'important, et de sport. On parla de Stavros et du fait que je n'irais probablement pas à un rendez-vous avec lui. Et puis on mangea et on rit. Je crois que je n'avais jamais autant ri de ma vie.

Cross passa ses doigts le long des miens de temps en temps, et j'eus le souffle coupé à chaque fois, me demandant comment cela avait pu arriver.

C'était un rendez-vous qui ne devait pas avoir lieu. Je ne connaissais même pas cet homme. Pour autant que je sache, tout ce qu'il avait dit était un mensonge. Peut-être que c'était un tueur en série. Et bien que cette pensée me fasse froid dans le dos, sachant ce que je faisais des autres, surtout celles concernant mon passé, je continuai. Peut-être que c'était une erreur, peut-être que j'étais cette femme dans le film d'horreur qui se fait assassiner plus tard parce que c'est une idiote. Mais je voulais croire, juste pour un instant, que les choses pouvaient valoir la peine, rien que pour un instant.

Quand l'addition arriva, Cross la prit en même temps que moi, et je secouai la tête.

— On partage ?

— Vraiment ? On partage l'addition ?

— C'est un rendez-vous qui n'en est pas un. Nous pourrions tout aussi bien continuer sur cette voie.

— Je peux le faire. Cependant, je suis presque sûr que c'était un rendez-vous, Hazel.

Je clignai des yeux en posant ma carte à côté de la sienne.

Cross Brady. C'était le nom qu'il m'avait donné. À moins que sa ruse soit complètement élaborée, ce n'était pas un mensonge.

— Peut-être que c'était un rendez-vous, dis-je doucement.

— Peut-être. Et, puisque c'est un rendez-vous, je peux vous demander votre numéro ? demanda Cross et je me figeai.

— Vous voulez me revoir ?

— Pourquoi pas ? demanda Cross en haussant les épaules comme si ce n'était rien du tout. Ça l'était vraiment. Ce n'est peut-être rien, mais je me suis amusé ce soir. Et comme je l'ai dit, ça fait un moment que je n'ai pas eu de rendez-vous, réel ou non. Même accidentel.

Je souris.

— Et si c'était une terrible erreur ? Et si, après ça, les rideaux étaient tirés et que la façade s'effaçait ?

— Alors c'est que c'est le cas. Et peut-être que la magie ne sera plus là. Ou, peut-être que ce n'est qu'un début ?

— C'est une très bonne phrase, dis-je, encore sous le choc.

— N'est-ce pas ? dit-il en riant. Alors, qu'en dites-vous ? demanda-t-il et je me léchai les lèvres, remarquant la façon dont son regard suivait le mouvement.

C'était probablement une terrible erreur. Nous ne nous parlerions probablement plus jamais après ça.

Mais là encore, cette soirée avait été une soirée de premières fois et de « et si ».

Je souris et je pris mon téléphone.

---

1. Abréviation pour : *Science, Technology, Engineering, and Mathematics.*

CHAPITRE QUATRE

Cross

— Où veux-tu que je le mette? demandai-je et je ris lorsque ma sœur leva un seul sourcil, les lèvres pincées, même si je savais qu'elle retenait un rire.

— Tu ne veux pas vraiment que je réponde à cette question, n'est-ce pas? Parce que si je le fais de la même manière que n'importe lequel de nos frères, eh bien... je pense que ce serait une expérience plutôt douloureuse.

Je secouai la tête en grognant, bien que mes lèvres aient tressailli.

— Aussi belle que soit cette image, ce carton n'est pas plus léger, ma chère.

— Et j'ai dit que je pouvais m'en occuper, dit-elle en fronçant les sourcils.

— Je suis sûr que tu peux. Mais ça ne fait pas longtemps que tu peux te passer de cette canne. Alors, pourquoi tu ne me laisses pas être un peu surprotecteur?

— Tu peux mettre le carton dans le bureau de Liam, dit-elle

enfin, la tristesse effleurant son visage pendant un instant avant de la laisser s'estomper.

Je retins un juron, détestant avoir été celui qui avait provoqué cette tête, puis je me rendis dans le bureau de son mari pour y déposer le carton de livres.

Je me tournai vers Arden, qui se tenait dans l'embrasure de la porte, les bras croisés sur la poitrine.

— Je suis désolé de t'avoir fait de la peine avec ce que j'ai dit.

— Non, tu ne m'as pas fait de peine, pas même un peu. J'ai juste les boules parce que Liam n'est pas là, et que je ne suis pas avec lui.

J'ouvris les bras, et elle se blottit contre moi, enroulant ses bras autour de ma taille. Je reposai ma tête sur la sienne, soupirant un peu quand elle me serra davantage. Je n'avais pas eu souvent de tels moments ces derniers temps. Elle n'était plus ma petite sœur. Elle était mariée, une Montgomery désormais. Et dans cet État où il y avait tant de Montgomery, c'était quelque chose.

Non seulement elle était heureuse, mais elle était aussi mariée à un ancien mannequin mondialement connu, devenu auteur de best-sellers. Ça m'avait fait un peu mal de la voir remonter l'allée avec notre père, de le voir l'emmener à l'autel. J'avais été très heureux de la voir épouser Liam et qu'elle fasse partie de sa famille, mais une partie de moi avait voulu la kidnapper et s'enfuir pour être sûre qu'elle soit en sécurité.

Elle était toujours ma petite sœur, et le serait toujours. Mais maintenant, si elle était blessée, elle irait voir Liam. Elle ne viendrait plus me voir ni nos frères ni nos parents. C'était bizarre comme tout avait changé, mais certaines choses restaient les mêmes. Je ne savais pas comment j'étais devenu si mélancolique récemment.

Je l'embrassai sur le sommet de la tête et la serra légèrement, puis je ris lorsque Jasper mit son museau entre nous, recherchant des caresses. Je m'écartai d'Arden et me mis à genoux, passant mes mains sur le Husky blanc de Sibérie. Jasper me lécha le nez, et je ris.

— Je t'aime, mon gars.

— Il a été d'une humeur très joueuse. Je crois qu'il est excité parce qu'il n'a pas à prendre un B-A-I-N.

— Pourquoi exactement n'a-t-il pas à prendre... ça ? demandai-je, sachant que Jasper était connu pour détester les bains, et qu'Arden détestait les donner.

— Il en a eu un avant que Liam ne parte, et c'était il y a deux jours. J'ai l'impression qu'il sait quand c'est le moment. Il est tout stressé.

Je secouai la tête.

— Vu que tu es obligée d'épeler le mot, c'est ce qu'il doit être. Ce chien est plus intelligent que la plupart des membres de notre famille.

Arden roula les yeux.

— Tu parles des frères, n'est-ce pas ? Parce que je suis presque sûre que Prior et Macon pourraient te botter le cul pour ça.

— Pas Nate ?

— Nate est mon jumeau, et même si je l'aime, il trébucherait probablement en voulant te faire du mal.

— Tu as peut-être raison sur ce point. Mais, quand même, c'est un peu dur.

— Je te dis seulement ce que je lui ai dit en face hier. Elle sourit.

Je me mis à rire, puis je repris brièvement ma sœur dans mes bras avant de la suivre dans la cuisine.

— En parlant de ça, quand est-ce qu'ils viennent dîner ici ?

— Comment as-tu su que je les avais tous invités à dîner ?

— Je ne sais pas, mais en effet, j'ai mentionné que je venais ici pour t'aider avec quelques trucs parce que Liam n'était pas là. Donc, j'ai pensé qu'ils s'inviteraient d'eux-mêmes.

— Tu as raison. En fait, Macon a déjà déposé quelques provisions pour nous. Comme ça, je n'ai pas besoin d'aller chercher des pommes de terre supplémentaires.

Je fronçai les sourcils.

— Pourquoi tu ne me l'as pas dit ? Je t'aurais fait des courses.

— Je suis une grande fille, et on peut se faire livrer de nos jours. Elle mit les mains sur ses hanches et me regarda fixement. J'ai un lupus, Cross. Je ne suis pas en train de mourir. Sors-toi ça de la tête.

Je tressaillis en entendant le mot *mourir* et je déglutis.

— Je m'inquiéterai toujours. Je n'y peux rien. Je serai toujours le connard surprotecteur, et tu devras faire avec.

— Et tu devras faire avec le fait que je peux faire certaines choses toute seule. Je peux aller à l'épicerie. Je peux apporter des pâtisseries pour la maison de retraite. Je peux emmener Jasper faire des P-R-O-M-E-N-A-D-E-S. Je peux faire tout ça. Je suis en bonne santé. Je prends soin de moi. Et nous savons tous les deux que Liam ne me laisse pas faire quoi que ce soit de trop fatigant. Elle me fit un clin d'œil. Certaines choses peuvent être un peu fatigantes.

— Je te jure que si tu m'en dis plus, je sors par cette porte. Je fermai les yeux.

— Non, tu ne le feras pas.

J'ouvris les paupières et je vis ses yeux pleins de malice.

— Tu dois vraiment arrêter de faire ça. Tu sais que ça nous fait tous flipper.

— Peut-être, mais j'aime ça. De toute façon, les gars seront bientôt là, et je pense que c'est tout ce dont j'avais besoin. Merci encore d'être venu. Ce carton était juste un peu trop lourd puisque le livreur UPS l'a déposé au pied de l'escalier du porche.

— Ton gars habituel, c'est Mike, non ? Il ne fait pas ça.

— Mike est en vacances, dit-elle en soupirant. Le fait que je connaisse le nom de mon chauffeur UPS et que je sache qu'il est en vacances me dit que je commande probablement trop de choses.

— Non, ça veut juste dire que tu es amicale. Je marquai une pause. Et tu commandes probablement trop de choses.

— Bref, assez parlé de moi et de tous mes besoins. Et toi ? Quelque chose d'intéressant t'est arrivé ces derniers jours depuis que nous avons discuté ?

— Pas vraiment, répondis-je en allant chercher un verre d'eau dans le réfrigérateur. Je pris le pichet pour nous verser des verres à tous les deux, puis je lui en tendis un.

— Tu t'assures que je boive assez ? demanda-t-elle, un seul sourcil levé.

— Je prends soin de toi. Je ne peux pas vraiment m'en empêcher. En plus, tu sais que Liam m'a envoyé un texto tout à l'heure pour vérifier que tu ne manques pas d'eau. Tu sais que tu étais déshydratée il y a quelques jours.

— Je te jure, je me suis mariée et c'est comme si Liam s'était connecté avec vous au point que même *ses* frères commencent à s'inquiéter pour moi. Tout s'est multiplié.

— On ne peut pas s'en empêcher. On s'inquiète pour toi.

— Ça suffit. Dis-moi. Comment va le travail ? Comment va Chris ? demanda-t-elle en faisant une grimace sur le dernier mot. Je soupirai.

— Je pense que je déteste mon associé, dis-je franchement.

— Je ne l'ai jamais vraiment aimé. Il a toujours été un con. Et il n'arrêtait pas de me draguer.

Je posai le verre et me penchai en avant.

— Pardon ? Quand est-ce qu'il t'a draguée ? Tu l'as déjà dit, en quelque sorte, et ce que tu as dit m'a échappé. Mais pourquoi ce ton maintenant ?

Elle m'a jeté un regard.

— Tu rigoles ? Il l'a toujours fait. Tu n'as pas remarqué qu'il se rapproche trop quand on parle ? Ou qu'il empiète lentement sur la présence de chaque femme. C'est effrayant.

Mon estomac se crispa, et j'eus envie de frapper quelque chose.

— Comment j'ai pu rater ça, bordel ?

— Probablement parce qu'au début, il le faisait quand tu ne regardais pas. Et puis tu étais tellement occupée à réparer ses conneries que je ne pense pas que tu aies pu voir grand-chose. Tu n'as eu aucune plainte de vos clientes à ce sujet ?

Je fermai les yeux et comptai jusqu'à dix.

— Non. C'est quoi ces histoires ? On pourrait être poursuivis.

— En effet. Ou peut-être qu'il n'est pas aussi flippant avec les autres femmes qu'il ne l'est avec moi.

— Je pourrais sérieusement lui voler dans les plumes pour ça.

— Non, c'est le boulot de Liam. Elle marqua une pause. Ou le mien. Mais je ne suis pas d'humeur à voler dans les plumes de qui que ce soit. J'enverrais juste un des Montgomery. Ou mes autres frères.

— Tu ne me laisserais pas le faire ?

— Non, parce que tu dois toujours travailler avec lui jusqu'à ce que tu dissolves votre entreprise. En parlant de ça, c'est vraiment ce que tu vas faire ?

— Putain. Je dois y mettre fin. Je ne peux plus travailler avec lui.

— Que fait-il d'autre, à part ce que je pourrais être en train d'exagérer ?

— Tu n'exagères rien. Si tu ne te sens pas du tout à l'aise avec lui — quelque chose dont tu aurais probablement dû me parler avant, pour que je ne te laisse pas dans cette situation, ou peut-être quelque chose que j'aurais juste dû remarquer —, c'est qu'il y a un truc pas net. Quant à ce que je vais faire de Chris ? Je ne sais pas. Je ne sais pas s'il va me faciliter la tâche pour dissoudre l'entreprise. Pour l'instant, je suis celui qui fait les plus grosses affaires.

— Je croyais qu'il voulait faire plus d'argent avec ses affaires bizarres ?

— C'est vrai, mais il n'est plus aussi souvent à l'atelier ces derniers temps. Peut-être qu'il travaille dans son *home studio* comme je le fais parfois, mais je suis bien plus souvent à l'atelier principal que lui. Ses pièces rapportent bien quand il les vend, mais il s'est concentré sur d'autres types de commandes récemment.

— Et tu es sûr qu'il ne prend pas de l'argent de l'entreprise pour lui-même ?

Je hochai la tête.

— Oui. Je travaille avec notre comptable tous les mois pour

passer en revue nos dépenses. Je sais ce qui entre dans l'entreprise et ce qui en sort. Il ne peut littéralement rien prélever de l'argent que je gagne avec les commandes. Il est réinvesti dans le bâtiment — c'est-à-dire tout pourcentage qui vient de notre prix de base. Tant qu'il n'a pas trafiqué les papiers avant de les envoyer.

C'était quelque chose que je devais vérifier. Merde!

— C'est bien. Au moins tu as eu la prévoyance de mettre ça dans vos contrats.

— Je n'aurais pas dû travailler avec lui du tout. J'ai tout fait foirer.

— Non, c'est Chris qui fait ça. J'espère juste que tu pourras t'extirper de tout ça bientôt.

— Oui, moi aussi. Je dois trouver exactement comment aborder ça. Parce qu'au début, je pensais que je pourrais trouver un moyen de travailler avec lui, mais sous un autre angle. Tu vois? Faciliter les choses. Mais je ne pense pas que je puisse. Surtout que j'ai envie de lui casser la figure pour avoir osé te toucher.

— Il ne m'a jamais vraiment touchée, mais il empiète sur mon espace vital et il tient des propos déplacés. Je suis désolée d'en avoir parlé.

Je secouai la tête et bus un peu plus d'eau.

— Ne sois pas désolée. Je suis énervée de ne pas l'avoir vu avant. Et quitter Chris est dans un coin de ma tête depuis un moment maintenant.

— Parlons d'autre chose. Quelque chose de plus joyeux. Tu es sorti avec quelqu'un récemment? Je sais que ça fait un moment.

Je me figeai en clignant des yeux. Comment avait-elle su? Je détestais qu'elle puisse me percer à jour, même sous la barbe.

—Oh mon Dieu. Tu l'as fait. Parle-moi de ça.

— Qu'est-ce que je peux faire pour t'aider avec le dîner? demandai-je pour changer de sujet. Non pas qu'elle me laisse faire.

— Non, non, non. Tu es sorti avec quelqu'un? Avec qui? Dis-moi. Comment j'ai pu ne pas le savoir? Je veux dire, je savais que ça faisait un moment, même si personne ne s'est vraiment moqué de toi à ce sujet. Mais dis-moi. Dis-m'en plus.

— Ce n'était pas vraiment un rendez-vous. Je fronçai les sourcils. Ça n'a pas commencé comme un rendez-vous, mais je pense que ça s'est terminé comme tel.

— Il va falloir que tu m'expliques ça parce que je suis un peu perdue.

— J'ai rencontré quelqu'un. Grâce à Chris, en fait.

Ses sourcils se levèrent encore.

— Ah bon ? Chris ? Est-ce que je ne vais pas aimer cette femme ?

— Elle ne le connaît pas vraiment.

— Je suis encore perdue.

Je ris et je m'appuyai contre le comptoir.

— Donc, Chris a décidé de me forcer à rencontrer une cliente potentielle au 59.

— C'est là qu'il rencontre ses clientes ? C'est quoi, un gigolo ?

J'éclatai de rire.

— Je ne pense pas qu'il y ait de vrais gigolos ou d'escortes là-bas. Je marquai une pause. Pas que je sache en tout cas.

— Attends, tu sors avec une escorte ?

Je levai les mains.

— Laisse-moi finir.

— Alors, commence par parler. Parce que tout ce que je sais maintenant, c'est que je vois Chris comme un gigolo, et ça me donne envie de vomir.

Je gémis.

— Merci pour cette image mentale. Quoi qu'il en soit, j'ai dû rencontrer l'une des clientes de Chris parce que mon associé est nul et il s'est avéré qu'elle n'est même pas venue.

— Ah bon ?

— Soit elle a annulé, soit c'est lui. Je ne sais pas. Ce n'était pas ma cliente, je n'avais rien à voir avec ça. Bref, j'ai vu une femme seule à une table et je me suis assis, pensant que c'était le contact de Chris.

Arden posa ses deux mains sur son visage.

— Tu n'as pas fait ça, gémit-elle.

54

— Si. Parce que je suis un idiot. Cependant, ça s'est bien passé.

— Ah oui?

— Au début, elle pensait que j'étais son rendez-vous arrangé.

— Oh, mon Dieu, c'est trop mignon comme rencontre. Elle écarquilla les yeux. Attends, son rencard s'est pointé?

— Non. Donc, il n'y avait que moi.

— Quel connard. Il lui a posé un lapin? Qui se défile à un rendez-vous arrangé?

— Apparemment sa fille était malade.

— Maintenant c'est moi la connasse.

— Peut-être que tu devrais me laisser finir l'histoire?

— OK.

— Bref, une fois qu'on a compris qu'on avait fait une erreur, on a fait avec. Elle était sympa, on a parlé, on s'est bien entendu, et j'ai eu son numéro pour la revoir, peut-être.

— Franchement, c'est trop mignon comme rencontre. C'est quoi son nom?

— Arrête de dire « trop mignon ». Et elle s'appelle Hazel.

— Cross et Hazel. C'est trop mignon.

— Si tu commences à chanter « Assis dans un arbre [1] », je vais devoir te forcer à donner un B-A-I-N à Jasper.

— C'est cruel. Pour nous deux. Elle posa la main sur la tête de son chien et le caressa rapidement. On ne veut pas le traumatiser à vie.

Je lui lançai un regard.

— Bref, c'était une situation bizarre qui s'est avérée plutôt sympa, dis-je en haussant les épaules. Je ne sais pas si je vais la revoir un jour. Elle a mon numéro si jamais elle veut m'appeler.

— Tu ne peux pas la laisser en plan, Cross. Elle doit attendre que tu le fasses.

— Ça ne fait même pas vingt-quatre heures. Je vais lui envoyer un texto. Peut-être. Je ne sais pas.

— Ne joue pas au con.

— Je ne joue pas au con. C'est plutôt que je ne sais pas si je veux sortir avec quelqu'un. J'ai assez de problèmes avec le travail.

Ajouter une relation en plus de ça n'est probablement pas la meilleure des choses.

— Chris nuit déjà à ta créativité. Il nuit à ton travail. Ne le laisse pas nuire à ta vie personnelle aussi.

— Je ne sais pas. En plus, elle aura peut-être eu un autre rendez-vous le temps que je sache ce que je veux.

— Qu'est-ce que tu veux dire ? Avec le même gars ?

— Je ne sais pas. Mais elle est dans ce truc de rendez-vous arrangé avec ses amies.

J'expliquai le pacte qu'Hazel avait fait, me sentant mal de raconter cette histoire, mais c'était Arden. Elle ne dirait rien à personne. En plus, j'avais besoin de parler de ça. Je n'avais vraiment personne d'autre avec qui le faire. Je pouvais parler avec Prior ou Macon ou Nate, mais ils avaient leurs propres problèmes. Arden était la seule d'entre nous à être vraiment installée dans la vie. Elle était notre pierre angulaire.

Elle l'avait toujours été, même quand sa vie était chaotique.

— C'est génial. Je l'envie un peu d'avoir ce genre d'amies.

Je tendis la main et lui replaçai une mèche derrière l'oreille.

— Tu nous as toujours nous. Et tu as tout un tas d'amis maintenant. Arden avait perdu certains de ses amis au fil du temps à cause de sa maladie, des gens qui ne pouvaient pas comprendre que parfois elle ne pouvait tout simplement pas quitter la maison. Que, parfois, sa maladie était la priorité numéro un dans sa vie, même si elle ne le voulait pas.

Elle avait cependant un nouveau groupe d'amis grâce à son mari, et c'était une bonne chose pour elle. Et pour moi. Je n'aimais pas que ma sœur se sente seule.

Cependant, cela me fit penser que je n'avais vraiment que mes frères, et maintenant Liam et sa famille. Chris avait été mon seul véritable ami en dehors de la famille. Je n'avais pas besoin de beaucoup d'autres choses avant.

Maintenant, il semblait que j'allais le perdre aussi.

— Bref, tu sais qu'elle a trois amies, et tu as trois frères. On pourrait faire en sorte que ça fonctionne entre eux. Elle tapa dans ses mains, et je levai les miennes.

— Non, même pas en rêve. On ne va pas mettre nos frères en relation avec ces femmes.

— Est-ce que tu les connais au moins ?

— Non, et toi non plus. Ne forçons pas le destin pour rendre les choses encore plus difficiles qu'elles ne sont.

— Parce que tu veux l'appeler pour la revoir ? Et ça rendrait les choses bizarres que tes frères sortent avec ces femmes ?

— Tu aimes vraiment arriver à tes fins, hein ? dis-je en riant.

— Absolument. Et, franchement, tu souris quand tu parles d'elle. Tu ne souris pas beaucoup ces temps-ci. Je pense que tu devrais l'appeler.

Je fronçai les sourcils.

— Je ne sais pas. Je ne veux pas lui compliquer la vie.

— Dans une relation, il faut savoir gérer les complications, trouver des solutions. Et, même si je suis ta sœur et que cette conversation est dégoûtante, ça n'a pas besoin d'être sérieux. Un peu de compagnie te ferait du bien.

Je grimaçai.

— Ne parlons pas de ça.

— Quoi ? Tu es un homme gentil et en bonne santé. Tu commences à prendre de l'âge. Il est peut-être temps pour toi de te trouver quelqu'un.

— Ne me traite pas de vieux. Tu es peut-être ma petite sœur, mais je peux encore te battre.

— Tu pourrais essayer. Mais je suis presque sûre que les Montgomery pourraient t'attaquer.

— Tu utilises la famille de ton mari comme bouclier ?

— À chaque fois que j'en ai besoin. En plus, je t'utilise comme bouclier contre eux. En plaisantant, bien sûr. Personne n'oserait me faire du mal.

— Tu m'étonnes. Et, de toute façon, je n'ai aucune idée de ce que je vais faire pour Hazel. Mais j'ai aimé la soirée qu'on a passée ensemble, et je lui ai demandé son numéro.

— C'est toi qui as demandé ? Ne joue pas au con. Appelle-la. Envoie-lui un SMS. Fais quelque chose.

— Je sais, je sais. Je viens juste de quitter l'espèce de bulle qu'on avait créée, et j'ai ressenti le poids de ce qui se passait avec Chris. Ça a bousillé mes perceptions.

— Arrête ça tout de suite. Sois meilleur que ça. Tu as souri. J'aime quand tu souris. Appelle-la. Sortez ensemble. Une sortie que tu planifies vraiment cette fois. Et souviens-toi, tu as déjà eu la parfaite rencontre trop mignonne.

— Arrête de l'appeler comme ça, dis-je et je regardai mon téléphone. Je me demandais ce que je devais faire.

J'avais adoré chaque moment passé à cette table avec Hazel. Et je voulais en savoir plus sur elle.

Même si je n'étais pas sûr qu'aucun de nous ne soit prêt pour ce que cela pouvait signifier.

---

1. Comptine sur un garçon et une fille qui s'embrassent sur une branche.

CHAPITRE CINQ

Hazel

— **M**ais je n'arrive pas à trouver X.

Je secouai la tête en entendant mon élève dire ça, mais je laissai un sourire traverser mon visage. Ce n'était pas notre première série d'heures de cours, et nous avions déjà nos petites habitudes.

— Tu vas trouver. Faisons-le ensemble. Tout ce qu'on doit faire, c'est trouver le modèle. C'est de ça qu'il s'agit, là. Honnêtement, c'est toujours de ça qu'il s'agit en maths. C'est trouver un modèle. Et si tu te souviens des règles, parfois, le modèle t'aide à trouver la solution un peu plus vite. D'autres fois, tu dois travailler pour le voir.

— Mais je ne suis pas doué pour les modèles. Je n'ai jamais été bon pour faire correspondre des choses ou des choses comme ça à l'école.

Je regardai Dustin, mon élève de première année, et je me demandai combien de professeurs et d'enseignants lui avaient dit qu'il n'était pas bon en maths. Que les maths, c'était pour certaines personnes, et qu'il n'en faisait pas partie.

Même si je pensais sincèrement que tout le monde n'avait pas besoin de comprendre les mathématiques de haut niveau, je devais être honnête. Même si ce n'était pas nécessaire pour chaque personne, je savais aussi que je devais donner une chance à chacun. Ce n'était pas grave s'ils ne comprenaient pas toutes les nuances du premier coup. C'est pour ça qu'on en faisait ensemble. C'est pourquoi mes examens n'étaient pas les seuls éléments à peser sur la note.

Un autre professeur qui enseignait l'algèbre ne comptait que trois examens dans la note des étudiants. Le professeur avait eu des problèmes pour avoir fait reposer tout un semestre de calculs compliqués sur un seul examen. Il avait donc ajouté deux examens supplémentaires à son programme, tous plus difficiles les uns que les autres.

Les étudiants s'en plaignaient continuellement, mais je ne pouvais pas faire grand-chose. Après tout, cela fonctionnait parfois. Ils y excellaient et poursuivaient leur carrière universitaire et professionnelle pour faire de grandes choses.

Pour des étudiants comme Dustin, ça ne fonctionnait pas. Il avait dû abandonner le semestre dernier à cause de ce professeur, et maintenant il était dans mon cours. Même si je ne faisais pas ces examens de la même façon, mon cours était quand même difficile.

— Maintenant, Dustin, commençons par là où tu es à l'aise, et voyons où nous pouvons aller à partir de là. Tu dis que tu as des problèmes avec les modèles ? Eh bien, trouvons un autre moyen.

— Mais si je n'y arrive jamais ? grommela-t-il.

— Si tu commences en pensant que tu n'y arriveras pas, cela pourrait avoir un effet autodestructeur. Je ne dis pas que ce sera facile. Et je ne dis pas que ça aura du sens tout de suite, mais nous allons essayer.

Certains finirent par avoir du sens. Il fallut les quarante minutes que durait son rendez-vous avec moi, mais il réussit finalement à faire ses devoirs.

Il était épuisé, et j'étais aussi un peu fatiguée. Je me demandai pourquoi il s'orientait vers la médecine, puisqu'il ne faisait pas ses devoirs, il parlait d'écriture, ce qu'il adorait, et de sa haine des mathématiques et des sciences. Ce n'était pas à moi de le lui faire remarquer, du moins pas encore. Plus tard dans le semestre, quand je le connaîtrais mieux, je pourrais peut-être en parler et l'aider à comprendre. Après tout, ce n'est pas parce qu'il n'était pas bon en algèbre qu'il ne pouvait pas faire tout ce qui était requis pour son diplôme.

Bien que la tristesse dans son regard m'ait frappée durement. Je voulais qu'il s'en sorte. Qu'il réussisse. Et c'est pour cela que je donnais ces heures de cours supplémentaires avec lui et quelques autres élèves.

Après avoir fixé notre prochain rendez-vous, je m'appuyai sur ma chaise et je réfléchis. J'avais des heures de cours régulières plus tard dans la journée, mais il s'agissait d'un rendez-vous permanent entre nous deux. C'était également le cas avec quelques autres étudiants, et cela empiétait parfois sur mon temps de recherche, mais cela en valait la peine.

L'entrée à l'université était quelque chose, et il y avait telle-ment de pression sur ces jeunes dès l'âge de quatorze ans! Ils avaient dix-huit ou dix-neuf ans, étaient peut-être seuls pour la première fois, et beaucoup d'entre eux ne savaient pas comment étudier. Ils savaient comment passer des tests, ils savaient comment réussir au lycée, mais étudier dans un cadre universitaire n'était pas une compétence que beaucoup de gens avaient.

Ils devaient apprendre à le faire tout seuls parce qu'il n'y avait pas beaucoup de moyens d'apprendre autrement. Il y avait des groupes d'étude, des conseils et des cours utiles en cours de route, mais parfois, ça ne se faisait pas.

Je n'étais pas quelqu'un qui pouvait changer le système, je n'avais pas ce pouvoir, mais je pouvais apporter mon aide.

— Il est temps de travailler, me murmurai-je en sortant ma salade de mon mini-frigo, puis en me mettant au travail sur mes recherches. L'autre partie de mon bureau était couverte de tableaux blancs et disposait d'un ordinateur high-tech pour que je puisse travailler. Pour l'instant, j'avais juste besoin de me concentrer sur mon carnet de notes et de dévorer cette salade.

Malheureusement, j'avais oublié la vinaigrette à la maison, donc ça n'allait pas être si génial que ça. Je n'avais pas vraiment été au top de ma forme ces deux derniers jours, et j'en voulais à mon rendez-vous arrangé accidentel. Oh, j'aurais probablement pu blâmer quelque chose d'autre comme le stress au travail, ou mes étudiants, mais ce n'était pas ça.

Non, c'était le rendez-vous.

Cross.

Et le fait qu'il n'avait pas encore envoyé de SMS.

Ou appelé.

Non pas que la plupart des gens appellent de nos jours, mais ça pouvait arriver. Et ça ne s'était pas produit.

Je ne savais pas pourquoi j'avais mis tant d'espoir dans l'idée qu'il le ferait. Je ne le connaissais même pas. Le fait que nous nous soyons bien entendus ne signifiait pas que cela irait plus loin. C'était juste un moment unique, une belle soirée qui avait commencé sur une trajectoire très différente.

Je ne savais pas pourquoi j'étais si déçue qu'il ne m'ait pas contactée. J'avais son numéro, et je ne l'avais pas contacté non plus. C'était juste bizarre. Et c'était ça mon problème.

Je m'étais déjà mise en danger en lui donnant mon numéro. Et pourtant il ne m'avait pas contactée. Il devait y avoir une raison. Une fois rentré chez lui, il avait peut-être réalisé l'énorme erreur qu'il avait faite. Ou peut-être était-il un tueur en série et connaissait-il mon numéro de téléphone, ainsi que mes goûts et mes dégoûts, et prévoyait-il de me découper en petits morceaux plus tard.

Je grimaçai. J'avais vraiment besoin de me sortir ces pensées de la tête. Elles n'étaient pas saines.

— Toc, toc, fit Paris depuis le seuil de la porte. Je sursautai, laissant tomber ma fourchette sur mon bureau.

— Tu m'as fait une peur bleue. Heureusement que j'ai oublié ma vinaigrette, sinon ça aurait été une catastrophe.

Je ris en disant ça, tout en nettoyant ma salade et mes carottes éparpillées.

— Désolée, je croyais que tu m'avais vue. Tu étais perdue dans tes pensées. Paris se pencha à côté de mon bureau et me tendit une rondelle de concombre.

— Merci, dis-je en grimaçant.

— Pas de problème. Je venais voir si tu voulais déjeuner puisque j'étais en déplacement pour une réunion d'affaires toute la matinée. J'ai deux heures devant moi. Mais il semble que tu aies déjà commencé ton charmant déjeuner.

— Je ne savais pas que tu faisais des réunions d'affaires maintenant, dis-je, ignorant la pique sur mon déjeuner. Elle avait raison, après tout.

— Pas tout le temps. Mais nous sommes à la recherche de quelqu'un pour remplacer Jeff, et cela signifie que je dois faire une plus grande partie de son travail. En plus du mien. Heureusement, mon patron semble l'avoir compris et m'a donné quelques heures de congé.

— J'aurais adoré déjeuner avec toi, mais j'ai en quelque sorte utilisé mon heure de déjeuner pour travailler avec un étudiant.

Paris me sourit d'un air chaleureux.

— C'est merveilleux. Je veux dire, pas le fait que tu ne manges pas, mais le fait que tu sois un si bon professeur. Je ne sais pas si j'aurais la patience.

— On apprend... ou on n'enseigne pas. Du moins, on ne devrait pas si ce n'est pas dans ses compétences. Je haussai les épaules. Mais ça n'a pas d'importance. J'aime ce que je fais, même si je suis fatiguée en ce moment, tu vois ?

— Non, je ne vois pas. Parce que tu ne m'as pas parlé de la suite de ton rendez-vous. Je veux dire, tu as mentionné le truc de la rencontre accidentelle, qui, oh mon Dieu, ça n'est pas incroyable ? Cependant, je n'en sais pas beaucoup plus.

— Il n'y a vraiment rien d'autre à dire que ce que je t'ai déjà dit.

Après que je sois rentrée chez moi, Paris avait à nouveau appelé, cette fois en *chat* à quatre avec les autres filles pour qu'elles puissent me demander exactement ce qui s'était passé. Apparemment, j'avais été un peu trop mystérieuse quand j'avais raccroché avec elle pendant le dîner. Elles étaient tout un mélange de surprise, d'inquiétude et d'excitation.

Étant donné que je traversais toutes ces mêmes émotions, c'était compréhensible.

— Je pense que tu sais déjà tout, dis-je pour finir.

Paris leva un sourcil parfaitement épilé.

— Ah oui ? Donc, il n'y a pas eu de contact depuis ?

— Non, dis-je l'estomac noué. Et merci de me rappeler qu'il n'a pas appelé ou envoyé de textos.

— Bon, d'abord, ça fait moins de quarante-huit heures. Et tu as son numéro, toi aussi. Tu pourrais l'appeler. Après tout, c'est le but de ce pacte, non ? Prendre notre avenir en main et forger nos propres chemins. Avec des amies.

Je secouai la tête.

— J'étais déjà sur ce chemin. Ça n'a pas fonctionné. Un organe a été littéralement prélevé sur le corps de quelqu'un, je te rappelle.

— Oui, c'est un problème. Mais ce n'est pas quelque chose sur quoi nous devrions nous concentrer pour le moment. D'ailleurs, ça n'aurait pas marché entre vous et Stavros de toute façon.

— Pourquoi ça ?

Paris eut l'élégance de grimacer.

— Apparemment, il s'est remis avec son ex-femme. Je ne savais pas qu'ils avaient encore un lien en dehors de leur fille. Je croyais tout savoir. Mes recherches sont clairement défectueuses. Quand on arrivera aux personnes suivantes sur la liste, y compris ton prochain rendez-vous — si ça ne fonctionne pas avec Cross — alors, je ferai mieux.

Je secouai simplement la tête, en retenant un rire.

— Je ne sais pas. J'ai l'impression que si je lui envoie un texto ou l'appelle, ça pourrait gâcher la bulle de ce que nous avons partagé. Tu vois ?

— Peut-être. À moins que tu rates une opportunité. Je pense que tu ne le sauras jamais tant que tu n'auras pas essayé, dit franchement Paris.

Elle glissa ses cheveux derrière son oreille avant d'ajouter :

—Je vais te laisser tranquille. Mais sache juste qu'une partie du pacte est peut-être en train de te pousser dans la bonne direction. Tu as prêté ce serment toi aussi, tu dois le respecter.

— Il n'y avait pas de serment. Je marquai une pause. Il y en avait un ?

Paris se contenta d'un sourire radieux.

— Me pousser dans cette direction n'est peut-être pas la meilleure idée, dis-je sincèrement. »

— Ou peut-être que ce sera la meilleure idée de tous les temps. Dans tous les cas, ne perds pas espoir. Peut-être que tu lui enverras un message toi-même ?

Je secouai la tête et dis au revoir à Paris, sans savoir si j'allais contacter Cross ou non. J'avais des choses plus importantes à faire aujourd'hui.

Peu importe que je continue à penser à son sourire ou à la sensation de ses mains sur les miennes.

Je secouai la tête. *J'ai du travail à faire.*

Je terminai une autre série d'heures de cours, puis je travaillai sur mes recherches jusqu'à ce qu'il soit temps de rentrer chez moi. J'avais un léger mal de tête, surtout parce que si j'aimais les chiffres, ils ne m'aimaient pas toujours en retour. De plus, j'avais été stupide et je n'avais mis mes lunettes de lecture qu'une heure après le début de ma journée.

J'étais encore en train de m'habituer au fait que je devais porter des lunettes de lecture, même si je n'avais pas atteint l'âge où ma mère avait eu les siennes.

Je fronçai les sourcils, me demandant pourquoi j'y avais pensé. Cela faisait un moment que je n'avais pas pensé à mes parents. Le fait que Cross m'ait posé des questions à ce sujet lors de notre rendez-vous m'avait surprise, mais ça n'aurait pas dû. Les gens posent toujours des questions sur la famille. Ils se renseignent sur ça, le travail, les amis. C'est comme ça que ça marche. Ce n'est pas parce que je n'en avais pas l'habitude que je ne me souvenais plus des règles.

Je rentrai chez moi, je me garai dans mon garage et je fermai le grand portail avant même d'ouvrir la portière de la voiture. J'avais mon spray au poivre à la main lorsque je me glissai hors du véhicule et que je me dirigeai vers l'entrée de la maison.

Je ne me rendais même pas compte que je le faisais la plupart du temps. C'était quelque chose à laquelle j'avais l'habitude maintenant.

Je ne pouvais pas m'en empêcher. Quand on a vécu ce que j'ai vécu, parfois, la façon dont on se déplace, même dans sa propre maison, signifie qu'on ne se sent pas en sécurité. Trouver un moyen de créer ce sentiment de sécurité était important.

Je vérifiai qu'il n'y avait pas de danger, puis je m'assurai que tout était verrouillé avant de poser mon sac et d'aller me servir un verre de vin. La journée avait été longue, et j'étais fatiguée.

De plus, un seul verre de vin le soir, c'était bon pour le cœur, non ?

Les études à ce sujet changeaient tous les jours, mais j'étais d'accord.

Je venais de boire ma première gorgée quand mon téléphone sonna. Je fronçai les sourcils et posai les yeux dessus.

C'était probablement une des filles, qui voulait en savoir plus sur Cross ou me dire exactement ce qui allait se passer ensuite avec notre projet.

Je ne savais pas si je voulais en passer par là. Ça ne s'était déjà pas passé comme on l'avait prévu, et j'avais le sentiment que ça n'allait pas changer de sitôt.

Quand je vis l'écran, je compris que ce n'était pas une des filles.

Mon cœur s'accéléra, et mes mains devinrent moites. Oh.

Oh !

Cross : *Salut. Désolé que ça m'ait pris du temps pour t'envoyer un texto. Je ne suis vraiment pas doué pour ça. J'ai réfléchi pendant tout ce putain de temps.*

Cross : *Je n'aurais probablement pas dû dire ça.*

Cross : *Ou jurer.*

Cross : *Désolé.*

Mes épaules s'affaissèrent et je souris. Honnêtement, il n'aurait rien pu dire de mieux. Il avait dit tout ce qu'il fallait.

Parce que je n'étais pas douée pour ça non plus.

Moi : *Je pensais que je n'étais pas très douée pour ça non plus. Donc, bonjour!*

C'était bien, non? Je ne voulais pas trop y penser. J'avais fait de mon mieux pour ne pas trop penser aux choses pendant notre seule soirée ensemble. Ça devrait juste être pareil.

Cross : *Je n'étais même pas sûr que tu veuilles avoir de mes nouvelles. Puis ma sœur a dit que si je ne t'envoyais pas de message, je serais un con.*

Moi : *Tu as parlé de nous à ta sœur?*

De nous? Super, peut-être que je devrais réfléchir à ce que je disais. Il n'y avait pas de nous. Et il l'avait dit à sa sœur? Qu'est-ce qu'il avait dit d'autre? Oh, mon Dieu, je ne pensais pas que je pourrais aller jusqu'au bout.

Peu importe ce que c'était.

Cross : *Je lui dis la plupart des choses. Surtout parce que j'ai besoin d'une caisse de résonance, et elle est douée pour garder les choses pour elle.*

Eh bien... s'il pouvait être franc, je le pouvais aussi.

Moi : *Je vais être honnête et te dire que je l'ai dit à mes amies, aussi.*

Cross : *Je ne m'attendais pas à autre chose. Cependant, où est-ce que cela place notre rencontre sur votre projet de rendez-vous arrangés?*

Je pouffai.

Moi : *Je pense que Paris a décidé que cela ferait partie du plan.*

Donc, je suis désolée d'avance si elle trouve tes coordonnées et te force à avoir un autre rendez-vous avec moi.

Cross : *Qui a parlé de me forcer ?*

Moi : *Ah, d'accord.*

Cross : *Je t'envoie un texto, après tout. J'allais t'appeler, mais ça me semblait un peu trop direct en ces temps de technologie.*

Je ris à nouveau.

Moi : *Tu as raison. C'est un peu direct.*

Cross : *En plus, il faut être au courant de ce que font les jeunes. Pas vrai ? Bref, je suis là.*

Cross : *J'envoie des SMS. Et je suis vraiment nul à ça, putain.*

Cross : *Et merde, voilà, je jure encore. Désolé.*

Moi : *Comment tu oses, putain ?*

Cross : *:)*

Je gloussai.

Cross : *De toute façon, je ne connaissais pas la règle des quarante-huit heures ni aucune des autres conneries qu'impliquent les rendez-vous de nos jours. Et comme on a commencé sur un chemin différent de la plupart des gens, je me suis dit pourquoi pas. Alors, bonjour !*

Moi : *Salut.*

Cross : *Bref, j'adorerais ressortir avec toi.*

La tension me traversa, même si des papillons dansaient dans mon estomac.

Moi : *Je pense que ça pourrait être sympa.*

Cross : *Vraiment ?*

Moi : *Tu es déjà en train de douter ?*

Cross : *Je t'ai dit que j'étais nul à ça. Je veux t'inviter. Cependant, je suis un peu occupé en ce moment. Je me suis dit que tu devais l'être aussi puisque c'est le début du semestre, si je me souviens bien de l'école.*

Moi : *Tu as raison. Et j'ai quelques réunions et dîners de la faculté la semaine prochaine.*

Cross : *Je suppose que ça veut dire qu'on va devoir continuer à* *s'envoyer des SMS jusqu'à ce qu'on ait le temps de planifier quelque chose.*

Moi : *Ça semble un peu effrayant.*

Cross : *M'en parle pas.*

Je souris et lui envoyai quelques textos supplémentaires à propos de rien, mais la sensation de quelque chose de nouveau et d'inconnu me traversa. Presque comme si c'était le début de quelque chose. Je ne voulais pas trop y penser ou y apporter trop d'importance, alors je ne le fis pas. Au lieu de cela, je souris et glissai mon téléphone dans mon sac après lui avoir dit au revoir.

Ce n'était pas un engagement, mais c'était un début.

Il avait envoyé un texto, et il avait plus de courage que moi, étant donné que je n'étais toujours pas sûre que je l'aurais fait.

Mais il ne s'était pas enfui en hurlant après notre rencontre. Et ça comptait.

Du moins, je l'espérais.

Mon téléphone sonna encore, je le sortis, un sourire aux lèvres. Je me demandais ce que Cross voulait maintenant.

Quand je baissai les yeux, les poils de ma nuque se dressèrent et mon sang se glaça dans mes veines.

C'était un texto d'un numéro inconnu, complètement bloqué, un numéro que je n'allais pas être capable de retrouver par moi-même.

Inconnu : *Je te vois.*

C'était ça, c'était le message. La bile remonta dans ma gorge, et alors que je serrais le téléphone dans mes mains, je me tournai vers le comptoir et je vomis le reste de mon vin et la salade de tout à l'heure, directement dans l'évier.

Il ne pouvait pas me voir. Ça ne pouvait pas être lui. Seulement... peut-être que ça l'était. Peut-être qu'il était ici ? Il m'avait frappé avant. Il m'avait harcelée après. Il avait attendu chez moi quand j'étais sortie et me croyait en sécurité. Il m'avait envoyé des lettres pendant le procès. Il m'avait appelée et laissé des messages me disant ce qu'il allait me faire.

Il y avait des raisons pour lesquelles j'étais si à cheval sur la sécurité de ma maison. Pourquoi je faisais attention quand je n'étais pas à la maison.

Et, par je ne sais quel moyen, il m'envoyait des SMS.

Comment c'était possible ?

Je m'essuyai le visage, j'ouvris l'eau pour nettoyer l'évier et je revérifiai les serrures.

J'avais mon spray au poivre dans une main, mon téléphone dans l'autre, et je me postai dans le coin où je pouvais voir tous les angles. Et puis je priai tout en appelant l'inspecteur qui s'était occupé de mon cas. J'avais besoin de savoir si Thomas était toujours en Californie. Si j'étais en sécurité.

J'avais besoin de tout savoir, et pourtant je ne pouvais pas me concentrer. Je ne pouvais pas respirer.

Toutes les pensées de ce que je pourrais avoir sur Cross avaient disparu de mon esprit.

Je n'étais plus la personne que j'avais été.

Je ne pouvais plus croire aux chemins et à l'espoir.

Parce qu'il était toujours en train de me surveiller.

Il attendait.

Je ne pouvais pas fuir ça.

CHAPITRE SIX

Cross

J e baissai la tête et me concentrai sur le travail qui m'attendait, les basses des haut-parleurs que j'avais fixés au mur résonnant dans mes oreilles. Cela me permettait de me concentrer, de faire abstraction du reste du monde pour pouvoir travailler sur ce qui se trouvait devant moi, plutôt que sur ce que les autres attendaient de moi.

Je fis glisser mes doigts sur le bois, puis j'utilisai ma ponceuse de l'autre main, en m'attaquant à l'un des arrondis jusqu'aux rainures du fond. J'entrais dans le vif du sujet, les parties de la conception qui étaient au-delà de l'ingénierie, au-delà de la fonction, seulement là pour l'esthétique. Les parties qui faisaient appel à l'unicité, parfois de manière subtile. C'était la partie que j'aimais.

C'était un mensonge.

J'aimais les deux parties. J'aimais tous les aspects de mon travail, même les impôts, la paperasse et les relations avec les clients.

C'était un autre mensonge, je n'aimais pas les impôts, mais ça ne me dérangeait pas de les payer. Parce que cela signifiait que j'avais de l'argent à la banque et que je devais montrer au gouvernement que je faisais quelque chose de ma vie.

Je secouai la tête et je retournai à mon projet. J'aurais probablement terminé cette partie aujourd'hui, et après quelques jours de plus, je pourrais attaquer le polissage, ce que j'appelais fignoler. Et ensuite les clients pourraient venir chercher la table et les chaises.

Cela semblait beaucoup de travail, et probablement plus que ce que certains voudraient pour des meubles de salle à manger, mais j'étais tombé amoureux du travail du bois quand j'étais plus jeune, et maintenant c'était une passion qui était en quelque sorte devenue ma carrière. Les pièces que je fabriquais n'étaient pas destinées à tout le monde, mais la plupart des objets sur lesquels je travaillais n'étaient pas haut de gamme. Les projets les plus détaillés, qui prenaient plus de temps et coûtaient plus cher, complétaient certains de mes autres petits projets.

Je fredonnais sur la musique, pris par mon travail. J'étais peut-être un artiste, un artisan. C'était comme ça qu'Arden pourrait m'appeler, pas moi d'habitude. Plus j'y pensais, cependant, plus le terme ne me dérangeait pas. J'arrivais de mieux en mieux à réaliser qui j'étais, même si cette idée semblait changer certains jours.

J'arrivai au moment où je m'arrêtais et regardais mon travail pour voir s'il y avait quelque chose que je devais retoucher avant d'en finir avec la journée. Je voulais rentrer chez moi, car mes frères allaient bientôt venir boire des bières et dîner. Je ne voulais pas être le dernier, vu que c'était ma maison.

J'avais invité Arden, mais elle avait prévu une soirée entre filles avec ses belles-sœurs, alors je n'avais pas insisté. J'aimais l'idée qu'elle ait un autre système de soutien maintenant, mais je voulais toujours être le grand frère et l'envelopper dans du coton.

C'était difficile de ne pas être un peu autoritaire quand son mari n'était pas là. Tout ce que je voulais, c'était m'assurer qu'elle allait bien et le vérifier continuellement.

Je rangeai mes outils, nettoyai mon poste de travail, éteignis la musique et fis rouler mes épaules en arrière en me dirigeant vers la zone centrale du bâtiment. Chris était là, en train d'envoyer des textos furieux. Je me mis instantanément sur mes gardes.

Je ne voulais pas avoir affaire à lui. J'avais fait un bon travail en l'ignorant ces deux derniers jours, mais ce n'était pas la meilleure façon de faire. Après tout, nous devions encore parler de ce que nous faisions exactement avec cette entreprise. Et il m'avait évité, tout comme je l'avais fait.

Chris leva les yeux de son téléphone avant que j'eusse le temps de réfléchir à ce que j'allais dire.

— Ah. Bien. Tu as fini. J'étais sur le point de partir, et je voulais voir comment tu allais.

— J'étais sur le point de partir, aussi. Tu voulais quelque chose? demandai-je.

Je n'étais pas d'humeur à réfléchir à ce que je devais faire avec Chris, et il fallait que j'y aille. Les choses s'étaient calmées depuis que je lui avais dit que nous devions parler. Je ne pensais pas que tout irait mieux du jour au lendemain, cependant. J'avais vraiment besoin de dissoudre le partenariat ou de trouver une meilleure solution. Mais pour l'instant, il agissait comme si tout était au moins à peu près au niveau. Et il ne m'ennuyait pas tant que ça.

Le fait que ce soit ma limite absolue aurait dû m'inquiéter.

— Oh. Tu fais quelque chose d'amusant ce soir? Je n'étais pas sûr qu'il soit réellement intéressé.

Quand en étions-nous arrivés là? Chris était mon ami. J'avais irrévocablement lié mon entreprise et mon avenir à cet homme, et pourtant je ne semblais plus le connaître. Avais-je changé? Ou était-ce lui?

Peut-être que c'était le mélange des deux qui avait tout gâché.

— Je vais traîner avec mes frères.

Chris sourit, mais son sourire n'atteignit pas ses yeux. Il ne s'entendait pas bien avec mes frères. Surtout parce qu'il essayait toujours de leur montrer qu'il gagnait bien sa vie. Mes frères s'en sortaient bien, eux aussi. Mais ce n'était jamais assez bien pour lui.

Sérieusement, j'avais besoin d'arranger ça. Mais ce soir, ce n'était pas le moment.

— Ah. Eh bien alors, amuse-toi bien. J'ai un rendez-vous avec cette cliente. Tu sais ? Cassidy ?

Non, je ne savais pas, mais c'était le but. N'est-ce pas ?

— Vous allez au 59 ?

— Oui, c'est l'idée, du moins au début. On verra où ça nous mène.

Je levai les sourcils.

— C'est ta cliente. Tu verras où *quoi* te mène ?

Il agita la main devant moi.

— Tu sais que je ne mélange pas travail et plaisir. Il fit un clin d'œil.

C'était un mensonge.

— De toute façon, j'ai des choses à faire, et je suis sûr que toi aussi. D'après la musique, on aurait dit que tu étais vraiment à fond dedans. Ça te dérangerait de me montrer ce sur quoi tu travailles ?

— Peut-être. J'en suis encore au stade où ça n'est pas prêt à être vu. J'avais verrouillé la porte derrière moi, et il n'avait pas de clé. Moi non plus, je n'avais pas la clé de son studio. C'est comme ça que ça avait toujours été. C'était nos œuvres, et c'était personnel.

Je ne savais pas exactement pourquoi je ne voulais pas lui montrer. J'avais l'impression que c'était quelque chose qui m'appartenait, et je ne voulais pas le partager avec lui.

Ou peut-être que j'étais paranoïaque.

Bon sang, c'était juste un clou de plus dans le cercueil, n'est-ce pas ?

— Je vois, dit Chris, d'une voix douce, bien qu'un peu glaciale.

Qu'est-ce qu'il voyait ?

Chris continua.

— Je ne te retiens pas, alors. Amuse-toi bien avec tes frères. Souhaite-moi bonne chance avec cette cliente.

— C'est le projet sur lequel tu espères gagner beaucoup d'argent?

— Non, c'en est un autre, mais il est déjà dans les tuyaux. Ne t'inquiète pas, je vais bientôt remporter beaucoup d'argent. Tu vas regretter de ne pas m'avoir rejoint.

— Je me débrouille pas mal, Chris.

— Et c'est ça ton problème, Cross. Tu te débrouilles toujours *pas mal*.

Et sur cette remarque, Chris sortit, me laissant fermer le bâtiment. Ça ne me dérangeait pas, c'était quelque chose que je faisais presque tous les jours. Mais putain, il était vraiment bon pour me mettre de mauvaise humeur.

Je montai dans ma voiture et j'arrivai chez moi, heureusement avant que mes frères n'arrivent, et je sortis rapidement les lasagnes que j'avais faites ce matin-là. Je les enfournai, sans prendre la peine de préchauffer le four, sachant que ce n'était pas très malin, mais peu importait. Je n'étais vraiment pas d'humeur. Et Arden était la meilleure des cuisinières. J'avais juste suivi ses instructions et utilisé la sauce qu'elle avait mise dans mon congélateur.

On sonna à la porte, puis Prior entra, suivi de Macon et Nate.

Je secouai la tête.

— Au moins vous avez sonné.

— Tu nous connais. On va là où on ne veut pas de nous, dit Macon, en grognant d'un air moqueur.

— Oh, la ferme. Tu sais que vous êtes les bienvenus. J'étais juste surpris que vous sonniez à la porte.

— On a de bonnes manières, dit Prior en souriant. Et on a apporté de la bière et du pain.

Nate s'avança vers l'îlot de cuisine.

— Et j'ai apporté de la salade italienne. Tu sais, avec la sauce maison qu'Arden a faite pour nous et qui a le même goût que celle de chez Olive Garden?

— Bien sûr, dis-je en souriant. Tu sais, je suis sûr que maman voudrait qu'on prenne du vin avec ça, mais j'ai vraiment envie d'une putain de bière.

— Elle était dans la glacière de la voiture, donc elle est encore froide, dit Macon, en en décapsulant une et en me la tendant. On prit chacun une bière, en faisant tinter les bouteilles, et je bus la moitié de la mienne pendant que les autres me fixaient après avoir bu leurs premières gorgées.

— Tu veux en parler, grand frère ? demanda Prior.

— Putain, je déteste mon boulot, grognai-je avant de me diriger vers le four pour jeter un œil sur les lasagnes.

— Chris est un connard. Tu dois dissoudre ce partenariat. Tu n'as pas besoin de lui.

Je regardai Nate.

— Je n'ai peut-être pas besoin de lui pour les clients que j'ai, mais une grande partie de notre réputation est liée à nous deux.

— Je ne sais pas si c'est vrai, dit Macon en fronçant les sourcils. Vous avez des listes de clients complètement séparées à ce stade. La plupart du temps, tu dois expliquer à quoi correspond le *Chris* dans le nom de la société Chris Cross, ajouta-t-il.

Je secouai la tête.

— Je ne sais pas. J'ai un mauvais pressentiment.

— Viens me donner un coup de main avec la salade, puis coupe du pain et finis ta bière. Ensuite, tu pourras en prendre une autre, et on cherchera une solution.

— Tu sais, vu tous nos emplois, j'aimerais bien que l'un de nous soit un putain d'avocat, grommelai-je.

Macon haussa les épaules.

— Désolé, grand frère. On a tous décidé de faire nos propres trucs.

— Oui, je sais, mais j'aurais vraiment besoin de conseils juridiques.

— Je parie que l'on connaît quelqu'un, ajouta Prior.

— Je pensais qu'une fois que Liam serait rentré de sa tournée, je lui parlerais.

— Ou bien tu peux lui envoyer un mail tout de suite, suggéra Nate. Et ne pas attendre qu'il revienne. Ça n'est pas avant deux semaines, non ?

— Je sais, mais ensuite je devrai parler à Chris, et je n'ai pas envie, grommelai-je.

— Très mûr de ta part, dit Macon. De toute façon, j'ai toujours le nom de l'avocat que j'avais pris pour mon cabinet.

— Peut-être. Merci. Le gars que j'avais pris est parti en retraite, dis-je.

— Ils font ça en général quand ils ont soixante-dix ans, dit Prior. Je levai les yeux au ciel.

— De toute façon, les lasagnes ne seront pas prêtes tout de suite. J'étais en retard parce que j'étais pris par mon travail et ensuite, j'ai encore été retardé par Chris.

— Pas de soucis, dit Nate. Je pourrais manger cette salade à moi tout seul.

— C'est pour ça que j'ai apporté des tonnes de pain, dit Prior.

— Je vais devoir m'entraîner deux fois plus demain matin avant d'embaucher si je veux éliminer ça, dit Macon en tapotant ses abdos plats.

— Je suis désolé que ça se passe comme ça, dit Prior d'une voix douce, alors que Macon et Nate commençaient à mettre la table.

— Moi aussi, dis-je, en soupirant. Honnêtement, je ne savais pas que c'était comme ça jusqu'à ce que je lève les yeux vers lui un jour et que je réalise que je le détestais. Genre, merde, qu'est-ce qui se passe ?

— Il a toujours été un peu égoïste, mais qui ne l'est pas ? dit Prior.

— J'espère que je n'ai jamais été aussi mauvais, dis-je ironiquement.

— Non, tu avais trop d'autodérision pour être aussi mauvais, dit Nate de façon surprenante.

— Qu'est-ce que tu veux dire ?

— Il a fallu qu'Arden te mette pratiquement tes œuvres sous le nez pour que tu réalises que tu avais du talent, expliqua Nate.

— Ce n'est pas vrai. Du moins, je ne pensais pas que ça l'était.

— Totalement vrai, ajouta Macon.

— Tu as toujours fait passer les autres avant toi, et tu pensais que ce que tu faisais à côté quand tu étais au lycée en travaillant dans cette menuiserie pour t'aider à payer ta voiture était juste un petit passe-temps amusant. Je sais que tu es allé à l'école de commerce, pensant que tu allais ouvrir un magasin. Nous savons tous que ce n'était pas le cas, dit Prior.

Je restai coi, choqué.

— Quoi ? Bien sûr que j'y suis allé en sachant ce que je voulais faire !

— Non, tu t'es inscrit en te disant que tu allais réaliser tes rêves, mais tu avais toujours un plan de secours avec un genre de commerce. Quelque chose à laquelle tu pouvais contribuer, mais qui n'avait rien à voir avec l'art en apparence. Parce que tu avais trop peur, dit Nate, et je fronçai les sourcils.

— Peur ?

Macon roula les yeux.

— Tu vois ! Tu es allé trop loin. Maintenant, il va faire la gueule toute la soirée. Regarde-le avec sa grosse barbe. On dirait un gros ours avec une épine dans la patte.

Je leur fis un doigt d'honneur.

— Vous savez quoi ? Je vous emmerde. Je ne crois pas toujours en moi, c'est tout.

— Mais tu as cru en nous, dit Prior doucement, et je levai les yeux sur lui.

— Tu l'as toujours fait, dit Nate. Et si maman et papa n'avaient pas économisé pour l'université, et si nous n'avions pas obtenu de bourses et n'étions pas allés dans des écoles publiques plus petites, tu aurais probablement trouvé un moyen de payer pour nous tous.

— Regarde, on essaie toujours de trouver des moyens de faire gagner de l'argent à Arden, et elle est mariée à un millionnaire, dit Prior avec sarcasme.

— Elle ne devrait pas avoir à compter sur lui, dis-je. En plus, elle gagne bien sa vie elle-même. Ce n'est pas ma faute si le système de santé américain est tellement merdique qu'elle ne peut rien se permettre, même avec une putain de bonne mutuelle, grommelai-je.

— Tu sais que ce disque est un peu rayé, dit Prior avec ironie.

— Oh, la ferme. On sait bien que tu enrages comme moi.

— C'est vrai. On râle tous contre ça. Mais revenons au sujet, ajouta Macon. Tu regardes qui tu es maintenant, et l'art que tu crées, et tu crois en toi. Mais ça ne fait pas longtemps que tu te l'es permis. Et maintenant, tu es quelqu'un qui voit ce qu'il vaut — du moins ce que tu penses valoir, même si je pense toujours que tu vaux un peu plus, ajouta Macon en haussant les épaules. Quoi qu'il en soit, tu vois ça, mais je ne pense pas que Chris voie la même chose. Il a toujours voulu être le meilleur. Ou du moins, être vu comme tel.

— Et s'assurer qu'il était celui qui concluait beaucoup d'affaires, obtenait les meilleurs clients et gagnait un sacré paquet d'argent tout en fabriquant des meubles ? Plus personne ne croit vraiment à ça, dit Prior.

— Je sais, nous sommes sur un marché de niche, mais les millionnaires et les milliardaires ont besoin de trucs chics quand ils n'achètent pas d'antiquités, dis-je.

— Hé, ne critique pas ta clientèle ! rappela Nate. Elle paie tes factures.

— C'est vrai, et je ne travaille pas toujours uniquement pour les millionnaires et les milliardaires. Croyez-moi. Ce sont les pièces personnalisées que j'aime, et celles que je peux donner pour des œuvres. Mais quand même, je suppose que tu as raison. Je m'en sors un peu mieux que Chris en ce moment.

— Ça, tu le sais. Tu t'en sors vachement mieux que lui, et il continue de mentir.

— Je vois bien l'argent qu'il se fait, dis-je.

— Tu vois ce qu'il déclare au fisc… dit Macon.

Mon cœur s'emballa.

— Je vais regarder ça de plus près. Mais, putain. Notre comptable est bon, et même si je gagne plus d'argent que lui en ce moment, c'est forcément la vérité. Steve ne ferait pas n'importe quoi avec mon argent.

— C'est vrai, mais je n'ai pas confiance en Chris.

— Ça a toujours été comme ça ? lui demandai-je.

— Non, dit Prior, c'est nouveau.

— Bon, ça suffit le nombrilisme, dit Nate en souriant. Arden a dit que tu étais sorti avec quelqu'un ? demanda-t-il et les autres me regardèrent.

— Je vais lui rentrer dedans, grommelai-je.

— Hé, pourquoi elle ne me l'a pas dit ? demanda Macon.

— Ou à moi ? Je suis son jumeau préféré, dit Nate en se penchant en avant.

— Tu es son seul jumeau, dit-on tous les trois, puis on éclata de rire.

— Je vois où je me situe, dit Nate.

— Mais, c'est vrai, Arden te l'a dit ? demandai-je. Elle garde bien nos secrets d'habitude. Nate tressaillit et je me demandai quel genre de secrets il avait. Mais s'il me les cachait, il avait probablement une raison.

— Elle a tout déballé en fait, dit Prieur en rougissant. Elle s'est vraiment excusée, et je n'étais pas censé le dire, mais je me sentais mal de savoir. Donc, elle ne voulait pas le dire, et elle ne m'a rien dit d'autre que tu avais eu un rencart. Puis elle a mis la main sur sa bouche et m'a viré de la maison.

Je ris.

— C'est bien le genre d'Arden. Et comme elle semble s'être déjà excusée, je n'aurai pas à la punir.

— Bien, parce que si tu le faisais, on devrait te sauter dessus, et alors ce serait toute une histoire, dit Prior.

— C'est vrai.

— Alors ? demanda Nate.

Macon leva un sourcil, toujours aussi silencieux.

— C'était un rendez-vous. Elle s'appelle Hazel. Elle est sympa. Je n'avais pas envie d'entrer dans plus de détails puisque j'étais encore en train d'essayer de comprendre ce qui m'arrivait.

— Et ? insista Prior. Tu vas la revoir ?

— Je ne sais pas. C'est juste que... peut-être... on verra.

JE N'ÉTAIS PAS D'HUMEUR À ENTRER DANS LES DÉTAILS, et heureusement, ils n'en demandèrent pas plus. Surtout parce que la minuterie du four sonna et que c'était l'heure de dîner.

Ils m'aidèrent à sortir les lasagnes du four, puis nous attendîmes qu'elles refroidissent pendant que nous mangions la salade, puis les pâtes extraordinaires grâce à la recette d'Arden. On se gava aussi de pain, et je finis ma deuxième bière alors qu'ils en étaient encore à leur première. Les autres conduisaient, mais le fait qu'ils aient tous synchronisé leur arrivée en même temps me fit rire.

Nous étions bien les enfants de nos parents, nous arrivions toujours cinq minutes avant l'heure prévue, quinze minutes si ce n'était pas la famille.

Après le dîner, ils m'aidèrent à faire la vaisselle, puis je les raccompagnai jusqu'à la porte, sachant que nous devions tous travailler le lendemain. C'était agréable de passer du temps entre frères et sœurs, et étant donné que quatre d'entre nous étaient célibataires, c'était plus facile que dans la plupart des familles. Tout le monde était marié, ou sur le point de l'être, dans la nouvelle famille d'Arden. Certains d'entre eux avaient même des bébés. Cela signifiait qu'il était plus difficile pour Arden d'aller à des dîners avec eux tous que de traîner avec nous. Peut-être qu'un jour, quand les autres se seraient installés comme notre petite sœur, il serait plus difficile de se réunir. Mais en l'état actuel des choses, j'aimais la façon dont ça se faisait. J'aimais pouvoir passer du temps avec ma famille, même si mes parents avaient déménagé.

Je leur parlais toutes les semaines, mais ce n'était pas pareil. Depuis qu'ils étaient partis, il n'y avait plus que nous cinq, plus proches que jamais.

Je sortis mon téléphone et je demandai si je devais appeler mes parents, puis je pensai à autre chose.

Quelque chose qui n'était probablement pas la meilleure idée, ou peut-être que c'était parfait?

Moi : *Salut, tu es réveillée ?*

Hazel : *Il est environ 19 h 30. À quelle heure tu penses que je vais me coucher ?*

Je souris.

Moi : C'est un soir d'école. Pour ce que j'en sais, c'est l'heure de ton coucher.

Maintenant je pensais à elle au lit, et je n'aimais pas que ma queue durcisse. Je ne la connaissais pas assez bien pour commencer à fantasmer sur elle. Enfin, c'est ce que je dis à ma queue.

Hazel : *J'étais juste en train de corriger des copies. Tu nous connais, nous les enseignants, un stylo rouge toujours à la main.*

Je grimaçai.

Moi : *C'est ce qu'il y avait de pire dans les devoirs, à voir comment j'ai raté mes études.*

Hazel : *Tu as dit que tu avais un diplôme, donc je suppose que tu n'as pas tant merdé que ça. En plus, il y a beaucoup de maths dans ton travail. Je suis sûre que tu es plutôt bon dans ce domaine.*

Moi : *Mais pas en algèbre, c'est pas grave, c'est ton domaine.*

Hazel : *Je suis contente que tu m'aies envoyé un message. Plus ou moins.*

De ce que je connaissais d'elle, je savais que ça devait lui être difficile, de se confier ne serait-ce qu'un peu. Alors je fis de même. Après tout, nous essayions tous les deux de comprendre ce que nous vivions exactement, rendez-vous accidentel ou non.

Moi : *Je suis content de t'avoir envoyé un texto aussi.*

Je laissai échapper un souffle.

Moi : *Alors, je peux t'inviter à sortir ce week-end ?*

Il y eut une pause assez longue pour que je pense que j'avais peut-être merdé. Est-ce que j'allais trop vite ? Ou bien voulait-elle juste qu'on soit amis ? Bon sang, je n'étais vraiment pas doué pour ça.

Hazel : *Peut-être. J'ai beaucoup de choses qui me trottent dans la tête, cependant.*

Je ne savais pas quoi faire de ce commentaire énigmatique. Avant que je puisse dire autre chose, elle envoya un autre texto.

Hazel : *Je dois retourner à mes corrections, mais merci pour le texto. C'est bien de savoir que tu n'es pas un*
Moi : *C'est bon à savoir. Dors bien, Hazel.*
Hazel : *Toi aussi.*

Puis ce fut tout, plus de points me disant qu'elle écrivait à nouveau quelque chose.

Est-ce que je l'avais effrayée ?

Bon sang, je ne sais pas, mais quelque chose clochait. Les choses semblaient aller bien, et puis elle s'était éloignée.

Peut-être qu'il ne s'agissait pas de moi ? Ou peut-être que l'idée de ce que nous aurions pu vivre ensemble n'était que ça, une idée ?

Je ne savais pas, mais ce message énigmatique, en plus de tout ce qui se passait avec Chris, me disait que je devrais peut-être aller me coucher tôt, comme j'avais dit qu'elle le ferait peut-être. Parce que je n'avais aucune idée de ce que j'allais faire, et maintenant j'étais plus perdu que jamais.

Chapitre Sept

Hazel

Je courais, mes pieds frappaient le sol, claquaient contre le pavé puisque j'étais pieds nus, la pluie recouvrait mes cheveux, mes épaules, forçant ma robe en soie à coller à ma peau.

Je ne savais pas pourquoi j'étais pieds nus ni pourquoi je portais une robe, mais je courais.

Je courais.

Mon cœur tonnait dans mes oreilles, et la bile remplissait ma gorge. C'était si réel, je pouvais le goûter. Tout était juste si réel.

La terreur dans mon cœur, le fait que je pouvais à peine reprendre mon souffle, tout cela me disait que ce n'était pas une blague, ce n'était pas un rêve. C'était réel. Je ne pouvais pas me concentrer, je ne pouvais pas respirer.

Un rire sombre glissa sur ma peau, aussi grave que s'il venait de l'enfer lui-même. Je criai, mais aucun son ne sortit. Je n'avais nulle part où aller, personne vers qui me tourner. Personne ne pouvait m'entendre crier, comme dans les films d'horreur que je refusais de regarder.

Je me retrouvai dans une forêt, les éclairs brillaient parmi les feuilles alors que je courais, des brindilles s'enfonçant dans mes pieds, laissant une trace de sang. Une branche me gifla le visage, une branche fine qui ne laissa qu'une ligne sanglante sur ma chair, mais je continuai à courir. La boue glissait entre mes orteils, et je glissais, glissais. Mais je continuais à avancer. Il le fallait.

Le rire était plus proche maintenant, et je pouvais sentir son souffle sur mon cou.

Je continuai à courir, à me battre, et je me retrouvai devant une maison, qui m'était si familière.

Je tapai du poing contre la porte en criant.

— Laissez-moi entrer! Au secours! S'il vous plaît, aidez-moi!

La poignée de la porte tourna, et la lumière m'aveugla, mais je pouvais voir l'ombre à l'intérieur, et je savais que ce n'était pas l'homme qui riait. Non, c'était quelque chose de bien plus effrayant.

Je regardai un visage qui était le mien, le visage de l'innocence, de quelqu'un qui avait cru tout savoir.

Je me regardai, avec mon cardigan et mon pantalon en cachemire. Et je vis le bleu sur ma joue, l'innocence disparue de mon regard.

Je me vis, la personne que j'avais été, au moment où tout avait changé.

Et puis le rire revint, et nous criâmes toutes les deux.

Je me réveillai, mon corps tremblait, mais j'allais bien.

J'étais vivante.

J'étais entière.

Et j'étais en sécurité.

Je passai mes mains sur mon corps, pour m'assurer que tout allait bien. Je remarquai que j'étais couverte de sueur, mais ça allait. J'étais toujours couverte de sueur quand je me réveillais de ces rêves.

Bien sûr, la fin tordue de ce rêve particulier était nouvelle, car j'avais mélangé deux terreurs nocturnes que j'avais normalement. Cependant, je n'étais pas trop surprise. Après tout, le fait de savoir qu'il était sorti de prison signifiait que ces rêves allaient continuer, même s'il n'était pas près de moi.

Ce n'était qu'un texto, une taquinerie, mais il ne s'approcherait pas de moi.

Il savait que s'il essayait il retournerait en prison pour plus longtemps que les quatre années qu'il venait d'y passer.

Ce serait le troisième coup, et il n'y aurait pas de retour possible.

Et si je continuais à me dire ça, que je serais en sécurité grâce au système juridique, peut-être qu'un jour j'y croirais.

Thomas n'allait pas me faire de mal. Je ne le laisserais pas faire.

Je me glissai hors du lit, mon spray au poivre dans une main, mon téléphone dans l'autre, et je fis le tour de la maison en culotte et débardeur, m'assurant que toutes les fenêtres étaient bien fermées, ainsi que les stores et que toutes les serrures de mes portes étaient enclenchées. Je passai en revue mon système de vidéosurveillance, m'assurant que personne n'était venu se glisser dans la maison pendant que je dormais. Je ne trouvai rien.

J'étais autant en sécurité que possible, sauf quand je dormais.

À ces moments-là, je ne pouvais pas forcer les rêves à s'éloigner.

C'était déjà assez difficile quand j'étais éveillée. Quand j'étais éveillée, je ne pouvais pas retenir les pensées. Je pouvais, mais pas assez bien. Quand je rêvais, elles ne disparaissaient jamais. Quand je ne dormais pas, je pouvais me dire que tout allait bien, et que la sécurité que je m'étais donnée était suffisante.

Je n'étais pas sûre que cette peur disparaisse complètement un jour, et maintenant que Thomas était sorti de prison, il n'y aurait jamais de véritable sécurité. Surtout pas depuis qu'il avait envoyé un texto pour essayer de me menacer.

Je ne savais pas s'il était proche, ou s'il me surveillait. Mais ça n'avait pas d'importance. Je devais surmonter ça.

Je devais y croire.

J'avais des choses à faire.

Je me douchai, en frottant ma peau plus longtemps que d'habitude parce que je voulais que le souvenir de son souffle sur ma nuque disparaisse.

Je ne pensais pas que ça disparaîtrait un jour.

Après, je restai dans ma serviette, j'essuyai mes cheveux et mis un peu de maquillage.

J'avais des choses à faire pour la journée, des papiers à corriger, des recherches à revoir. Plus tard ce soir, si je m'y autorisais, j'avais un rendez-vous.

Ce n'était pas mon premier depuis Thomas, ni même mon premier rendez-vous avec Cross, mais c'était quand même comme si c'était le premier pour tout. Peut-être parce que c'était quelque chose de délibéré cette fois-ci ? J'avais accepté ce deuxième rendez-vous. Ce n'était pas comme le premier qui avait été accidentel.

Je ne savais pas ce que c'était, mais ça m'inquiétait suffisamment pour que je n'arrive pas à me concentrer. J'avais tellement peur.

Que faire si Thomas me surveillait ? Que faire s'il ignorait les mesures d'éloignement ? Après tout, c'était simplement un morceau de papier.

Cela ne pouvait pas me protéger.

J'enfilai des vêtements confortables, sachant que je me changerais plus tard, puis je m'installai à mon bureau pour commencer à travailler.

Une heure après, et deux tasses de café plus tard, mon téléphone sonna et je sursautai.

Je me maudis, la peur envahissant mon corps et descendant jusqu'à mes doigts alors que je tentai de calmer ma respiration.

Ce n'était pas Thomas. Non, il n'appellerait pas. Il rôderait, il enverrait des SMS, et il garderait sa voix, son rire et son souffle pour la fin.

La bile remplit à nouveau ma gorge, le même goût que dans mon rêve. Je répondis au téléphone.

— Allô ? fis-je d'une voix tremblante.

— Qu'est-ce qu'il y a ? demanda Paris.

— J'étais perdue dans mes corrections, je suppose, mentis-je.

— Parle-moi, qu'est-ce qui ne va pas ? demanda encore Paris.

Avec moi, mon amie était comme un chien avec un os ; elle ne voulait pas me laisser tranquille avant d'avoir trouvé ce qui n'allait pas. Même si j'aimais ça chez elle parfois, à cet instant, ça me fatiguait.

Peut-être que ce soir ne serait pas la meilleure soirée pour sortir avec Cross. Je n'étais clairement pas prête, et je ne ferais qu'empirer les choses en prétendant l'être.

— Je vais bien, vraiment, dis-je, d'une voix plus forte cette fois. Je suis juste un peu perdue dans mes corrections.

— C'est un mensonge, et nous le savons toutes les deux, mais je te laisse t'en tenir à ça si tu veux. Sache juste que je suis là pour toi. Et les autres aussi. Parle-leur si tu trouves que j'en fais trop.

Je grimaçai, même si elle ne pouvait pas me voir.

— Ce n'est pas toi. Je te le promets. J'ai juste besoin de réfléchir. Je t'aime, et je te fais confiance pour tellement de choses. Tu n'en fais jamais trop, dis-je franchement. Paris peut être difficile à gérer pour certains, mais j'aimais ça chez elle. Elle n'acceptait jamais qu'on lui dise non et elle était si forte. Je l'enviais un peu.

Je savais aussi que Paris avait ses propres problèmes en ce qui concernait cette force. C'était un bouclier, et tout le monde ne le comprenait pas. Ils n'en avaient pas besoin. Parce que c'était pour elle et elle seule. Et elle avait ses raisons.

— Si tu en es sûre, dit Paris. Bref, je voulais juste voir si tu étais prête pour ce soir.

Je gémis.

— Je ne sais toujours pas pourquoi j'ai dit oui, dis-je franchement.

— Parce que tu veux sortir avec lui pour de vrai ? demanda-t-elle, et je gloussai. C'était bon de rire, surtout parce que je ne savais pas pourquoi je le faisais.

— Tu veux qu'on vienne passer un moment entre filles pour

t'aider à choisir ce que tu vas porter et te coiffer ? Cette fois, je ris franchement.

— Non c'est bon, ça va vraiment bien. J'ai déjà fait ça avant, tu sais.

— Oui, tu l'as déjà fait. Mais c'est un peu différent, non ?

— Je ne veux pas que ce soit trop différent. Ça fait longtemps que je n'ai pas eu de deuxième rendez-vous.

— Si ça peut t'aider, tu peux penser à ça comme à un deuxième premier rendez-vous puisque le premier n'était pas prévu.

— Peut-être. Ou peut-être que je vais juste perdre la tête. On sort dîner, et on se retrouve là-bas. Surtout parce que je ne veux pas qu'il sache où je vis, dis-je rapidement, avant de le regretter instantanément.

Il y eut une pause, et je savais que Paris essayait de trouver la meilleure chose à dire.

— Je ne te blâme pas. Toutes les femmes ont besoin de se sentir en sécurité. Et avec ce que tu as traversé ? Tu dois être très prudente. C'est compréhensible que tu ne veuilles pas que les gens sachent où tu vis, surtout quand tu ne les connais pas. J'ai des amis, quelqu'un qui peut vérifier ses antécédents si tu veux, dit rapidement Paris. Je veux dire, on a déjà épluché tous les réseaux sociaux, mais je suis sûre qu'il y a d'autres personnes à qui on peut demander.

Je secouai la tête, puis je me souvins qu'elle ne pouvait pas vraiment me voir.

— Je n'ai pas besoin que tu ailles vérifier ses antécédents.

Je l'avais déjà fait, mais je ne lui en dis rien. Après tout, certains anciens amis avaient essayé de m'aider avec Thomas. Ils n'avaient pas échoué, précisément, mais personne n'était sorti vainqueur du résultat final.

— De toute façon, on viendra t'aider à te préparer si tu le souhaites, dit encore Paris.

— Je vais juste finir de corriger mes copies, travailler sur d'autres trucs et ensuite je me préparerai.

— Waouh, ça a l'air tellement romantique la façon dont tu vas te préparer pour ce grand rendez-vous, dit Paris, pleine de sarcasmes.

— Oh, tais-toi. J'ai des choses à faire, et je ne peux pas concentrer toute ma vie sur la préparation d'un rencart qui va probablement finir en désastre.

Je n'avais pas l'intention de dire cette dernière partie.

— Donc, tu y vas en pensant que ça va être un pur désastre ?

— Non, j'y vais sans espoir de réussite. Si je fais ça, je serai plus en sécurité.

— C'est une déclaration révélatrice, dit Paris sèchement. Souviens-toi qu'on s'est lancées dans ce pacte pour essayer de se diversifier. Pour ne plus être seules. Si tu vas à ton rendez-vous en pensant que ça va mal finir, alors tu vas créer un effet destructeur.

— Ou, peut-être que c'est juste comme ça dans la vie. Je marquai une pause. Je ne suis pas douée pour ça, Paris. Je n'aurais pas dû être la première. Myra aurait été meilleure pour ça. Ou même toi.

Paris éclata de rire.

— Je ne vais pas prendre ce « même » toi comme une pique, et peut-être que les autres seront meilleures que nous pour les rencontres. Mais si c'était le cas jusqu'à présent, on ne serait pas là du tout.

— Je ne veux simplement pas finir par gâcher les choses davantage qu'elles ne le sont déjà, dis-je sincèrement.

— Mais qu'est-ce que tu veux dire par là ? demanda Paris.

Je fronçai les sourcils.

— Je n'en ai aucune idée. Je sais juste que je n'étais pas heureuse avant. Et Cross semble être un gars génial. Il était génial parce que c'était amusant et inattendu. Et s'il était tout sauf ça quand je le reverrais ?

— Tu ne le sauras pas tant que tu n'auras pas essayé.

— Tu sais, je vais être aussi insistante que toi quand ce sera ton tour.

— Peut-être. Mais d'abord, tu dois passer ta série de rendez-vous.

— Attends, je crois qu'on a laissé une grosse faille dans cette histoire de pacte de rendez-vous, dis-je soudain en me penchant en avant. Quand est-ce que la prochaine personne commence?

— Quand nous serons toutes satisfaites que tu aies tenu ta promesse.

— Qu'est-ce que ça veut dire? Et ne t'avise pas de dire mariage. Parce que c'est ridicule.

— C'est toi qui en as parlé. Et nous ne sommes pas exactement au clair avec toutes les règles, admit Paris.

— Oh, génial. Ce qui va se passer, c'est que je vais être la seule à devoir faire tout ça, et vous allez juste vivre vos petites vies parfaites et ne jamais avoir à gérer la gêne de vous asseoir avec un type qui n'est pas le rencart prévu.

— Non, on va toutes avoir des rendez-vous avec des gens au hasard qui vont probablement mal tourner. Après tout, tu as rencontré un homme merveilleux, du moins d'après ce que tu sais jusqu'à présent, et tu vas avoir un deuxième rendez-vous avec lui ce soir. Amuse-toi, et ne t'inquiète pas. Quand le moment sera venu, la prochaine personne aura son heure.

— Tu *es* la prochaine personne, Paris. Je marquai une pause. En fait, il faut que je parle à Dakota et Myra. On doit commencer à travailler sur ton cas.

— Ne précipitons pas les choses, dit Paris rapidement, et j'éclatai de rire.

— Tu vois? Tu n'aimes pas quand les rôles sont inversés!

— J'aime tous les rôles, ne t'inquiète pas. Quand mon heure viendra, peu importe quand, je céderai.

Je ris de bon cœur cette fois, un rire tout droit venu du ventre, si profond que j'imaginais Paris en train de faire une grimace, même si je ne pouvais pas voir son visage.

— Amuse-toi bien ce soir, dit-elle. Sérieux, rappelle-toi juste que tu as le droit de t'amuser.

— J'essaierai, dis-je puis on raccrocha, et je baissai les yeux sur mes corrections. Je savais que je ne finirais pas aujourd'hui.

Non, j'allais me préparer pour mon rendez-vous et me demander comment tout cela était arrivé.

J'allai dans ma chambre et j'ouvris mon armoire, me demandant comment je m'étais préparée la première fois. Je n'avais pas eu cette nervosité qui m'enveloppait comme maintenant. Peut-être parce que ce qui se serait passé avec Stavros n'aurait été qu'un fantasme.

Un pacte entre amies qui ne semblait pas tout à fait réel.

J'avais fait semblant, sans savoir exactement ce que je devais ressentir. J'avais mis une robe sexy, mais pas trop décolletée, je m'étais coiffée et maquillée comme on me l'avait appris — une armure et une arme dans les mains des maîtres, comme ma mère l'avait dit un jour — et j'étais allée dans un bar chic de Boulder — le plus chic. J'y étais allée, sachant très bien que je ne reverrais jamais cet homme. Parce qu'il n'avait pas été réel.

Et parce que je ne l'avais jamais rencontré, il ne serait jamais réel pour moi. Même si je lui souhaitais aussi bonne chance que possible avec son ex-femme et que j'espérais que son enfant aurait tout le bonheur du monde, il ne serait jamais réel pour moi.

Et pour quelqu'un qui avait traversé les rêves de sa vie comme moi, qui avait besoin de maths et de preuves concrètes, la réalité était ce dont j'avais besoin pour respirer, pour vivre, pour *survivre.*

Ce soir ne serait pas comme avant. Ce serait différent.

Je connaissais Cross, au moins autant que je pouvais connaître un homme avec qui j'avais accidentellement eu un rendez-vous.

Je lui avais parlé, je l'avais touché — de la manière la plus chaste qui soit, bien sûr — et je savais qu'il était réel.

Alors que je choisissais ma tenue avec soin, prenant des décisions précises puisque c'était la seule façon de pouvoir me concentrer ce soir, je me demandai une fois de plus comment j'avais atterri ici.

Lorsque je me retrouvai à me regarder dans le miroir, les yeux écarquillés, le visage pâle avec une touche de couleur sur les joues, je sus que je ne pouvais plus reculer désormais.

Même si je faisais de mon mieux pour écarter le souvenir de cette haleine chaude sur mon cou, sortie d'un rêve qui n'était pas simplement un rêve, je savais que je devais franchir les étapes suivantes.

Je ne voulais plus être une personne qui se cache dans la peur.

Le seul problème était que je ne savais pas quel genre de personne je voulais — devais être.

Et la réponse à cette question ne se trouvait pas dans les rêves, les mathématiques ou même les rendez-vous avec un homme qui me faisait sourire.

Cela viendrait d'un endroit bien différent.

En fait, cela viendrait de moi.

CHAPITRE HUIT

Cross

— Je ne pensais pas que j'aurais besoin d'aide pour me préparer pour ce soir, dis-je en ouvrant la porte à toute ma famille.

Macon, Prior, Nate, Arden et même Liam franchirent la porte, les mains heureusement vides, bien que tous me regardaient.

— Sérieux, qu'est-ce que vous faites ici ?

— Tu vas à un rendez-vous, dit Arden, en se mettant sur la pointe des pieds pour m'embrasser sur la joue. Je la serrai dans mes bras, en faisant un signe de tête aux gars.

— Je sais bien que je vais à un rendez-vous. Mais je ne comprends toujours pas pourquoi vous pensez que j'ai besoin de votre aide. Ça n'est pas la première fois que ça m'arrive.

— En fait, ça fait un moment que ça ne t'est pas arrivé d'après ce que j'ai entendu, dit Liam en passant sa langue sur ses dents.

Je fis un doigt d'honneur à mon beau-frère. Il me fit juste un clin d'œil, le sourire aux lèvres.

— Sois gentil. C'est le futur père de mes enfants, dit Arden.

Mes yeux s'écarquillèrent. Je n'avais pas entendu ma sœur parler d'enfants depuis un moment. C'était plutôt sympa.

— Vraiment? C'est ce que tu vas faire? dis-je sur un ton volontairement léger. Je savais qu'Arden ne pourrait pas porter d'enfant, ce qu'elle avait mentionné à plusieurs reprises depuis qu'elle avait été diagnostiquée. Ce n'était pas seulement le lupus qui avait mené à cette conclusion, mais quelques autres choses aussi. Nous avions tous pris soin de ne pas l'embêter avec des questions sur le sujet, du moins jusqu'à ce qu'elle soit prête.

— C'était ma façon maladroite de dire que Liam et moi allons tenter l'adoption, dit-elle en tapant des mains. Elle rougit, et ses yeux se remplirent de larmes alors qu'elle se penchait sur son mari. Je regardai mes frères, puis nous fîmes tous un grand sourire et les bras ouverts nous formèrent un énorme câlin groupé entre frères et sœurs Brady et Liam.

— C'est vrai? Tu sais que je pense que c'est une putain de bonne nouvelle, dis-je.

— Ah ouais? J'ai hâte d'être oncle, dit Prior en se frottant les mains. Je veux dire, pense à tous les trucs que je pourrais apprendre à cet enfant.

— Tu ne laisseras pas mon enfant devenir un fauteur de troubles, dit Arden, et Liam leva juste un sourcil.

— Entre ma famille et la tienne, je suis presque sûr que le large éventail d'oncles et de tantes va laisser cet enfant s'en tirer avec tout ce qu'il veut. Au moins jusqu'à ce qu'ils atteignent un âge où on ne lui passe plus rien, dit Liam franchement, et j'éclatai de rire.

— Ça me semble correct. Nous gâterons ton enfant quoi qu'il arrive, mais quand il deviendra ado, nous ferons en sorte qu'il ne s'attire pas d'ennuis. Je veux dire, c'est comme ça que les oncles et les tantes doivent faire, dis-je.

— On vous apportera toute l'aide que vous attendez de nous, dit Macon, et nous hochâmes solennellement la tête.

— Ma jumelle va avoir un bébé. Ça va être tellement excitant! Nate croisa les bras sur sa poitrine et sourit.

Arden roula les yeux.

On vient à peine de le décider, et j'allais attendre pour vous le dire. C'est sorti tout seul.

— Vous savez que nous allons devoir le dire à ma famille. Parce que si ma sœur apprend que vos frères l'ont entendu avant elle, elle va faire régner la terreur.

Je me penchai en avant.

— Elle est mariée maintenant. Elle s'est calmée.

On marqua tous une pause puis on éclata de rire.

— Bon, peut-être pas. Mais franchement, j'aime bien ta sœur et elle fera une tante fantastique. Sachez juste que ça va prendre du temps pour que ça arrive. Je veux dire, ça pourrait prendre des années. Est-ce que vous préféreriez un bébé? Ou un âge en particulier?

— N'importe quel âge, dit Arden, en serrant fortement la main de son mari. On veut un enfant qui a besoin d'un foyer et de nous. On sait que ce ne sera pas facile, mais sérieusement, on sait tous que vivre et élever des enfants n'est pas facile, quoi qu'il arrive.

— Eh bien... dis-je en laissant échapper un souffle. Vous avez raison sur ce point, mais putain, je suis tellement excité pour vous, dis-je en souriant.

— Je suis aussi excitée pour nous. Arden secoua la tête et rebondit sur la pointe des pieds. En fait on n'était pas venus pour parler de nous à la base.

— On est toujours content que tu parles de toi chérie, dit Liam, en l'embrassant sur la tête.

— Donc, si vous n'êtes pas là pour m'annoncer cette nouvelle, qu'est-ce que vous faites ici? demandai-je à nouveau, soudain un peu nerveux.

— Tu vas à ton deuxième rendez-vous avec cette femme. Nous voulons être sûrs que tu ne vas pas tout faire foirer, dit Prior en souriant.

Je plissai les yeux.

— Pourquoi pensez-vous que je vais tout faire foirer?

— Parce que tu es stressé par le travail et probablement par nous, parce que tu es toujours perturbé par la famille, et tu vas être plus concentré sur cela que sur le fait de te comporter avec elle comme si vous pouviez vivre une histoire ensemble, dit Nate.

Nous regardâmes tous Nate, en clignant des yeux.

— Je ne peux pas croire que tu viens de dire ça. Tu n'es pas toujours aussi perspicace.

Nate me fit un doigt d'honneur.

— Je suis le frère le plus perspicace. C'est ça les jumeaux, dit-il en regardant Arden.

Elle haussa les épaules.

— Il a raison.

— Hé! dit Macon en même temps que moi. Et puis on a tous regardé Prior, qui ne s'était pas plaint.

Notre autre frère haussa juste les épaules.

— Je suis le rigolo de la bande, Macon est le grognon calme, Cross est le grognon fort, et je suppose que ça fait de Nate le sensible. Parfois, il pourrait s'agir de Macon. Je ne sais pas, on est nombreux. C'est parfois déroutant.

J'ai levé les yeux au ciel.

— Non, sérieux, pourquoi vous êtes là?

— Pour être franc, c'est parce qu'on était sur le point de sortir dîner, et on s'est dit qu'on allait passer pour t'embêter, dit Liam, et je ris.

— C'est une réponse franche. J'apprécie. Merci.

— Pas de problème. Cependant, rappelle-toi que tous mes frères et sœurs se sont mêlés de mes affaires tout le temps que je sortais avec Arden, et qu'il en sera ainsi jusqu'à la fin de nos jours. Ça va être un problème pour toujours, mais j'aime ça. Tu es l'aîné, comme moi. Il va falloir que tu t'y fasses. Alors que tu voudras probablement grogner et t'occuper de tous les autres, ils voudront faire de même pour toi. C'est leur vengeance.

— Maintenant, c'est qui le plus perspicace? dit Nate, et je secouai la tête.

— Allez vous chercher à manger, les gars. Faites votre truc. Moi, je vais voir Hazel.

La tension nerveuse me contractait les tripes, mais je l'ignorai. Ça n'était pas parce que c'était notre premier rendez-vous — enfin, notre *vrai* premier rendez-vous — que ça faisait une différence.

Je n'avais pas eu le temps d'être nerveux avant. Cela faisait un moment que je n'étais pas sorti avec quelqu'un et je n'étais pas sûr d'être doué pour ça.

Le fait que je ne sois même pas sûr qu'elle veuille sortir avec moi, qu'elle n'ait simplement pas été convaincue m'inquiétait aussi.

Mais c'était bien. Je devais juste éviter de penser trop fort.

— Alors, tu as besoin d'aide pour te préparer ? demanda Nate en me regardant droit dans les yeux.

— Qu'est-ce que tu veux dire par là ?

— Euh, commença Arden. Comment puis-je dire ça en douceur ? Je la regardai en faisant ma meilleure tête innocente et perdue.

— Quoi ? Je n'ai pas l'air prêt pour mon rendez-vous ?

Je baissai les yeux sur mon short de sport, mes claquettes, mes chaussettes blanches — parce que j'avais froid aux pieds et que je voulais apparemment être une faute de goût sur pattes, au point de me faire peur moi-même — et mon t-shirt avec de l'eau de Javel dessus.

— Je n'ai pas l'air prêt ?

— S'il te plaît, dis-moi que tu plaisantes, implora Prior.

— Il plaisante, dit Macon, impassible. Il n'est pas idiot à ce point, putain.

— Bien sûr que non, dis-je. Pour l'amour du ciel, je n'ai peut-être pas l'habitude des rendez-vous, mais je ne suis pas si mauvais, franchement.

Les autres me regardèrent et je levai les mains en l'air.

— Tu portes des claquettes avec des chaussettes, dit Arden. Comment suis-je censé ne pas mettre en doute tes motivations ?

C'est quoi le plan, là ? Franchement, tu as des claquettes avec des chaussettes !

— J'avais froid aux pieds.

— Alors, mets des putain de pantoufles, dit Prior.

— Les pantoufles étaient dans l'autre pièce. Mes chaussettes étaient plus près. Les claquettes étaient juste là. Je n'avais pas envie de monter.

— La paresse n'est pas une excuse pour porter des chaussettes avec des claquettes, dit Nate en riant.

— Je ne porterai plus jamais de chaussettes avec des claquettes. Je te le promets. Je levai à nouveau les mains, mais personne n'avait l'air de me croire.

Honnêtement, je ne savais pas si je me croyais moi-même. C'était un choix vestimentaire horrible, mais j'étais à l'aise. Et, vieux maintenant, apparemment. Parce que ceux qui portaient ça, c'étaient les vieux. Du moins, d'après la tête des membres de ma famille.

— Tu ne vas pas m'aider à choisir quelque chose à porter, quand même ?

— Ne me tente pas, dit Arden en tapotant du pied. Je ne sais pas. Ça pourrait être un bon entraînement pour quand j'aiderai mes enfants.

— Tu sais, c'est une bonne idée, dit Liam, et je me frottai les tempes.

— Je jure que je ne vais pas porter ça.

— Et tu promets de ne plus jamais porter de chaussettes avec des claquettes ? demanda Macon, très sérieux.

— Je le promets. Je levai les mains en l'air pour la troisième fois. Allez manger ! Laissez-moi vivre ma vie en paix.

Prieur secoua la tête.

— Tant que tu ne vis pas ta vie dans ta tenue actuelle, c'est bon. Ne sors pas comme ça en public. Tu portes sur toi le nom de Brady. Ne le ternis pas.

— Étant donné que notre nom est lié à une famille très

connue pour être stupide et pourtant extraordinaire, je suis sûr que je ne serai pas celui qui le fera.

— Va te changer. Je te promets qu'on ne sera plus là quand tu reviendras. Amuse-toi, sois sage, et ne va pas tout foutre en l'air, dit Arden, un large sourire sur son visage.

— J'aime bien quand tu jures, dit Liam. Ça me fait me sentir un peu mieux malgré tous les mots qui sortent de ma bouche.

— Quand cet enfant sera chez nous, il faudra qu'on arrête de jurer. On s'est tous regardés, puis on a regardé Liam.

— Entre les Montgomery et les Brady, ça va être difficile.

— On va trouver une solution, dis-je en serrant ma petite sœur contre moi. Je l'embrassai sur le dessus de la tête et je laissai échapper un profond soupir. Je suis content pour toi, petite sœur.

— Et moi je suis contente pour toi. Maintenant, amuse-toi. Ne pense pas trop, et sois juste toi-même. Elle va t'aimer, comme nous.

— J'espère qu'on ne l'aime pas comme on espère qu'elle le fera. Parce que tu sais que c'est contre la loi et tout. Je sais que les autres Brady plus célèbres peuvent plaisanter comme si c'était cool et tout, mais pas nous, dit Prior. Il se baissa et Macon lui donna une claque derrière la tête.

— Hé, attention à mes cheveux.

— Je sais pas, arrête de faire des blagues sur l'inceste, par exemple, dit Macon, puis il leva le menton vers moi.

Soudain, ils étaient partis, me laissant là, à me demander comment ça pourrait devenir sérieux avec une femme alors qu'elle devrait faire avec ma famille. Je les aimais tous, mais ils étaient un peu *too much*. Et puis je me souvins à quel point j'avais été surprotecteur et grognon quand Arden était sortie avec Liam, et je m'aperçus que je faisais partie du problème.

Je montai dans ma chambre et me changeai rapidement, enfilant des chaussures en cuir correctes plutôt que des chaussettes avec des claquettes, une erreur que je ne referais pas de sitôt. Ensuite, je me dirigeai vers le restaurant. Nous allions dans un restaurant au concept « Asian Fusion » qui proposait d'excellents sushis, et leur version de la fusion signifiait qu'il y avait des plats japonais fantastiques au menu, ainsi que des barbecues coréens. Mon estomac grondait rien que d'y penser.

Hazel avait refusé que je vienne la chercher, et bien que je l'aie compris, elle l'avait dit si vite et si fort que j'avais eu peur d'entendre de la peur dans sa voix. Peut-être que je m'étais fait un film, cependant. Je n'étais pas sûr. Elle cachait probablement certaines choses, étant donné que nous ne nous étions rencontrés qu'une fois en personne. Et je comprenais qu'elle n'avait pas besoin de tout me dire. Mais je me demandai pourquoi elle avait l'air si effrayée, et un peu réticente à l'idée d'un rendez-vous avec moi.

Encore une fois, peut-être que je me faisais des idées.

Je me garai sur le parking, j'approchai du bâtiment, et j'ouvris la porte au moment où quelqu'un s'approchait de moi. Je me retournai et je souris.

Hazel portait un jean noir moulant qui scintillait un peu, un haut noir fluide qui mettait en valeur ses seins, mais s'évasait au niveau des hanches, des bottes noires à talons aiguilles et une veste en cuir avec des strass sur le col. C'était un mélange de paillettes, de punk et de sophistication, le tout associé à une pochette noire qui, selon moi, ressemblait à du Chanel, bien que je ne puisse pas trop voir la marque.

— Je suis juste à l'heure, dis-je puis je me penchai pour arranger ses cheveux derrière son épaule. Elle écarquilla les yeux pendant une fraction de seconde, mais elle ne bougea pas. Je ne me penchai pas pour la serrer dans mes bras ou la toucher plus que je ne l'avais fait. Je ne l'embrassai pas. Je ne fis rien de tel. Je ne voulais pas l'inquiéter plus que ce que je pensais qu'elle l'était déjà.

Après tout, elle ressemblait un peu à une biche prise dans les phares.

Ou, comme d'habitude ces derniers temps, peut-être que je me faisais des idées.

— C'est au bon moment. Parce qu'être à l'heure, c'est déjà être en retard, tu sais, dit-elle. Puis elle sourit.

— Je pense la même chose. Parfois j'arrive tellement en avance que si je ne me sens pas à l'aise de m'asseoir au bar et de commander quelque chose, je reste juste dans ma voiture et j'attends.

— J'ai dû me retenir d'arriver trop en avance et d'attendre dans ma voiture, dit-elle franchement, et je secouai la tête en souriant.

— Après toi, dis-je, en la conduisant vers les serveuses. Je pense déjà que cette histoire de rendez-vous marche plutôt bien.

Elle me sourit, et j'aurais pu me gifler. Je n'étais vraiment pas doué pour ça. Alors que je suis si doué pour les interactions humaines la plupart du temps, je n'arrivais pas à comprendre ça. Peut-être que c'était juste avec elle? Peut-être parce qu'elle me mettait mal à l'aise, sans que je sache pourquoi?

— Bonjour, deux personnes? demanda la serveuse, les yeux sur moi. Elle ne regarda même pas Hazel, et je fronçai les sourcils. Je m'approchai, je posai la main sur le bas du dos d'Hazel, et elle ne sursauta pas. Au contraire, elle appuya son dos dans ma main et je retins un sourire satisfait. L'hôtesse remarqua le mouvement comme je l'avais prévu, mais elle ne sembla pas s'en soucier. Au lieu de cela, elle me détailla avec son regard avide, et je hochai la tête.

— Oui, deux.

— Par ici, dit-elle et elle tourna les talons avant de se diriger vers la table.

Je fis de mon mieux pour ne pas laisser mon regard descendre vers son cul, considérant qu'il se dandinait. Sérieusement? Qu'aurait pensé cette femme si elle m'avait vu avec des chaussettes et des claquettes? Pour une raison quelconque, j'avais le senti-ment que même si Hazel avait eu l'air choquée pendant une minute, et si elle s'était probablement moquée de moi, elle ne se serait pas enfuie en hurlant comme je pensais que cette femme l'aurait fait.

Ou peut-être que je pensais juste un peu trop fort à ça.

Nous avons pris place, et je haussai un sourcil lorsque la serveuse me tendit les deux menus avant de s'éloigner, en roulant toujours des hanches.

— C'est bien de savoir que j'existe, dit Hazel avant de pouffer. Je lui tendis un menu en secouant la tête.

— Je n'ai jamais vu quelqu'un avoir une réaction aussi flagrante à mon égard.

— Ah bon ? Tu t'es déjà regardé dans une glace ? Tu n'es pas laid. Et tu dégages ce... ce truc. Elle agita une main devant moi, et je souris.

— Ce truc ?

— Oh, tais-toi. Tu sais que tu es beau, et tu as ce sourire... et tu as l'air d'un gars sympa. Peut-être un peu dangereux avec cette barbe et ces tatouages, mais de nos jours, c'est presque la norme.

— Merci, dis-je, pince sans rire.

Elle grimaça.

— Désolée. Je ne voulais rien dire par là. Je dis juste qu'il y a ces mèmes qui circulent, tu sais, où les hommes tatoués signifiaient motards et meurtriers, et maintenant, ce sont des baristas qui aiment la bonne sauce béarnaise ou quelque chose comme ça.

— Je pense que c'est plutôt le vinaigre balsamique, dis-je et on rit tous les deux.

— Désolée, tout ce que je dis c'est que je n'aime pas vraiment qu'on m'ignore comme ça. Ce n'est pas que j'aime que l'attention soit dirigée sur moi, j'ai mon compte en enseignant, mais c'était un peu grossier.

— Je pourrais dire quelque chose, dis-je sincèrement.

— S'il te plaît, non. Se plaindre qu'une femme sexy te trouve sexy, c'est un peu trop.

— Alors je vais être honnête et dire que je n'ai pas vraiment remarqué si elle était sexy ou non.

Elle pouffa encore.

— Ah oui ?

— Non, et ça va ressembler à une réplique, mais ce n'est pas le cas. J'étais trop occupé à penser à toi. Et c'est pour ça que je ne suis pas doué pour les rencontres, je dis les trucs les plus ringards.

Mais elle sourit, ses yeux étaient brillants et chaleureux.

— C'était peut-être ringard, mais merci quand même. Maintenant, je suis affamée, donc si je mange deux repas, fais comme si j'étais délicate et douce.

— Je suis affamée, aussi. J'ai en quelque sorte sauté la plupart de mes repas aujourd'hui, en essayant de travailler un peu. Mon estomac profita de ce moment pour grogner, assez fort pour qu'on le remarque tous les deux, et elle sourit.

— Et si on commandait quelques trucs à partager ? Je ne sais pas si je m'y prends correctement pour sortir avec quelqu'un en ne mangeant pas de petite salade et en prétendant que je ne vais pas vouloir voler ce qui reste dans ton assiette, mais j'ai été nerveuse toute la journée. Et je vais être franche à ce sujet. Donc, je n'ai pas mangé.

— J'ai été un peu nerveux, aussi. Je pense que c'est à cause de tout ce truc non accidentel.

— N'est-ce pas ? Qui aurait pensé que ce serait plus angoissant que le rendez-vous arrangé ? Peut-être que c'est parce qu'on s'est rencontrés, et maintenant on doit vérifier si ce dont on se souvient nous plaît.

— Tu n'es vraiment pas aussi mauvais que ça que tu le penses, dit-elle doucement. Je déglutis. Ça devenait intéressant.

— Et si on commandait une grande assiette de sushis, autant qu'on peut en manger, deux soupes, peut-être un truc de rouleaux de printemps, puis un *bulgogi* et un *yakisoba*. On peut partager autant qu'on peut, et ensuite on partage le *doggy bag*.

— Vendu. Mais on doit manger tous les sushis ici parce que les restes de sushis sont dégoûtants et probablement dangereux pour la santé.

Je souris.

— C'est super.

Alors que la serveuse se mettait à glousser quand on commanda tout, je ris et je me penchai en avant, car je voulais en savoir plus sur Hazel.

Parce que j'aimais bien cette femme. J'aimais la façon dont elle me faisait sourire.

Et même si je savais que j'avais d'autres choses dont je devais me soucier, des choses importantes, je voulais savoir ce qui lui plaisait. Je voulais la connaître.

Je voulais savoir exactement pourquoi elle n'avait pas eu de rendez-vous avant ce rendez-vous arrangé que j'avais fait échouer.

À ce moment-là, on était trop occupés à sourire et à se gaver de sushis, alors je n'ai pas demandé.

Mais je voulais toujours en savoir davantage. Je voulais la connaître.

Ce n'était pas un rendez-vous arrangé, et ce n'était pas un rendez-vous accidentel non plus. Et je savais déjà que je ne voulais pas que ce soit le dernier.

Ça me surprit plus que tout.

À la fin du rendez-vous, j'avais du mal à respirer. Non seulement à cause de la tentation qui se présentait à moi, mais aussi à cause de la quantité de nourriture que nous avions ingurgitée.

Je m'appuyai contre le lampadaire près de la voiture d'Hazel, une main pleine des restes, l'autre sur mon estomac.

— Je pense que j'ai trop mangé.

Hazel s'appuya contre sa voiture, sa pose imitant la mienne.

— Je sais, moi aussi. Elle sourit. Je sais que je suis censée être toute mignonne, sexy et tout pour un rendez-vous, mais plonger la tête la première dans le *bulgogi* et les sushis était tellement mieux que d'essayer d'être quelque chose que je n'étais pas à ce moment-là.

Je me redressai, mes tripes se contractèrent, même si j'avais trop mangé.

— Tu es quand même sexy, Hazel. C'est dans ta façon de rire, dans la façon dont tes yeux s'illuminent quand tu parles de ton travail. Le fait que tu aies plongé la tête la première dans le plat, tout comme moi. Je t'aurais redemandé de sortir avec moi à cause de la façon dont tu m'as fait rire, mais tu dois savoir que je te supplierai s'il le faut en plus de ça, parce que tu es sacrément sexy.

Je n'aurais probablement pas dû dire ça, mais je ne pouvais plus revenir en arrière.

Elle cligna de grands yeux sur moi, et sa bouche s'entrouvrit.

— Ah ?

— Ah. Je me rapprochai. Elle ne tressaillit pas, mais elle se raidit. Je peux t'embrasser ?

— Tu me le demandes ? La surprise était évidente dans son ton.

— Toujours. Je ne t'embrasserai jamais, ne te toucherai pas et ne ferai rien sans te demander d'abord. Je ne connaissais pas toute l'histoire, mais la façon dont elle se déplaçait en présence d'inconnus, y compris moi, me disait que je devais faire preuve de prudence. Juste un baiser. Rien de plus. *Ce soir.*

— OK. Elle marqua une pause. Un baiser. Elle marqua encore une pause. Non pas que je ne veuille pas plus à l'avenir, mais pour l'instant, allons-y doucement. Elle dit la dernière partie si rapidement et elle rougit si fort que je ne pus m'empêcher de sourire.

— Je peux faire ça. Et puis je me penchai, mes lèvres si proches des siennes que je pouvais sentir sa chaleur. Et j'attendis.

Elle avança d'une fraction de centimètre et je me laissai aller. J'avalai la distance qui nous séparait. Ses lèvres étaient douces, sa bouche entrouverte, et je penchai un peu, en voulant plus, mais sachant que ce n'était pas l'endroit pour ça.

Ce n'était pas assez long, un simple moment de tranquillité, de chaleur et de désir, mais quand je reculai, ses yeux étaient grands ouverts, comme les miens, et puis elle sourit. Un petit sourire, mais une expression que je savais que je n'oublierais jamais.

— Eh bien, chuchotai-je, puis je me raclai la gorge. Je suis content qu'on l'ait finalement fait.

— Après deux rendez-vous ? Elle déglutit. Oui, je suis contente qu'on l'ait fait aussi.

Tellement convenable.

J'avais *adoré* ça, putain.

— Encore ? demandai-je, puis je secouai la tête quand son regard se porta sur mes lèvres. Ma queue tressaillit, mais je me retins de bouger plus que je ne l'avais fait. Nous étions en public après tout, debout sous un lampadaire puissant, où tout le monde pouvait nous voir.

Peut-être l'endroit le plus sûr pour se garer... bien que je ne sache pas pourquoi je pensai ça à ce moment-là.

— Sors avec moi une autre fois.

— Quand? demanda-t-elle, puis elle sourit. Je veux dire... bien sûr. Oui. J'aimerais bien.

— Et pas seulement pour ton pacte? demandai-je, sans savoir pourquoi j'avais dit ça.

Elle sourit largement.

— Non, mais les filles seront heureuses de l'apprendre. Peut-être que ça veut dire que c'est le tour de Paris.

Je souris.

— Ça marche. Je l'aidai à monter dans sa voiture et je passai mes doigts le long de sa clavicule, adorant la façon dont elle rosit à ce contact. Tu m'envoies un message quand tu es rentrée?

Elle fronça les sourcils.

—Je veux juste savoir que tu es en sécurité.

— Je... je peux faire ça. Elle marqua une nouvelle pause. Je... j'aime bien que tu te soucies de moi.

C'était une chose étrange à dire, mais bon, elle devrait probablement s'habituer à ma surprotection.

— Bon. Parce que je dois te prévenir, je suis un ours quand il s'agit de m'assurer que ceux à qui je tiens sont en sécurité.

— Et tu tiens à moi, Cross Brady? demanda-t-elle, avec quelque chose d'étrange dans le ton.

Je me penchai, les yeux sur elle.

— Oui, Hazel. Je tiens à toi. Et je suppose que c'est quelque chose de nouveau pour nous deux et qu'on devra apprendre à faire avec.

Elle sourit encore et je me demandai ce que ça voulait dire, mais je ne posai pas de question. À la place, je fermai sa portière et la regardai s'éloigner, me laissant là, avec les restes de plats Coréens, une érection et la confusion peinte sur chaque centimètre de mon visage... et de mon cœur.

CHAPITRE NEUF

Hazel

J e me tenais devant la porte d'entrée, mon cœur s'emballait, mais pas de peur. Plutôt d'anxiété. Vu que porter un cardigan me rendait déjà anxieuse la plupart du temps, cela ne devrait pas être différent. Je n'avais pas vraiment envie de sonner ou de frapper à la porte. Je ne voulais pas entrer.

Et puis une voix sortit de l'interphone. Le fait que j'avais oublié qu'elle avait un interphone avec vidéo me fit savoir que mon anxiété avait atteint un nouveau niveau.

— Tu vas rester planté là toute la journée sur le porche de Dakota ? Tu n'as qu'à entrer. On a déverrouillé la porte pour toi.

Je louchai en entendant Paris dire ça.

— Ce n'est pas prudent de laisser ta porte déverrouillée, dis-je d'un ton un peu effrayé.

— On l'a déverrouillée quand on t'a vue monter. Mais on sortira s'il le faut. La porte s'ouvrit sur les mots de Paris, et je vis Dakota, un sourire amusé aux lèvres.

— Paris et Joshua ont volé mon téléphone, alors je m'excuse

pour la façon dont elle a répondu. Dakota ouvrit les bras et j'acceptai l'étreinte qu'on me proposait, en me penchant contre la jeune femme. Dakota était plus calme que le reste d'entre nous, probablement parce qu'elle avait un garçon de six ans qui vivait avec elle, et parce qu'elle devait continuellement faire face au bruit, en plus d'être mère. Puisque Paris était la plus bruyante d'entre nous, cela signifiait seulement que Dakota pouvait enfin se reposer. Ou peut-être que je pensais trop fort.

— Merci de m'avoir invitée pour le brunch, dis-je en le pensant vraiment. Je pourrais faire une dépression nerveuse pour une quantité de raisons, mais j'avais besoin de mes copines. Et d'un brunch. Mes mains étaient pleines, d'ailleurs, je n'aurais pas pu tourner facilement la poignée de porte, dis-je franchement et Dakota sourit, en regardant l'assiette dans mes mains.

— Oh, tu as fait tes petites tartelettes aux pommes, dit-elle en me prenant le plateau. Je les aime tellement.

— Je les échangerai contre tes friandises, et elles ne sont pas si difficiles à faire parce que j'ai triché cette fois.

Je fis une grimace et Dakota pouffa simplement.

— Je suis une maman, je triche souvent quand il s'agit de gagner du temps en faisant le dîner ou n'importe quel type de nourriture. Elles viennent de la pâtisserie? Elles sont quand même magnifiques.

— Oui, mais maintenant je me sens mal. Dakota faisait toujours les siennes avec trois fois rien.

— Tu n'allais pas faire de la pâte feuilletée de A à Z pour nous, dit Myra. Pas pendant cette partie du semestre en tout cas. Et j'ai entendu dire que tu étais sortie tard avec un certain monsieur sexy et barbu, ajouta-t-elle en se penchant en avant pour m'embrasser sur la joue. C'était un baiser en l'air, le genre de baiser que nous faisions toujours, et on se figea toutes les deux avant de rire. Cela faisait partie de nos anciennes vies, celles où nous faisions des brunchs avec du champagne et faisions semblant d'aimer tous les gens avec qui nous étions. Elle secoua la tête et me serra très fort dans ses bras. Je lui rendis son étreinte, sans me soucier du fait que si nous avions porté de la soie ou du lin repassé comme au bon vieux temps, cela aurait laissé des plis. Ou bien que, Dieu m'en garde, on s'embrasse en public comme si on s'aimait.

— J'adore quand vous êtes toutes gênées par le fait que vous vous connaissiez quand vous faisiez partie « de la haute », dit Paris, en étirant les mots pour avoir l'air d'être britannique.

— Parfois, ces choses sont juste ancrées en vous. L'autre jour, je me suis retrouvée à boire un mug de café avec le petit doigt en l'air. Un mug ! dit Myra, et j'éclatai de rire.

— Je sais, c'est ridicule. Mais on essaiera de faire des progrès.

— Exactement. Je te ferai boire de la bière à la bouteille un jour, dit Dakota en secouant la tête alors que Joshua arrivait en courant, les mains en l'air.

— Tante Hazel ! Tu es là !

Joshua avait six ans, et il en était au moment où il ne parlait qu'avec des points d'exclamation. Il n'était jamais calme, sauf quand il faisait ses devoirs, et encore, il grognait. Cependant, il commençait juste à apprendre les maths, et c'est ce que je préférais. Dakota pouvait lui enseigner toute seule, étant donné qu'elle était brillante, qu'elle possédait sa propre entreprise et qu'elle faisait toute sa comptabilité jusqu'à récemment. Cependant, elle me laissait prétendre que j'étais vraiment nécessaire à Joshua, et je pouvais parfois l'aider dans ses devoirs.

Elle était la seule de notre groupe à avoir un enfant, nous étions donc toutes des tantes honorifiques, même si j'étais à peu près sûre qu'aucune d'entre nous ne savait ce qu'elle faisait à cet égard.

Dakota était la plus brillante d'entre nous en la matière. Nous étions toutes en train de batailler en espérant de nous en sortir correctement.

— Salut, toi, dis-je en m'agenouillant pour pouvoir le serrer fort dans mes bras. Je n'avais plus besoin de m'accroupir autant qu'avant. Le petit garçon devenait de plus en plus grand au fil des jours. Il se cramponna à mon ventre et je regardai Dakota, qui semblait savoir exactement à quoi je pensais.

— Il vient de passer à une nouvelle taille de vêtements, dit-elle, la bouche sèche. Ça veut dire que bientôt, il va être plus grand que nous toutes.

— Non, maman. Vous serez toujours plus grandes que moi. Parce que tu es la maman. Et elles, les tantes. Je suis juste un gamin, dit-il avec un long soupir.

Je passai les mains dans ses cheveux, le décoiffant un peu, et il m'embrassa sur la joue. Il sentait le petit garçon et la pomme. Il devait avoir bu la quantité de jus de pomme qui lui était allouée pour la journée. Il adorait ça, mais il y avait tellement de sucre dedans que même si Dakota achetait la version la plus saine, il n'avait toujours pas droit à autant qu'il le voulait. Étant donné que j'avais envie de fourrer mon nez dans des tartes aux pommes, je compatissais avec le gamin.

— Je suis tellement contente de te voir aujourd'hui, dis-je.

— Moi aussi je suis content que tu sois là, dit-il solennellement, puis il alla vers les autres, en sautillant autour d'elles, et en leur montrant ses jouets. Après, il retourna vers le livre posé sur le canapé et commença à lire en silence.

— Je suis épuisée, dit Paris, et je ris.

— Sérieusement?

— Sérieusement. Je ne sais pas comment tu fais ça tous les jours, Dakota. Mais la fois où j'ai fait du baby-sitting pendant toute une soirée? J'ai dû poser le jour suivant pour récupérer.

— C'est un mensonge, dit Dakota en secouant la tête tout en continuant de regarder son fils. Ce n'est pas vrai.

— Tu es Superwoman, et je suis un peu jalouse. Paris marqua une pause. Peut-être pas à propos du fait de devoir donner naissance à un enfant, parce que ça me fait peur comme pas possible, mais je suis quand même jalouse.

— Il est la meilleure chose qui me soit arrivée, dit Dakota avec une étrange fêlure dans la voix. Je pensai que les autres l'avaient peut-être aussi perçue, mais aucune de nous ne posa de question. Les secrets de Dakota étaient les siens. Les filles savaient pour mon ex, savaient que j'avais vécu l'enfer, mais nous n'en parlions pas longuement. Je savais que je pourrais le faire si j'en avais besoin, mais je n'avais jamais voulu.

— Maintenant, ouvrons du champagne et du jus de pomme pétillant et commençons ce brunch, dit Myra, en tenant deux bouteilles dans ses mains.

— Du jus de pomme ? demanda Joshua.

Dakota soupira.

— Un verre de jus de pomme pétillant. Tu as déjà eu ton jus de pomme habituel pour la journée.

Myra prononça silencieusement le mot « désolée ».

Dakota secoua simplement la tête.

— Pas de souci, dit-elle, et on aurait dit qu'elle le pensait.

— Et tu peux avoir ton jus pétillant dans ta tasse avec le couvercle parce que tu vas dans ta salle de jeux. Ça te va ? demanda-t-elle.

— Parce que je suis peut-être un grand garçon, mais les grands garçons renversent toujours des choses, dit Joshua, répétant ces mots par cœur comme s'il les avait entendus et répétés des milliers de fois auparavant.

Je ris avec les autres pendant qu'il prenait sa tasse, son couvercle et tout le reste, et se dirigeait vers sa chambre.

Dakota tapota l'écran en face d'elle.

— Je peux le surveiller. Comme ça, il aura un peu d'intimité pendant que nous aurons la nôtre, parce que je veux pouvoir parler librement d'un certain rendez-vous, me dit-elle.

— Je vais aller lire avec Joshua, répondis-je et Paris serra mon bras, très fort.

— Je ne vais pas m'enfuir, dis-je franchement.

— Bien sûr que si, dit Paris. Mais c'est bon. Je vais juste t'enchaîner ici si nécessaire.

Mon pouls s'emballa, et elle me regarda en jurant dans sa barbe.

— Merde. Je suis désolée.

— Non, non. C'est bon.

Il n'avait pas utilisé de chaînes. C'était de la corde. Mais ça n'avait pas d'importance, parce que rien de tout ça ne pouvait me toucher désormais. Ni physiquement ni mentalement.

Ce n'était pas parce que les filles n'étaient pas au courant du récent texto, ou du fait qu'il soit sorti de prison, que je devais en parler maintenant. J'allais bien.

Si je continuais à dire ça, peut-être que je le croirais vraiment.

— Bref, mon rendez-vous avec Cross s'est bien passé. On s'est embrassés, dis-je en changeant de sujet. Je savais que je jetais ma vie amoureuse à leur figure pour qu'elles ne posent pas de questions sur Thomas, car je ne voulais pas parler de lui.

Je ne pouvais pas.

— Je sais que tu changes de sujet, mais je te le permets parce que je veux vraiment savoir comment s'est passé le rendez-vous, dit rapidement Paris.

— Alors, c'était comment ce baiser ?

— Incroyable, dis-je d'une voix un peu haletante.

Les filles se pâmèrent un peu et je ris.

— Sérieux ? Pas étonnant qu'on ait besoin de ce pacte de rendez-vous. J'ai dit qu'un baiser était incroyable sans aucun adjectif ou description détaillée et vous m'avez toutes regardé avec de ces têtes ! Vous avez vraiment besoin de rencarts.

— C'est pour ça qu'on a fait le pacte. Myra leva les mains. Cependant, comme tu étais la première, on va avoir besoin de détails. Beaucoup, beaucoup de délicieux détails.

— On a mangé notre poids en sushi en premier, dis-je et Myra secoua juste la tête. Je te jure, toi et tes sushis.

— Quoi ? C'est bon. Et c'est pas comme si j'avais pris des oignons. Pas d'haleine d'oignon.

— Juste une haleine de poisson cru, dit ironiquement Dakota.

— Peut-être. Mais je ne me souciais pas vraiment de ça quand ses lèvres étaient sur les miennes, dis-je. J'étais surprise d'entrer dans les détails, mais c'étaient mes amies et j'avais besoin d'en parler. Je gardais tellement de choses pour moi ces jours-ci. Parfois, les choses m'échappaient. Et je leur faisais confiance. Je savais que j'aurais dû leur faire confiance pour tout, et peut-être que ce jour viendrait, mais ça suffisait pour l'instant.

— Tu vas le revoir ? demanda Dakota.

— Bien sûr que oui, dit Paris. Parce qu'elle ne s'éloignerait de quelque chose comme ça pour rien au monde. N'est-ce pas ?

— Je, euh, ouais. Mais on n'a pas encore fait de projets. Je suis en plein milieu de mes recherches et d'un semestre chargé. J'avais déjà planifié ce temps libre, mais je devrais vraiment être à la maison pour corriger des copies.

— On est toutes occupée, dit Dakota. En fait, il faut qu'on mange parce que je dois retourner au café après ça. Mais cela n'a pas d'importance. Comme je l'ai dit, nous sommes toutes occupées, mais nous prenons du temps pour nous, et tu prends du temps pour Cross.

— Tu vas vraiment essayer de trouver du temps pour lui, hein ? demanda Myra.

— Oui, je vais essayer.

— Pourquoi tu as l'air si résigné ? demanda Paris.

Je ne dis rien. Je n'étais pas sûre de pouvoir.

— Dis-nous en plus sur lui. On regarda toutes Dakota. Quoi ? Il fait partie de tout ça maintenant, même si ce n'est pas le gars avec qui on t'avait arrangé le coup au début.

— Non, il est mieux. Mes yeux s'écarquillèrent à ces mots. Parfois, je fais des erreurs, dit Paris.

Je serrai ma main sur mon cœur.

— Non. Je suis choquée.

Paris rit.

— Oh, tais-toi. Laisse-moi juste dire que si je fais des erreurs, elles finissent parfois par donner les meilleurs résultats. Après tout, tu as rencontré Cross grâce à moi.

— J'ai rencontré Cross parce que son collègue est un connard, et qu'une petite fille avait une appendicite. Ce n'est pas la meilleure façon de rencontrer quelqu'un.

— Mais c'en est une, dit Myra franchement. Alors, qu'est-ce qu'il fait, déjà ?

J'expliquai pour les meubles Chris Cross, et elles hochèrent toutes la tête.

— Maman et papa ont quelques pièces de lui. Il a beaucoup de talent, dit Myra.

Je m'en souvenais vaguement.

— J'avais entendu parler de lui avant même qu'il n'explique en détail ce qu'il faisait. C'est un artiste.

— Je ne comprendrai jamais qu'on paie autant pour des meubles, dit Dakota, le regard fixé sur la vidéo où elle regardait son fils jouer. Cependant, c'est probablement parce que j'ai grandi différemment de vous, les filles.

Je ne me sentais pas mal du fait d'avoir grandi avec de l'argent ou d'en avoir encore. Dakota n'essayait pas du tout de me faire sentir mal. Elle disait la vérité. Nous venions toutes d'horizons différents, mais nous étions amies maintenant. Et c'était tout ce qui comptait.

— Je veux quelque chose de lui maintenant, dit Paris. Je ne peux probablement pas me le permettre, mais je suis sûre qu'on pourrait avoir un prix d'ami. Je veux dire, tu vas coucher avec lui, après tout.

— Sérieux? Tu vas me prostituer pour un meuble que tu n'es même pas sûre de vouloir? demandai-je d'un ton léger.

— Je fais ce que je dois faire, dit Paris, du rire plein les yeux.

— Tu n'as même pas vu son travail, dit Myra.

— Si tes parents en ont, ça doit être époustouflant, non?

— Oui, c'est ça, mais je suis presque sûre qu'ils ont acheté l'œuvre d'art la plus prétentieuse qu'il ait jamais faite, dit Myra sèchement.

— C'est probablement vrai, dis-je en riant.

Les parents de Myra n'étaient pas les meilleures personnes. Ils rabaissaient régulièrement les autres et faisaient de leur mieux pour contrôler sa vie. Le fait que Myra soit maintenant dans le Colorado avec moi, plutôt qu'en Californie où nous avions grandi, en était la preuve.

Cependant, sa famille avait un goût exceptionnel.

— Cross Brady fait un travail exquis, dis-je, mais tu ne vas pas me prostituer pour l'avoir.

— Brady? demanda Myra. C'est Brady son nom de famille?

Je fronçai les sourcils.

— Ouais. Je ne l'ai pas mentionné?

Myra haussa les épaules, soudain plus pâle. Qu'est-ce que c'était que cette histoire?

— Je n'avais pas fait le rapprochement. Je veux dire, je connais ses œuvres, mais j'ai toujours pensé à Chris et Cross, pas à Cross Brady. Bref, tu as survolé le fait que tu n'avais pas encore couché avec lui. Mais tu vas le faire, non? Et pas pour des meubles. Je me les achèterai toute seule. J'offrirai même un bibelot ou autre chose à Paris. Mais dis-nous, tu vas coucher avec lui?

J'aurais voulu demander à Myra à quoi elle pensait, parce qu'elle pensait certainement à quelque chose, mais je ne le fis pas. Comme je l'ai dit avant, nous avions toutes nos secrets, et nos propres bizarreries.

Mais je m'inquiétais qu'elle soit devenue si pâle à la mention du nom de famille de Cross.

— Je ne sais pas encore si je vais coucher avec lui.

— Tu vas nous dire exactement combien de temps ça fait? demanda Paris, et je lui fis un doigt d'honneur. Elle rit, et Dakota mit ses mains sur son visage, tandis que Myra roulait des yeux.

— Assez longtemps pour que je dise oui à ce pacte. Et quand, et si je couche avec Cross, ça me regarde. Mais je ne sais pas. On y va vraiment doucement. Et j'aime ça, en quelque sorte.

Elles me regardèrent toutes, un doux sourire aux lèvres.

— Tu as l'air différente quand tu parles de lui.

Je fronçai les sourcils en regardant Dakota.

— Je ne le connais même pas vraiment.

— Tu l'as rencontré dans des circonstances bizarres, tu parles encore avec lui, et tu parles de lui maintenant. Tu as juste l'air... différente. Et je ne te mets aucune pression pour faire quoi que ce soit avec ou à propos de lui, mais sache juste que j'aime bien que tu aies l'air heureuse. Nous en avons toutes besoin, et je suis heureuse que tu sois la première à avoir trouvé ce genre de bonheur.

Je les regardai tandis qu'elles continuaient à me parler de Cross, et je me demandai ce qu'elles voyaient. Étais-je heureuse ? Je ne sais pas. J'aimais passer du temps avec lui, j'aimais penser à lui. Mais ça me rendait quand même nerveuse. Je ne savais pas ce que je voulais faire de ce pacte, de ce que j'avais avec Cross. Mais j'appréciais l'aventure.

Du moins, je le croyais.

J'avais cru être heureuse avant, et je m'étais trompée.

Je ne voulais vraiment pas refaire cette erreur.

On a brunché, parlé un peu plus de Cross, puis du travail et de nos vies quotidiennes. Joshua vint manger avec nous, et on parla de l'école, des amis et des filles. Il gloussait parce qu'il était meilleur ami avec une fille, et Dakota mit ses mains sur son visage et gémit.

Les enfants étaient amusants, mais j'étais vraiment contente de ne pas en avoir encore.

Je rentrai chez moi peu après le repas, car j'avais été franche en disant que j'aurais dû faire des corrections.

J'avais mon assiette vide avec moi, car même si les pâtisseries avaient été achetées et que tout le reste avait été fait maison, et nous avions terminé chaque tartelette. J'avais l'estomac plein, j'étais probablement un peu gonflée, et droguée au sucre.

Ça allait être amusant de travailler jusqu'à ce que je m'effondre.

En rentrant chez moi, je fis ma routine habituelle sur la sécurité, je verrouillai les portes, je vérifiai les fenêtres, je regardai mes vidéos de surveillance, puis j'enlevai mes chaussures. Je pris un bon verre d'eau et une tasse de thé, puis j'allai voir combien de temps il me faudrait pour commencer mes corrections.

Le texto arriva environ vingt minutes plus tard, et je me figeai.

Thomas avait-il su que je n'étais pas rentrée à la maison pendant tout ce temps ? Ou était-ce juste une coïncidence ?

Inconnu : *Tu me manques.*

Ces mots. Cross les avait prononcés dans un SMS une fois, même si c'était une blague entre nous parce que nous venions juste de nous parler. Et ça ne m'avait pas fait cet effet-*là*.

Les filles disaient ça tout le temps, et ça ne me faisait pas cet effet.

Ces mots firent remonter mon thé dans ma gorge, et je vomis tout ce que j'avais mangé pendant le brunch.

Mes mains tremblaient, mon corps tout entier était moite, et je revérifiai tout, puis je serrai mon téléphone contre moi.

Je savais que je devais appeler l'inspecteur, comme je l'avais fait auparavant. Parce que ça pourrait être Thomas. Ou ça pourrait être les amis de Thomas. Il avait compté sur eux dans le passé pour l'aider et ça ne m'aurait pas étonné qu'ils fassent ça pour de l'argent — même s'ils avaient coupé les ponts avec lui quand il était allé en prison.

Je ne savais pas.

Thomas était dehors.

Même si j'avais construit ma sécurité autour de moi, une bulle que j'avais espéré que rien ne pourrait pénétrer, je savais que ce ne serait pas suffisant.

Ce ne serait jamais assez quand il était question de Thomas.

Je raccrochai après avoir parlé avec l'inspecteur et obtenu des promesses en l'air sur le fait qu'ils m'aideraient et qu'ils feraient de leur mieux pour me protéger et je me demandai si sortir de ma zone de confort et essayer quelque chose avec Cross n'était pas trop.

Parce que j'avais déjà commis cette erreur.

Et si j'en faisais une autre ?

CHAPITRE DIX

Cross

J'étais en retard. Mais là encore, lorsque j'avais la tête dans le guidon et que j'appréciais mon travail, j'avais tendance à n'être concentré que sur cela. Cependant, on m'attendait. Ou plutôt, *elle* m'attendait. Je ne serais pas vraiment en retard, mais je devais me dépêcher de finir ce que je faisais.

Le projet que j'avais devant moi était terminé, Dieu merci. J'étais en train de le passer en revue pour voir si je devais le modifier ou le retravailler avant que mes clients ne le récupèrent. J'avais l'impression d'avoir fait du bon travail, même si ce n'était pas ma pièce la plus élégante. J'étais encore nerveux de savoir ce que les clients allaient penser du produit fini, mais c'était toujours le cas. Peu importe ce que je faisais, j'étais toujours nerveux, même si c'était du très bon travail.

Je fis rouler mes épaules en arrière, fis un dernier hochement de tête à la pièce, puis je passai au point suivant de ma liste de contrôle avant de pouvoir partir.

Je me dirigeai vers mon bureau plutôt que mon atelier et j'ouvris les fichiers sur mon ordinateur.

Je n'avais vraiment pas envie de faire ça, mais je devais le faire. J'avais besoin de passer en revue chacun de mes dossiers, aussi bien ceux de mon travail que ceux de Chris.

Il fallait que je dissolve ce partenariat, et je devais m'assurer que tout était en ordre avant de le faire. Je ne voulais pas tout faire foirer davantage, mais ce n'était pas la première fois que je passais en revue cette paperasse au cours des deux derniers jours. Ce n'était même pas la deuxième. Et je n'aimais pas ce que je voyais.

J'avais fait une grave erreur. J'avais fait confiance à la mauvaise personne. Si je ne faisais pas attention, j'allais payer pour ça et ça me coûterait bien plus qu'un potentiel ulcère et un manque de sommeil.

Chris me volait. Il n'y avait aucun moyen de contourner cela, en tout cas pas en voyant les chiffres devant moi.

Je ne l'aurais pas compris si je ne m'étais pas assis pour vérifier chaque erreur que je rencontrais. Je n'étais même pas sûr que mon comptable l'ait remarqué, car il ne savait pas que certains des éléments de la liste étaient des mensonges. Il m'avait fait confiance pour lui envoyer les bonnes informations, et il avait fait confiance à Chris pour faire de même. Il avait sans doute tout vérifié deux fois, mais il y avait des choses qu'un comptable ne pouvait pas vérifier trois fois à moins de connaître les détails de chaque élément.

Même moi, j'avais du mal à trouver les raisons de certaines de ces choses, et j'aurais dû les connaître toutes. C'était ma faute. J'avais merdé en ne regardant pas plus tôt, et maintenant je devais trouver quoi faire. Devrais-je aller voir les flics ? Ou le fisc ?

Parce que si c'était la merde à ce point, ça n'était probablement pas la seule chose qui clochait. J'avais le sentiment que Chris était pleinement conscient de ce qui se passait. On pouvait potentiellement perdre notre affaire, et c'est moi qui serais dans le pétrin quand il s'agirait du fisc. Parce que je ne pensais pas que Chris serait celui qui porterait le chapeau à la fin. Non, il allait me laisser ça. Il ferait tout pour.

— Putain !

Je parcourus à nouveau les livres de comptes ligne par ligne, mon dos me faisait mal alors que je me retrouvais tordu sur mon bureau, et que je me demandais ce que j'allais bien pouvoir faire. Je devais me tromper.

Je réfléchissais trop.

Et c'est comme ça que tu as commencé à avoir des problèmes, me dis-je

En faisant confiance à la mauvaise personne.

J'enregistrai tout et mis le dossier dans mon cloud pour pouvoir le montrer à Liam plus tard. Liam saurait quoi faire. Et même si ça m'agaçait de devoir demander de l'aide à mon beau-frère, je savais qu'il saurait à qui parler. J'étais reconnaissant d'avoir quelqu'un à qui m'adresser.

Mais, putain, il y avait quelque chose qui n'allait pas avec ce que je regardais, même si je ne pouvais pas identifier les erreurs exactes. Et ça voulait dire que j'avais besoin d'aide. Parce que si l'entreprise faisait faillite à cause de Chris, je ne voulais pas porter le chapeau pour lui. Et je voulais mon putain d'argent.

Je m'étais saigné aux quatre veines pour ça, j'avais travaillé de longues heures pour ça, mis chaque once de moi-même dedans. Et Chris me volait.

— Toc, toc, dit-il depuis le seuil de la porte. Tu as l'air tellement sérieux. Qu'est-ce qui ne va pas ?

Je serrai les poings sur le bureau. Je savais que ce n'était pas le moment de tout déballer. Je n'avais pas toutes les preuves, et je ne savais même pas quoi dire. En plus, je ne savais pas comment Chris allait réagir. Ce que je voulais, c'était effacer ce sourire de son visage et lui casser la gueule. Et comme ce n'était pas la réaction appropriée, je ne dis rien. Mais, putain, on était sur le point de régler nos comptes et ça avait été long à venir.

— Je vérifie juste de la paperasse.

M'étais-je trompé ou avais-je vu un éclair de peur sur le visage de cet homme ? Peut-être que c'était juste de la ruse. Quoi qu'il en fût, j'en avais trop vu.

— Ah. Une pause. Des nouveaux clients ?

Chris s'approcha de moi, et je refermai les dossiers, mais pas assez vite.

— La compta ? Ce n'est pas ton travail. C'était aussi mes dossiers ? Chris fit rouler ses épaules en arrière et me jeta un regard noir. Tu passes en revue mon travail ? Ou tu es juste jaloux que je gagne plus que toi ?

— On sait bien tous les deux que ce n'est pas le cas, lâchai-je et j'aurais pu à juste titre me foutre un coup sur la tête.

Ne m'étais-je pas dit que j'allais attendre d'avoir toutes les preuves, que j'allais rester calme et tranquille et ne pas tout faire foirer ? Je soupirai intérieurement. J'étais tellement content d'avoir suivi mon propre conseil.

— Ah oui ? Tu doutes de moi ? On travaille ensemble depuis combien de temps ? Eh bien, va te faire foutre, toi aussi. Je suis désolé que tu sois jaloux de tout ce que je peux faire et des gens que j'ai fait venir, mais ce n'est pas une raison pour que tu fouilles dans mes comptes. Comment je peux savoir que tu n'as pas touché à mes affaires ? Tu as volé mes clients pendant que tu y étais ? Ou peut-être mes comptes ?

— Tu te fous de ma gueule ? grognai-je.

— Quoi ? Tu crois que je ne vois pas que tu veux ce que j'ai. J'ai essayé de te jeter un os avec cette cliente à moi, mais putain, tu n'as même pas pu faire ça correctement.

Cet homme avait officiellement perdu la tête. Il déformait la vérité comme si je ne venais pas de la vivre.

Qu'est-ce que j'avais raté d'autre pendant toutes ces années parce que j'avais voulu croire en ce que nous avions eu ?

J'avais voulu croire qu'il avait gagné ma confiance.

J'avais tellement tort, et maintenant j'allais en payer le prix. Peut-être pour un putain de long moment.

— Tu sais quoi, j'arrête là. J'ai des trucs à faire, et je ne suis vraiment pas d'humeur à m'occuper de ça.

— Tu seras d'humeur à t'en occuper quand je m'occuperai moi-même de la paperasse.

J'étais reconnaissant de m'être déjà envoyé une copie parce que je n'étais pas d'humeur à gérer ou à faire face aux mensonges de Chris maintenant. Notre comptable avait aussi une copie, et cela devait suffire pour l'instant. Mais putain. Ce n'était pas ce que j'avais prévu de faire aujourd'hui.

— Tu sais quoi, je suis en retard. Mais toi et moi? Il va falloir qu'on parle bientôt.

— Tu n'arrêtes pas de dire ça. Parler, parler, parler. Et pourtant, tu ne fais rien. Tu ne vaux rien du tout et tu n'es plus celui que je connaissais. Je suis presque sûr que ce partenariat sera bientôt terminé, dit-il.

— Tu sais quoi? Très bien. Je voulais le dissoudre de toute façon, mais j'essayais de trouver une bonne façon de te le dire. Maintenant, c'est foutu. On va avoir cette discussion bientôt. Parce que toi et moi? C'est fini. Mais ne va pas croire que tu vas juste t'en aller, ça ne sera pas si facile.

Chris me regarda, avec à nouveau ce regard effrayé. Cette fois, je savais que ce n'était pas seulement mon imagination.

— Va te faire foutre. Tu vas regretter d'avoir dit ça.

Et puis il partit, et je me demandai qui était cet homme. Ce n'était pas le gars avec qui j'étais allé à l'école. Ce n'était pas l'ami avec qui j'avais ouvert un commerce. Qui était le gars que je regardais maintenant?

Et j'étais là, ce putain de loser encore attaché à lui parce que j'avais voulu lui donner le bénéfice du doute.

Comment j'étais censé me regarder dans le miroir après ça?

Je n'avais pas le temps de m'apitoyer, cependant. Non, j'avais un rendez-vous.

Un rendez-vous avec une femme dont j'avais l'impression qu'elle avait un peu peur de ce qui se passait entre nous.

J'aurais probablement dû annuler. J'aurais dû m'éloigner et la laisser souffler un peu pendant que j'essayais de comprendre ce qui se passait.

Mais mon côté égoïste ne voulait pas ça.

Cette part de moi avait peur que si je le faisais, il n'y aurait pas de retour en arrière. J'avais eu ces peurs assez longtemps.

Je me préparai en un clin d'œil et je me précipitai jusqu'au restaurant où je devais retrouver Hazel. Honnêtement, je n'étais pas sûr que je devais aller à ce rendez-vous, mais je n'allais pas annuler et me conduire en crétin. Je me garai, je remarquai que la voiture d'Hazel était déjà là, et je jurai sous cape. Je détestais qu'elle m'attende. Bon sang, j'avais besoin de me remettre les idées en place si je devais faire ça. Elle méritait mieux que d'être avec un idiot.

Ça ne me dérangeait pas non plus qu'elle m'ait retrouvé quelque part à chacun de ces rendez-vous. Il y avait clairement quelque chose dans son passé, et des secrets qu'elle avait besoin de garder. Et ça me convenait. Peut-être qu'elle me ferait assez confiance pour me les dire un jour. Si me retrouver dans un restaurant la faisait se sentir en sécurité, alors ça me convenait. Je n'étais pas le genre de type qui refuse d'écouter, qui s'imagine être un homme des cavernes capable d'obtenir ce qu'il veut en criant et en se tapant sur le torse.

Bien que j'aie eu envie de faire ça avec Chris, mais c'était une situation complètement différente.

— Salut toi, dit Hazel depuis la banquette près de la porte quand j'entrai.

Je me penchai et déposai un baiser sur ses lèvres. Mes épaules se détendirent immédiatement et je gardai les yeux suffisamment ouverts pour remarquer que les siennes faisaient de même.

Bon sang, c'était une bonne sensation. La tension se relâcha et j'eus l'impression de rentrer à la maison. Un sentiment si étrange en présence de quelqu'un que j'apprenais encore à connaître.

Je ne savais pas ce que cela signifiait, mais ce que je savais, c'est que je voulais chasser tous mes autres soucis de mon cerveau et me concentrer uniquement sur elle.

— Je suis désolé, je suis en retard. Des trucs au travail dont je peux parler plus tard.

Elle sourit simplement.

— Ça ne me dérange pas. Mais je suis contente que tu sois venu. Elle leva les yeux au ciel et murmura : ils ne m'ont pas laissé avoir une table tant que tu n'étais pas là.

— J'ai réservé. Tu aurais dû pouvoir t'asseoir.

— Apparemment, elle ne croyait pas que j'étais avec toi.

Je jetai un regard noir à la serveuse, qui eut l'élégance de rougir.

— Je n'ai aucune idée de ce que c'était. Mais, qu'elle aille se faire foutre, murmurai-je.

— Je pense que c'est un peu ce qu'elle veut, dit Hazel, pince sans rire. Je ris, en rejetant ma tête en arrière et en me secouant de toute part.

— Merci pour ça. J'avais besoin de rire. Je l'embrassai à nouveau, puis nous nous dirigeâmes vers les serveuses. Bonjour, une réservation pour deux, au nom de Brady.

La serveuse me regarda en clignant des yeux, mais elle garda le sourire.

— Par ici.

Apparemment, tout le monde allait passer sous silence le fait qu'elle n'avait pas traité Hazel poliment, même si je savais pertinemment qu'il n'y avait aucune règle qui l'empêchait de s'asseoir à une table. En fait, ma famille venait souvent ici, et aucun de nous n'était jamais arrivé en même temps.

Eh bien, c'était parfait. Nous n'allions plus avoir à nous inquiéter de ça très longtemps.

Parce que maintenant il n'y avait que nous, et ce rendez-vous était quelque chose dont j'avais envie. Tout comme j'avais envie d'Hazel.

Ça aurait dû m'inquiéter. Mais ça ne l'était pas. Elle était une pierre angulaire. Une à laquelle je n'étais pas préparé.

On s'assit à notre table, et la serveuse prit tout de suite nos commandes de boissons.

— C'est un endroit assez haut de gamme, dit Hazel, en regardant autour d'elle. Je ne suis jamais venue ici auparavant. Je vais devoir en parler à Myra. Elle adore les restaurants gastronomiques.

Je souris.

— C'est un peu trop gourmet pour ma famille, mais nous aimons venir ici pour fêter des choses. Et vu que nous sommes cinq, il y a toujours un anniversaire ou une promotion ou quelque chose que nous voulons fêter. Et c'est notre endroit.

— Ça a l'air merveilleux. Et je suis un peu excitée de tout essayer.

— Mademoiselle Noble? dit un monsieur plus âgé en s'approchant de notre table, une femme avec un double rang de perles et une robe moulante à ses côtés.

Je levai les sourcils. Le ton distingué de l'homme évoquait l'argent, et la façon dont il m'évita du regard évoquait le snobisme. Ou peut-être que j'imaginais des choses après mes problèmes avec Chris.

— Monsieur Peterman. C'est merveilleux de vous voir, dit Hazel d'une voix complètement différente, une voix que je n'avais jamais entendue de sa part auparavant. Elle sonnait distinguée, et un peu snob, aussi.

Mais qui était *cette* Hazel?

— Je ne savais pas que vous étiez de retour. Je ne vous ai pas vue sur les vignobles de la Napa vallée récemment. J'aurais dû savoir que vous aviez déménagé ici.

— Cela fait quelques années, M. Peterman. Mme Peterman, je présume? demanda-t-elle en faisant un signe de tête à la femme. Hazel ne repoussa pas son siège pour se lever, et moi non plus. Tout cela était si étrange.

— Bonjour, dit la femme, mais elle ne dit rien d'autre.

Bon, très bien.

— Eh bien, je vois que vous avez un rendez-vous, dit l'homme, un ton interrogatif dans le mot rendez-vous.

J'aurais dû me sentir insulté, mais je n'en avais vraiment rien à faire. J'avais mes propres problèmes à régler. Je me fichais de ce que ce connard pensait de moi. Je n'avais peut-être pas l'air d'avoir de l'argent, mais j'en avais. Et j'avais travaillé comme un fou pour l'avoir. Personne n'avait besoin de me juger pour ça. Et même si je n'avais pas eu d'argent, qu'il aille se faire foutre. Sérieux. Qu'il aille se faire foutre et comme il faut.

— C'était sympathique de vous voir. J'espère que vous passerez une excellente soirée. Je vais maintenant profiter de la mienne.

Si mes sourcils avaient pu se lever plus haut sur mon front, ils auraient été dans mes cheveux.

— Ah. C'était agréable de vous voir sortir après, eh bien... vous savez.

L'expression d'Hazel se ferma complètement et j'avais envie de botter le cul à cet homme.

— Oui. Passez une bonne soirée.

Et puis elle tourna la tête, faisant à cet homme ce que mon ami Aaron appelait « battre froid », si je me souvenais bien.

Eh bien...

C'était intéressant.

— Désolée pour ça, dit Hazel, les joues complètement pâles. La serveuse arriva et déposa son verre de vin et ma bière. Elle but la moitié de son verre d'un trait avant même qu'on ait eu le temps de porter un toast ou autre.

Putain.

— Tu veux en parler ? Ou tu veux qu'on y aille ? On peut aller dans un bar, prendre des ailes de poulet grillées et de la bière. Ou je peux te suivre chez toi pour être sûr que tu sois en sécurité.

La peur emplit son regard, et je me maudis.

— Ou bien je peux *ne pas* te suivre chez toi et ne pas avoir l'air d'un sale type.

— Je suis désolée. Je suis désolée. Elle se pinça l'arête du nez et prit une profonde inspiration. Il y a deux ou trois choses que tu devrais savoir sur moi. D'abord, je ne suis plus cette personne, donc tu n'as pas besoin de t'inquiéter pour moi. Vraiment. J'ai juste besoin de respirer. C'est juste que je ne m'attendais pas à le voir ici. Je déteste cet homme à cause de ce qu'il représente, mais je n'aime pas non plus faire des scènes. Maintenant, j'ai l'impression de faire une scène horrible de toute façon.

— Non, pas du tout. Mais qu'est-ce qui ne va pas ?

Elle laissa échapper un souffle.

— Je ne sais pas vraiment comment dire ça sans avoir l'air snob.

— Laisse-moi deviner. Tu viens d'un milieu aisé ? Ses sourcils se levèrent.

— C'est une façon de dire les choses.

— Quelle est l'autre façon ?

— Honnêtement, c'est la meilleure façon de le dire. Mes parents étaient riches. Avec un grand R. J'ai grandi dans l'aisance et j'ai fréquenté les cercles que ma mère me conseillait. Myra évoluait dans ces mêmes cercles. C'est en fait comme ça que nous nous sommes rencontrées. Maintenant, nous sommes toutes les deux ici. Et, oui, j'ai toujours l'argent de ma famille, mais je vis principalement de ce que je gagne à l'école. Ce qui n'est pas beaucoup, mais comparé à ce que les autres gagnent, c'est génial. Je n'ai pas été à la hauteur des attentes de ma famille, mais j'y suis habituée. Cependant, c'est à peu près ce que disent la plupart des petites filles riches.

— Hazel.

Elle agita la main devant son visage et sourit, mais pas jusqu'aux yeux.

— Désolée. C'est ce que mon ex-mari avait l'habitude de dire. Thomas.

Quelque chose me retourna les tripes. Ce n'était pas de la jalousie. Mais je savais que je n'allais pas aimer où cela menait.

— Je vais avoir besoin de plus de vin pour ça, mais je conduis.

— On peut laisser ta voiture ici, et je peux demander à un de mes frères de venir la chercher.

— Non, tomber dans l'alcool ne m'aidera pas non plus. Elle laissa échapper une autre inspiration, pour se calmer. On aurait dit une Valkyrie. Forte et sexy, putain. Je l'admirais tellement en ce moment, mais je ne pouvais pas le dire. Pas maintenant que je savais qu'elle tenait à peine le coup. Nous nous sommes mariés jeunes. J'avais dix-neuf ans. J'étais stupide et je ne comprenais pas dans quoi je m'engageais. Mais c'était ce que ma famille voulait. Thomas était celui que mes parents pensaient qu'il fallait que j'épouse. Il venait d'une vieille fortune, encore plus vieille que celle des Noble.

— De la façon dont tu le dis, on dirait que tu sors de la Régence anglaise.

— Notre fortune est en fait encore plus vieille que ça, dit-elle. Et puis elle soupira. Mais ça n'a pas d'importance. Honnêtement, j'ai le privilège de dire ça. Je donne ce que je peux, et je paie mes impôts, mais oui, j'ai de l'argent. Tu en as aussi. Mais tu as gagné le tien.

- Hé, tu travailles comme une folle. Tu n'es pas obligé de le faire.

— Je suppose que c'est vrai. C'est juste un sujet délicat. Mais revenons à mon histoire. Me voilà, pauvre petite fille riche — comme je l'ai dit, Thomas disait ça quand je voulais travailler. Quand je voulais financer des choses moi-même. Bref, on l'a choisi pour moi, et je suis tombée amoureuse de lui. C'était l'une des pires erreurs de ma vie.

— Tu n'as pas à parler de ça si tu ne veux pas.

— Je ne veux pas trop entrer dans les détails, surtout parce que nous sommes en public et que je n'ai pas vraiment envie d'en parler, mais je sens que j'en ai besoin. Thomas n'était pas un homme bien. Après la mort de mes parents, il n'avait plus sa laisse. Il m'a blessée de plus d'une façon. C'était une personne horrible. Il m'a harcelée quand je l'ai quitté. Il m'a fait du mal. Encore et encore. Et quand il est allé en prison, cela a créé un vaste cauchemar médiatique, du moins dans nos milieux. C'est à ça que M. Peterman faisait référence. Il était surpris de me voir sortir, à cause de l'incident.

— Seigneur. Je ne sais pas quoi dire. Tu es en sécurité ?

— Je ne sais pas si je serai jamais en sécurité avec lui dehors. C'est la pure vérité. Je ne sais pas. Mais il n'y a rien que je puisse faire contre ça. J'ai un système de sécurité chez moi. Les inspecteurs savent ce qui se passe. Elle secoua la tête quand j'ouvris la bouche pour parler.

Je ne veux pas replonger dans cette histoire. Sache juste que je vais bien. Je sais que c'est un mot dérisoire pour ce que je ressens, mais c'est la vérité. J'ai vécu un enfer, et c'est lui qui l'a causé, même si j'en ai causé un peu à cause de ma détermination à faire les choses par moi-même. Je ne peux pas changer ça.

— Ne t'avise pas de t'en vouloir. La rage m'envahit, mais je la retins. L'idée qu'Hazel soit blessée me donnait envie d'aller trouver Thomas et de lui arracher la tête. Mais ajouter de la violence à la situation n'aiderait personne.

— Je n'ai pas aimé le fait que M. Peterman m'ait jeté ça au visage, mais maintenant je suppose que tu comprends un peu mieux pourquoi je fais attention à qui je rencontre. Et pourquoi il m'a fallu si longtemps pour sortir à nouveau avec quelqu'un.

Je tendis le bras et touchai sa main. Elle ne s'écarta pas. Dieu merci.

— Tu es si courageuse, putain. Tu n'as pas besoin de m'en dire plus. Ce n'est pas à moi de savoir. C'est ton droit de me dire ce dont tu as besoin. Mais le fait que tu sortes à nouveau ? Je suis tellement fière de toi. Et que le gars se trouve être moi ? Je suis un putain de sacré petit veinard !

Je dis les mots un peu crûment pour la faire rire, pour la faire sortir de là où elle était dans sa tête à ce moment-là.

Je détestais ce qu'elle avait vécu, et je détestais encore plus le fait de ne pouvoir rien y changer. Mais je pouvais être là pour elle. Toutes les pensées de ce que j'avais à faire avec Chris s'envolèrent de mon esprit, et mon imbécile de surprotecteur intérieur revint en force.

— Passons une bonne soirée. Jouons les gourmets, mangeons et buvons le reste de ce vin, et puis peut-être un peu d'eau, ajouta-t-elle en riant. Et faisons comme si tout était merveilleux et en fleurs. Parce que c'est ce dont j'ai besoin.

— Je peux le faire. Je peux être ça pour toi.

— Bien. Et puis peut-être que tu pourras me dire pourquoi tu avais l'air si renfrogné avant même que je te parle de mon passé.

— Je croyais que tu avais dit que tu voulais passer un bon moment.

— Cross.

Je lui parlai du travail et de Chris, et quand elle serra fort son verre de vin entre ses doigts et se força à le poser, les yeux plissés de colère, je sus que ça m'avait manqué.

J'en avais besoin. Avoir quelqu'un à qui parler, avec qui partager mes peurs. Être avec quelqu'un, tout simplement.

Je n'avais pas cherché Hazel. Mais je l'avais trouvée, tout comme elle m'avait trouvée.

Et quand je pensais à Chris et à ce Thomas, je savais que tout n'était pas parfait, mais on essayait de trouver notre voie.

Je ne voulais pas laisser partir Hazel. Même si j'apprenais encore à la connaître, j'avais l'impression de la connaître à l'intérieur et à l'extérieur.

Et ça aurait dû me faire peur, mais ce n'était pas le cas.

Ça me donnait juste encore plus envie d'elle.

Et même, ça me donnait envie d'être un homme qui la méritait.

Je pourrais tomber amoureux d'elle si je me laissais faire. Putain, peut-être que je l'avais déjà fait ?

Et je ne savais pas du tout ce que je pouvais y faire.

CHAPITRE ONZE

Hazel

Est-ce que je faisais une erreur? Peut-être. Mais c'était à moi de la faire. Je pouvais le faire. Je pouvais laisser un homme entrer dans mon jardin secret et ne pas stresser.

Mes mains agrippèrent le volant alors même que je ricanais à cette pensée. Il y avait un double sens dans l'expression « jardin secret ».

Cross était derrière moi dans sa voiture, il me suivait jusque chez moi. Après ça, il allait savoir où j'habitais. J'allais le laisser entrer.

Qu'allions-nous faire ensuite? C'était à nous deux de décider, une fois sur place. Il m'en avait dit plus sur lui. Nous avions passé tellement de temps à parler pendant le dîner que nous avions fait la fermeture du restaurant.

Je savais que notre serveuse n'avait probablement pas apprécié que nous occupions la table aussi longtemps, mais nous l'avions dédommagée avec un bon pourboire.

Et nous n'avions été que tous les deux, Cross et moi. On avait passé tellement de temps ensemble ce soir à apprendre à se connaître. Je lui avais parlé de mon passé, et il ne s'était pas enfui en courant. Non, il était resté. Il avait été là pour moi. Et il ne m'avait pas jugée. Il était en colère pour moi. Et puis il m'avait parlé de son passé, de ses inquiétudes.

Et j'avais été là pour lui.

Tout ça autour d'un verre et d'un dîner.

Mettant nos âmes à nu, le moins possible. Pourtant, c'était le début de quelque chose.

Quelque chose de *nouveau*. Un début.

Alors qu'il me suivait et que je rentrais chez moi, je réalisai qu'il allait potentiellement être dans ma maison.

Il n'y a pas de potentiel, me dis-je.

Il fallait que ce soit intentionnel. Je devais faire ce pas. J'avais besoin de ne pas avoir si peur. Je lui faisais confiance. Et le truc c'était que je n'avais pas toujours fait confiance à Thomas. Oh, j'avais pu me dire que j'étais tombée raide dingue de lui, mais il était dans ma vie à cause de mes parents. Je ne les avais jamais blâmés pour ce qui s'était passé, mais je m'en voulais d'être tombée amoureuse de la façon dont je l'avais fait.

D'avoir ignoré les signaux d'alarme.

Je ne sentais pas de signaux d'alarme en ce qui concernait Cross. Je devais espérer que ça suffisait.

Je devais y croire. Je devais me lancer. Je devais... être.

Je me garai dans mon garage, et il s'engagea dans l'allée. Je fermai la porte du garage derrière moi, lui ayant expliqué cette partie de ma routine.

Qu'il devrait attendre que je revienne.

Je respirai profondément et je pris toutes mes mesures de sécurité, le regardant à travers la caméra et mettant mon doigt sur l'écran.

Bon, allez, on le fait, me chuchotai-je.

Puis je me dirigeai vers la porte et je l'ouvris, après avoir vérifié à nouveau à travers le judas et la caméra de mon téléphone, juste au cas où.

J'étais probablement trop prudente, mais j'étais en train de laisser quelqu'un entrer dans ma maison.

J'avais besoin que ça fonctionne.

Des frissons parcoururent mon corps, mais ils n'étaient pas dus à la peur. Non c'était à cause de la tête de Cross.

Ce côté sombre qui me disait qu'il avait des pensées qui suivaient le même chemin que les miennes, des choses qui n'avaient rien à voir avec la sécurité. Mais plutôt à ce que franchir ce seuil signifierait pour nous deux.

— Puis-je entrer ? demanda-t-il.

Je fis un pas en arrière, en déglutissant difficilement, incapable de parler.

— Tu dois me dire, Hazel. J'ai besoin d'être sûr. N'aie pas peur.

Je souris, sachant qu'il avait raison. Il faisait tout ce qu'il fallait. Ça aurait dû m'inquiéter, mais ce n'était pas le cas.

— Entre, Cross.

Je fermai la porte derrière lui, en la verrouillant bien, et je pris une grande inspiration en me tournant vers lui. Je posai les paumes sur la porte et m'adossai, en essayant de respirer. Je perçus son odeur boisée et mes orteils se crispèrent. J'adorais ça.

Voilà, c'est ma maison.

Gênant, non ?

C'était probablement plus grand que ce dont j'avais besoin, mais ce n'était pas un manoir ou quelque chose comme ça. Cependant, comme j'avais parfois du mal à quitter la maison après tout ce qui s'était passé avec Thomas, je voulais un endroit facilement défendable qui m'appartienne. Un endroit où je ne souffrirais pas de claustrophobie si je ne sortais pas pendant plusieurs jours.

C'était probablement bizarre de penser ça, mais c'était mes pensées, alors je faisais avec.

— C'est sympa. Il laissa échapper un souffle. Bon sang, c'est magnifique. Désolé, je t'ai déjà dit que je n'étais pas doué pour ça. Maintenant, on est là, seuls dans ta maison. Je sais que c'est un moment important, mais tout ce que je veux, c'est t'embrasser.

Je laissai échapper un souffle.

— Alors, ne pensons pas au côté « moment important ». Faisons en sorte que tout ceci soit normal. Et pourquoi tu ne m'embrasses pas ?

Il leva un sourcil.

— Tu es sûre ?

— Oui. Embrasse-moi. Et faisons comme si tout était normal.

Cross laissa échapper un petit rire qui n'était pas tout à fait plein d'humour.

— Je ne pense pas que l'un de nous soit normal. Cependant, c'est toi et moi. Dis-moi ce que tu veux.

— Je ne sais pas ce que je veux, pas dans le grand schéma des choses. Mais je sais que je veux que tu m'embrasses tout de suite. Je voulais ressentir. Je voulais simplement être.

Cross fit un pas en avant et passa lentement son doigt le long de ma mâchoire. Je me penchai sur lui, résistant à l'envie de fermer les yeux. Je voulais le regarder, voir chacun de ses mouvements. Et pas par peur. Parce que je voulais m'imprégner de chaque moment que je vivais avec lui.

Je m'étais trouvée avec le temps. Le vrai moi. J'avais découvert qui je devais être en grandissant et en guérissant.

Cross ne me guérissait pas. Je l'avais fait moi-même.

Mais maintenant, je découvrais qui je pouvais être quand je n'étais pas seule. Quand je ne comptais pas uniquement sur ma force.

Je pouvais m'imaginer avec quelqu'un d'autre et pas seulement dans l'immensité de mon cœur douloureux, dans mon âme, et sa profonde solitude.

Mais je n'avais pas à m'inquiéter de tout cela.

Je pouvais l'avoir.

« Être sûre », enfin.

En réponse, je me hissai sur la pointe des pieds et pressai mes lèvres contre les siennes.

Par chance, il avait baissé la tête pour que ça me soit plus facile et je gardai les yeux ouverts, en entrouvrant mes lèvres pour pouvoir l'embrasser plus profondément.

Il sourit contre ma bouche, puis passa la main dans mes cheveux, les tirant très légèrement.

Thomas l'avait fait une fois et m'avait traînée sur le sol, mais c'était différent. Je n'avais qu'un vague souvenir de la douleur passée, et cela n'avait plus d'importance désormais.

Parce que je n'étais pas cette personne.

Et Cross n'était pas cet homme.

Au lieu de ça, il n'y avait que lui et moi, et ce sentiment, cette sensation.

Cross fit un pas en arrière, un tout petit pas pour que sa main puisse toujours rester sur mon visage, et sa bouche proche de la mienne.

— J'aime faire ça, chuchota-t-il.

— J'aime que tu fasses ça. Je crois qu'il faut qu'on le refasse, murmurai-je. Mes yeux s'écarquillèrent. Tu me donnes envie de dire n'importe quoi. Je ne suis pas toujours comme ça.

Cross inclina la tête, passant sa main dans mes cheveux.

— Je n'en suis pas si sûr. Tu as toujours dit ce que tu pensais quand tu étais en face de moi. Et tu m'as laissé m'asseoir le premier soir où on s'est rencontrés. Et quand tu m'envoies des textos, tu me soulignes toujours mes conneries. Je pense que cette personne a toujours été là. J'aime le fait que tu me la montres.

Je levai les yeux vers lui, un sourire se dessinant sur mon visage.

— Ça me plaît. C'est une bonne idée. C'est vrai ? Je ne sais pas. Mais j'aimerais croire que c'est vrai.

— Il faut que j'y aille maintenant, dit Cross, d'une voix basse, mais ses yeux ne quittèrent pas les miens.

J'avalai de travers. Mes mains ne tremblaient plus, mais ma voix, oui.

— Et si je ne veux pas que tu partes ?

Il étudia mon visage, et j'eus envie de passer mes mains dans sa barbe.

— Tu es sûre d'être prête pour ça ?

Je me léchai les lèvres. Son regard suivit le mouvement. Le bout de mes seins se contracta et mon pouls s'accéléra. Avec un seul regard.

— Je t'ai laissé entrer chez moi, Cross. Je ne pense pas qu'un autre geste ou mot puisse mieux illustrer ce à quoi je suis prête. Ne pars pas. Pas encore.

D'habitude, je n'étais pas si directe, si... j'ose dire, effrontée. Et j'aimais ça. J'aimais qui j'étais quand j'étais avec Cross. J'aimais aussi ce que je ressentais quand j'étais sans lui. Comme s'il avait débloqué quelque chose en moi que je n'arrivais pas à saisir. J'adorais ça.

— Je vais encore t'embrasser.

— Tu as ma permission pour m'embrasser autant de fois que tu le veux.

— Bien.

Et puis ses lèvres furent sur les miennes. Cette fois, je laissai mes yeux se fermer et je me pressai contre lui, mes mains remontant le long de son dos, agrippant ses épaules alors que sa bouche dévorait la mienne. Il semblait en vouloir plus, et j'en voulais plus aussi. J'avais besoin de plus.

Ses lèvres suivirent ma mâchoire, et je laissai ma tête tomber en arrière pour qu'il puisse embrasser mon cou, laissant des frissons sur tout mon corps. Une douce tentation.

Mes genoux tremblèrent et il me conduisit vers le canapé, me faisant lentement reculer pour que mes fesses soient contre le dossier, sa bouche sur la mienne.

On ne sait comment, ma veste s'était retrouvée sur le sol, et mes yeux étaient toujours fermés. Je voulais ma bouche sur la sienne et mes mains sur son corps. Il était si fort, si musclé et large. Tout en lui n'était que muscle et force. Un homme qui savait exactement ce qu'il faisait avec ses mains.

— Tu as un goût incroyable, dit Cross, ses doigts repoussant mes cheveux derrière mes épaules.

— Ah bon? Je n'avais aucune idée de ce que je disais, je savais seulement que je voulais ses mains et sa bouche sur moi. Je voulais entendre sa voix grave.

J'avais juste envie de lui.

— Oui. Maintenant je veux te goûter partout.

J'aurais dû rougir. Je ne l'ai pas fait. À la place, mes mains allèrent vers le bas de ma chemise, et je la remontai. Ses mains se posèrent sur les miennes, m'arrêtant un instant. Pendant une seconde, je pensai que peut-être il ne voulait pas ça, que j'allais trop vite. Au lieu de cela, il m'embrassa à nouveau et m'aida à passer ma chemise par-dessus de ma tête. Je me tenais là, avec mes chaussures, mon pantalon et mon soutien-gorge, me sentant bien plus nue que je ne l'étais en réalité.

— Magnifique, dit Cross, puis il s'approcha de mes seins, les embrassa, les modelant de ses lèvres. Quand il défit mon soutien-gorge, mes seins tombèrent lourdement dans ses paumes. Je m'accrochai au canapé, ma tête bascula en arrière. Il rit, les embrassant et les mordant doucement.

Il passait de l'un à l'autre, son corps près du mien, chaud, surchauffé. Je voulais davantage de lui, mais j'aimais qu'il prenne le dessus, et je pouvais juste *être*.

Je ne connaissais pas beaucoup d'autres personnes avec qui je pouvais faire ça.

Et puis il se mit à genoux, et je déglutis de toutes mes forces, les jambes tremblantes.

— Laisse-moi faire, dit-il. Il enleva mes chaussures, puis ses mains furent sur mon pantalon.

— Prête?

— Pour toi? Bien sûr.

— Bien. Et il abaissa mon leggings, le tissu s'enroulant autour de mes fesses à mesure qu'il tirait. Je laissai échapper une respiration tremblante, me retrouvant nue à l'exception du minuscule bout de soie sur mon corps.

— Seigneur, je savais que tu avais des formes, je savais que tu étais sacrément sexy, mais putain, Hazel. J'ai du mal à respirer quand je te regarde.

Je déglutis et je le regardai, ses cheveux noirs entre mes jambes, et je jouis presque à ce moment-là.

— Qu'est-ce que tu vas faire, maintenant? demandai-je, presque taquine.

Sauf que je n'étais pas « presque » taquine.

— Exactement ce que tu veux que je fasse.

Et puis il souffla de l'air chaud sur ma chair et tira sur ma culotte. Sa bouche était entre mes cuisses, j'avais une jambe jetée par-dessus son épaule, l'autre me gardant en équilibre alors que je m'agrippais au dossier du canapé.

Mon corps se mit à trembler, et sa langue me lécha, séparant mes plis tandis qu'il m'embrassait intimement. Je m'échauffais de l'intérieur, mon corps entier tremblait. Lorsqu'il joua avec mon clitoris, une touche par-ci, une touche par-là, et que son doigt glissa en moi, je ne pus me retenir. La vue de ses cheveux noirs contre ma peau pâle était trop forte. Je jouis, haletante, les mamelons durs, un picotement remontant le long de ma colonne vertébrale.

L'orgasme m'envahit, m'enveloppa de chaleur et me fit frissonner alors que je m'appuyais contre le canapé.

Cross continua de me lécher pendant l'orgasme, en réclamant clairement plus. Je ne pouvais pas respirer, je ne savais pas quoi faire. Et puis il se releva, ses lèvres sur les miennes. Je redescendis de mon état d'euphorie, je me goûtai sur sa langue et je tirai sur sa chemise. J'avais besoin de plus, j'en mourrais d'envie.

Je n'avais pas de mots, mais il semblait savoir ce que je voulais. Heureusement, il savait exactement ce dont j'avais besoin.

Il enleva sa chemise, et je l'aidai à défaire son pantalon pendant qu'il enlevait ses chaussures. On rit ensemble quand il faillit tomber.

Je ne savais pas qu'on pouvait rire pendant l'amour. Je ne savais pas que j'en avais besoin.

Soudain, il était nu, sa chair chaude dans ma main tandis que je pressais la base de son membre.

Il glissa la main sur la mienne et gémit.

— Si tu me touches comme ça, je vais jouir sur tes jolis seins.

Mes mamelons se crispèrent à ces mots. Ces mots grossiers et vulgaires qui étaient si sexy.

— Et si je voulais que tu le fasses ? demandai-je.

Il loucha, et je me léchai les lèvres.

— Peut-être la prochaine fois. Et n'imagine même pas mettre cette jolie bouche boudeuse sur ma queue. Je ne crois pas que je pourrais le supporter.

Je commençai à le branler, mes doigts n'arrivant même pas à faire le tour de son membre.

Honnêtement, je ne savais pas comment il allait entrer, mais j'avais hâte d'essayer.

Je serrai les cuisses, je mourrai de désir pour lui, je me demandais qui était cette femme dévergondée. Ce n'était pas la Hazel Noble que j'avais toujours connue.

Non, c'était une Hazel qui prenait des risques. Qui allait à des rendez-vous arrangés et se retrouvait avec un autre gars. C'était une Hazel qui demandait ce qu'elle voulait et s'assurait de l'obtenir.

C'était la Hazel qui avait demandé à Cross de venir, celle qui allait chevaucher cette très grosse queue.

Je la pressai encore une fois, puis je fis courir ma main sur toute sa longueur pour pouvoir appuyer le pouce sur son gland et y répandre une goutte de sperme. Tout son corps trembla contre moi, et le pouvoir que je ressentis ne ressemblait à rien de ce que j'avais ressenti auparavant.

— Il me faut un putain de préservatif, chuchota-t-il. Merde. C'est dans ma voiture. Je ne les garde plus dans mon portefeuille.

Je gémis et laissai échapper un petit rire.

— Tu n'aurais pas pu y penser avant de te mettre tout nu et que je tienne ta queue?

— Eh bien, je n'ai pas pu m'en empêcher. Je voulais vraiment que tu tiennes ma queue.

— Tiens bon, je reviens, chuchotai-je. Je partis en courant et un rire m'échappa, car je rebondissais de partout. Il resta là, debout dans mon salon, complètement nu.

J'aurais pensé que cela pourrait gâcher l'ambiance, mais pas du tout. J'entrai dans ma salle de bains, je sortis une boîte de préservatifs, déchirai l'emballage et j'étalai les sachets sur le sol, tout en continuant à rire comme si j'avais perdu la tête. J'en apportai quatre dans le salon.

Cross haussa un sourcil, son regard se posa sur ma main, puis sur mes seins tandis que je posais mes mains dessus pour les maintenir en place.

— Vraiment? Je ne suis plus aussi jeune qu'avant. Peut-être qu'on en aura besoin de deux? Peut-être trois.

Je me figeai, en clignant des yeux.

— Je plaisantais juste avec le nombre de préservatifs que j'ai pris. Je fis une pause. Trois fois? demandai-je d'une voix aiguë.

— Putain, ouais. Trois fois. Mais si tu veux aller jusqu'à quatre, je vais devoir commencer tout de suite. Peut-être m'étirer un peu. Il fit rouler ses épaules en arrière, et puis il s'élança. J'éclatai de rire et je me retrouvai sur le dos sur le canapé, sa bouche sur la mienne.

Il ne fallut pas longtemps pour qu'il me fasse à nouveau frôler l'orgasme, sa main entre mes cuisses, me caressant jusqu'à ce que je halète, les mains sur son dos, en voulant toujours plus.

Et il se retrouva gainé d'un préservatif, le bruit de l'emballage comme un écho dans ma tête, et je l'observai, lui faisant confiance plus que je ne l'aurais jamais cru possible.

— Tu es prête? chuchota-t-il.

—Je suis prête, murmurai-je en retour.

Et puis il fut en moi, m'étirant jusqu'à la limite. Je pouvais à peine respirer.

C'était tout. *Il* était tout. Mais je ne pouvais pas m'y accrocher, pas maintenant.

Je devais vivre le moment présent. Je devais juste *être*.

Mais je pouvais faire ça. C'était ce dont j'avais besoin. Et je ne le savais même pas.

On était sur le canapé, et il pouvait à peine me pénétrer complètement. Ça n'avait pas d'importance parce qu'il était en moi, on était connectés. Et je voulais ça. J'en avais *besoin*.

— C'est bon ? demanda-t-il.

— Je sens tout.

Il me fit un clin d'œil et m'embrassa doucement.

— Moi aussi.

Et puis il se mit à bouger.

Je bougeai avec lui, légèrement incertaine de ce que je faisais parce que ça faisait si longtemps, mais ça n'avait pas d'importance. Parce que c'était bien. On était bien.

Je m'arquai contre lui, et il glissa plus profondément. On gémit tous les deux quand sa queue me toucha juste au bon endroit en moi.

Et puis il alla plus vite, plus fort, me pilonnant, les mains sur mes hanches, me maintenant stable pendant qu'il donnait des coups de reins.

Je jouais avec mes seins, me cambrant pour lui, et puis je jouis et me contractai autour de sa queue. Une seconde plus tard, il jouit avec moi, cria mon nom, puis se pencha sur moi, ses lèvres sur les miennes alors qu'il continuait à s'activer, à me remplir.

Après, il bascula sur le côté, m'entraînant à moitié sur lui, et à moitié sur le côté du canapé. On était tous les deux allongés là, haletants, sa queue toujours en moi, mon corps tremblant toujours.

— Waouh ! dit Cross, en passant ses mains sur mon corps.

— Je suis d'accord. Waouh !

— Je vais devoir me raser, ou je vais finir par te brûler avec ma barbe, dit-il en continuant à caresser mon corps.

J'essayai de me redresser, mais c'était difficile puisqu'il était encore en moi. À la place, je donnai une pression à son épaule.

— Quoi ? demanda-t-il.

— Ne t'avise pas de te raser, putain. Tu m'as déjà dit que tu avais des huiles à barbe et que tu en prenais soin pour qu'elle soit plus propre que celle de la plupart des gens.

— Bien sûr. C'est dégoûtant les microbes.

— Ne te rase jamais, tu m'entends ? Tu as mis assez d'après-shampoing pour qu'elle soit plus douce que mes cheveux. Tu ne m'as pas brûlée. Et j'aime les poils.

Il sourit et m'embrassa encore.

— Tu aimes la barbe ?

— Ce n'est pas ce que je viens de dire ?

— Alors je ne vais pas la raser. Je vais la garder, ce qui est une bonne chose parce que j'aime vraiment ma putain de barbe.

Je souris et passai mes mains sur la pilosité en question, puis dans ses mèches soyeuses, puis le long de son corps, pour venir se poser sur ses hanches.

— Waouh, chuchotai-je.

— Je vais prendre ça pour un compliment. Et avec un peu de chance, je serai prêt pour le deuxième round.

J'écarquillai les yeux, même en riant. Sérieusement ? Je ne savais pas qu'on pouvait rire pendant le sexe comme ça.

— Ah oui ?

— Je vais avoir besoin d'inspiration.

Soudain, ses mains furent sur mes seins, ses lèvres sur les miennes, et je ris encore, savourant le moment.

Je n'avais aucune idée de ce qui allait suivre, mais à ce moment-là, je m'en fichais.

Parce que, d'une manière ou d'une autre, j'avais accidentellement trouvé cet homme, et je ne pouvais pas attendre davantage de vivre ce moment.

J'avais entendu dire qu'aimer pour toujours n'arrivait qu'une fois, mais ça me convenait parce que je ne cherchais pas l'éternité.

Je cherchais le moment présent.

Et je l'avais trouvé.

La part en moi qui en voulait plus ne voulait pas lâcher prise, alors j'ignorai cette part et je décidai de simplement *être*.

Après tout, je devais aussi trouver mon bonheur.

Et c'était plus que tous les « pour toujours » que je pouvais espérer.

CHAPITRE DOUZE

Cross

C'était fini. C'était l'aboutissement de plus de dix ans d'amitié, et de tellement de problèmes que je pouvais à peine respirer.

J'allais y mettre fin.

Le fait que cela ressemblait à une relation au-delà de celle que j'avais avec Chris me disait simplement que j'étais allé trop loin avec ce partenariat commercial et l'amitié que nous avions eue.

Parce que Chris n'était pas mon ami. Il ne l'était plus depuis longtemps, et le fait que je venais juste de le réaliser me disait que j'avais vu la vie en rose ou baissé la tête au point d'être un putain d'idiot. Et tout ce qui allait se passer à partir de maintenant serait quelque chose que je devrais gérer.

J'avais parlé avec Liam et contacté un avocat. Nous allions dissoudre le partenariat, et je verrais si je devais poursuivre mon ancien meilleur ami.

Mais pour le moment, j'avais besoin d'être sûr que nous pourrions parler au moins quelques instants. J'avais besoin de lui demander à quoi il avait bien pu penser. Chris n'était pas violent, donc je n'étais pas inquiet pour ça. Et les comptes étant bloqués, il ne pouvait pas tout foutre en l'air. Du moins pas plus qu'il ne l'avait déjà fait. Mais je n'allais pas agir dans son dos comme il l'avait fait avec moi pendant si longtemps. J'avais besoin de lui parler.

Je devais m'assurer que je n'étais pas celui qui n'avait pas d'âme après ça.

Mon avocat m'avait déconseillé de trop entrer dans les détails, et ça me convenait. J'avais juste besoin de parler à Chris. J'avais besoin de voir ce qu'il dirait.

Je m'occuperai du reste plus tard.

Je ne savais pas quoi faire au-delà de ça, mais ça viendrait.

En plus de me concentrer sur mon échec avec Les Meubles Chris Cross, et sur le fait que j'avais encore du travail à faire, j'avais aussi Hazel en tête.

On s'était vus six fois. Six sorties où j'ai appris à la connaître de toutes les manières possible.

Je ne m'attendais pas à elle, je ne sais pas si j'aurais dû m'y attendre.

Tout ce qu'on avait vécu était complètement nouveau pour moi, et j'adorais ça.

J'essayais juste de comprendre exactement ce que j'allais faire avec ça.

Avec ma vie professionnelle en suspens, sortir avec Hazel était une pierre angulaire pour moi.

J'avais aussi l'impression que, si je ne faisais pas attention, je pouvais tout faire foirer et la blesser plus qu'elle ne l'avait déjà été.

Je ne connaissais pas tous les détails de ce qui s'était passé entre elle et son ex-mari. Je n'avais pas le droit de savoir, jusqu'à ce qu'elle soit prête à me le dire. Cependant, même si je ne connaissais pas tous les détails, je voulais trouver ce connard et le tuer.

Non, ce serait aller un peu trop loin. Mais j'avais envie de lui casser la gueule. Comment avait-il osé blesser une personne aussi gentille ? Comment oserait-il faire du mal à quelqu'un d'autre, d'ailleurs ? J'avais vu les ombres dans ses yeux quand elle avait parlé de lui. Comment elle essayait d'être forte en rejetant ses épaules en arrière et en prétendant qu'elle allait bien. Et même si je savais qu'elle allait mieux dans tous les sens du terme, il n'y avait rien de bon dans ce que cet homme avait fait.

Mais elle me faisait confiance. Et cette confiance signifiait tout. J'avais la confiance de ma famille, le réconfort de savoir que quoi qu'il arrive, ils pouvaient s'appuyer sur moi et vice versa au cas où le pire arriverait.

Je savais que quand Arden était malade, elle pouvait venir me voir. Quand l'anxiété de Prior devenait trop forte, et qu'il ne pouvait plus rire de ses problèmes, il pouvait venir me voir. Quand Macon ne voulait pas parler, mais juste s'asseoir et se concentrer sur ce qu'il devait faire, il pouvait venir me voir. Et quand Nate gardait ses secrets, il savait qu'il n'avait pas besoin de me les dire. Je n'avais pas besoin de les connaître, sauf s'il voulait me les dire. Quoi qu'il en soit, il pouvait et avait toujours pu venir me voir.

Mes parents m'avaient fait confiance pour être le chef de famille quand ils avaient déménagé. Et si je ne leur en voulais pas d'avoir trouvé un nouveau travail et une vie qui leur convenait, j'avais aussi réalisé que ça m'allait d'être celui que je devais être pour eux. Même si j'étais encore en train de le découvrir.

Malgré tout cela, je ne savais pas si quelqu'un dans ma famille m'avait déjà vraiment vu comme quelqu'un sur qui s'appuyer.

Hazel me faisait confiance. Elle me faisait confiance pour l'endroit où elle vivait, pour son corps, et peut-être, si j'y réfléchissais bien, pour son cœur.

Bon sang, pour quelqu'un qui avait besoin de contrôler et de protéger tout le monde autour de lui, le fait qu'elle ait fait ça pour moi signifiait que je ne pouvais pas tout faire foirer. Je ne pouvais pas être si concentré sur mon travail au point de lui faire de la peine.

Et je serais maudit si je lui faisais de la peine. Thomas l'avait blessé physiquement et émotionnellement. Je ne serais pas ce genre de gars. Jamais. Peu importe ce qui se passe.

Je ne savais pas ce qui allait se passer entre nous, je ne savais même pas ce que j'attendais de cette relation. Je ne l'avais certainement pas cherchée quand nos chemins s'étaient croisés, mais c'était arrivé, et je n'allais pas le prendre pour acquis.

Cependant, je devais d'abord m'occuper de ce qui se passait au travail.

La porte du bâtiment s'ouvrit et je marmonnai en moi-même : *Quand on parle du diable...*

— Cross ? J'ai vu ton van. T'es là ?

J'avais apporté le van parce que j'avais besoin de déplacer quelques pièces d'équipement, alors je m'étais garé à l'arrière. Apparemment, Chris avait fait le tour du bâtiment, vu que j'étais là, et s'était garé devant. Merde !

— Je suis dans mon bureau. Je fermai mon ordinateur ainsi que tous les fichiers, juste au cas où, et je passai la porte.

Qu'est-ce que j'allais lui dire ? Honnêtement, je ne savais pas. Je n'avais pas de plan en tête. Peut-être que je ne devrais rien dire.

Mais alors que je regardais la chemise impeccable de Chris, ses mains qui n'avaient pas vu un morceau de bois depuis des mois, qui n'avaient pas tenu une ponceuse ou un vernis ou quoi que ce soit ayant à voir avec ce que nous faisions lorsque nous avions construit cet endroit à partir de rien, je me demandai qui était cette putain de personne. Et comment j'avais laissé mes propres désirs de faire fonctionner cet endroit ternir le souvenir de ce que nous avions.

Je n'étais vraiment pas doué pour les relations amoureuses. Je l'avais déjà dit à Hazel.

Mais je n'étais clairement pas doué pour les amitiés non plus. Parce que j'avais ignoré tous les signes avant-coureurs pendant bien trop longtemps. Et maintenant je devais faire face aux conséquences, conséquences qui m'avaient coûté beaucoup trop d'argent et de temps.

— Salut, dit Chris. J'ai vu que tu étais ici. J'ai pensé que je devais m'arrêter.

— On est en pleins horaires de travail. Bien sûr, je suis là.

Et pas toi.

Les yeux de Chris se plissèrent.

— OK, bon, j'ai deux rendez-vous aujourd'hui pour déterminer ce que je vais faire avec ce gros morceau qui arrive. Tu sais, la grosse commande ?

Le mensonge ? Il n'y avait pas de grosse commande. Seulement Chris qui dînait et buvait des coups et qui essayait d'utiliser notre nom pour obtenir de l'argent. Cela n'avait aucun sens dans notre business. Il fallait créer des pièces pour obtenir quelque chose.

— Bref, je voulais juste voir ce que tu faisais. Tu travailles sur quelque chose, à côté ?

Genre des pièces qu'il pourrait vendre pour moi et se faire une grosse commission ? Ça n'allait pas arriver. Mais c'était arrivé. Quelques pièces que je n'avais pas faites pour une commande, mais que j'avais terminées dans le passé. Il y a quelques années, Chris les avait vendues pour nous parce qu'il avait des contacts. Cela ne m'avait pas dérangé parce que je travaillais sur autre chose, je me concentrais sur mon travail. J'avais pensé que j'avais les reçus pour savoir combien j'avais gagné. J'avais tort. Chris m'avait volé pendant tout ce temps. Et j'avais été trop confiant pour m'en rendre compte.

Ou alors, j'avais vu les documents et je n'avais pas remarqué qu'ils étaient falsifiés. Un vrai mensonge.

Cet homme avait enfreint la loi, et je ne l'avais même pas remarqué.

Qui j'étais, bordel ?

— Non, c'est bon. Je travaille sur des projets qui sont déjà commandés.

— Dommage, dit-il, et je plissai les yeux.

— Chris, il faut qu'on parle.

Il ne recula pas, mais ses yeux se rétrécirent.

— C'est ce que j'ai entendu dire.

— Pardon ? demandai-je, la tension remontant le long de ma colonne vertébrale.

— J'ai entendu dire que tu étais allé voir un avocat. Tu ne peux même pas me parler ? Non, tu dis toujours que tu veux parler, mais tu as une trop petite queue pour tout dire. Tu veux te retirer de ce partenariat ? Très bien. Je vois bien que tu n'as jamais pensé pouvoir être à la hauteur de ce que je peux faire de toute façon. Mais ne crois pas que tu puisses répandre des mensonges sur moi. C'est de la diffamation. De la calomnie !

Les deux mots ne signifiaient pas la même chose, mais je n'allais pas corriger sa grammaire.

À ce moment-là, tout ce que je voulais faire, c'était lui casser la figure. Mais je venais de me dire que je n'étais pas une personne violente. Je ne pouvais pas faire ça.

— Vraiment, Chris ? C'est ça ta réplique ?

— Quoi ? Quelles autres répliques y a-t-il ? Tu veux quitter ce business parce que tu penses que tu es trop bien pour moi. Mais c'est moi qui rafle les gros contrats. Je suis celui qui fait des œuvres d'art pour les célébrités. Tu tailles juste des trucs dans le coin pour une petite boutique de rien, en te demandant pourquoi tu ne vis pas la vie que tu devrais. J'ai essayé de te jeter un os, et tu n'as rien fait.

— Me jeter un os ? Avec ce rendez-vous ? Au 59 ? Bon sang, tu n'as même pas pu faire ça correctement.

Je soupirai pour essayer de me calmer.

— Je n'arrive vraiment pas à te croire, là. C'était ta cliente. Et elle a annulé.

Il plissa les yeux.

— Parce qu'elle savait qu'elle ne pourrait pas travailler avec toi.

— C'est juste un putain de mensonge. Tout ce que tu fais, c'est mentir.

— Non, c'est toi qui te mens à toi même. J'ai toujours été le meilleur artiste. J'ai eu pitié de toi parce que ton nom allait bien avec ce que je voulais faire. Mais maintenant ? Tu penses que tu peux juste t'en aller. Bien, on va faire comme ça. Tu peux t'en aller, mais Chris Cross est à moi.

—Ce n'est pas comme ça que le partenariat est établi.

— On verra ce que mon avocat en dira. Parce que tu peux aller te faire foutre, toi et tous les mensonges que tu répands. Va te faire foutre, toi qui penses que tu peux faire ce que tu veux et prétendre que tu es aussi doué que moi. J'ai toujours été meilleur que toi. J'ai toujours fait en sorte que tu aies les petites choses dont tu avais besoin pour faire des trucs. Mais tu n'es rien. Tu as toujours été un moins que rien. Tu ne seras jamais rien. C'est moi l'artiste. Je suis celui dont les gens se souviendront. Tu n'es qu'un type avec un putain de nom bizarre et une putain de grande famille. Tu es le gars qui prend trop de congés pour pouvoir s'occuper de sa petite sœur malade. C'est pas parce qu'elle a épousé un riche et qu'elle n'a plus besoin de toi pour l'empêcher de mourir que tu dois passer tout ton temps ici.

Je ne m'étais même pas rendu compte que je m'étais posté devant lui, mon poing prêt à le frapper au visage, jusqu'à ce que ce soit fait. Le nez de Chris s'écrasa sous la puissance de mon coup de poing, et je jurai.

Apparemment, j'étais un homme violent.

— Tu vas payer pour ça, espèce de connard. Attends d'entendre mon avocat. Tu auras de la chance si tu n'es pas dans une cellule ce soir. Espèce de trou du cul.

Chris partit en trombe, la main sur le visage alors que le sang coulait à flots. Je me pinçai l'arête du nez, mes articulations me faisaient mal et je me demandai ce que j'avais fait.

Je venais de frapper un homme. Je savais qu'il y aurait des répercussions.

Et, putain, je devais maintenant aller chez moi où m'attendait Hazel. Elle verrait que, oui, je venais de frapper un homme. Je ne pourrais pas le cacher, parce que ma main me ferait mal plus tard.

J'avais frappé un homme, et elle ne supportait pas bien la violence.

Elle ne devrait pas avoir à le faire.

Je suppose que je méritais exactement ce que j'eus après ça.

Mes mains tremblaient, je fermai l'atelier et je me débrouillai tant bien que mal pour aller chez moi sans vomir ou sortir de la route.

Putain. Connaissant Chris, il allait probablement me poursuivre en justice. Ou je finirais en prison pour l'avoir frappé. Mais ce putain de connard avait parlé d'Arden. Il n'avait pas le droit de parler de ma petite sœur. Personne n'en avait le droit, surtout pas un putain de connard qui allait utiliser sa maladie pour son propre intérêt. Mais pour quoi? Pour se sentir mieux dans sa peau? Qu'il aille se faire foutre.

La colère bouillait encore dans mes veines quand je me garai dans l'allée et je me maudis encore quand je vis la voiture d'Hazel.

Je me garai à côté d'elle, et elle me fit signe, un sourire sur le visage. Je sortis, en prenant de grandes inspirations pour me calmer.

— Bon sang, je suis en retard.

— En fait, je suis en avance. Il y avait genre, zéro circulation sur la 36, je ne sais pas comment c'est possible. Mais, je suis là. Elle se pencha en avant, m'embrassa doucement, et je m'attardai un peu sur son contact, pour en profiter au maximum.

Elle s'écarta et me regarda, en fronçant les sourcils.

— Qu'est-ce qui ne va pas?

— Rien.

— Je ne pense pas que tu m'aies déjà menti auparavant. Mais ça, c'est un mensonge, c'est sûr.

Puis elle baissa les yeux sur ma main, la rougeur sur les jointures était évidente parce que j'avais frappé le gars assez fort, et ses yeux s'écarquillèrent.

— Que s'est-il passé? murmura-t-elle.

— J'ai frappé Chris. Je suis vraiment désolé.

Bon sang, j'étais un connard. Je ne devrais même pas la toucher avec ces mains-là.

Elle écarquilla les yeux et prit ma main dans la sienne, passant ses doigts sur mes articulations meurtries. Ça ne faisait pas mal, j'avais suffisamment tapé dans un sac de frappes pour que ça ne fasse pas mal, mais le fait qu'elle prenne soin de moi comme ça? Je ne savais pas exactement quoi penser.

— Pourquoi tu t'excuses auprès de moi? Que s'est-il passé exactement?

— Rentrons, dis-je en repoussant une mèche de cheveux derrière son oreille. Elle ne broncha pas. Ça devait compter pour quelque chose. À moins que tu veuilles partir?

Elle fronça à nouveau les sourcils.

— Pourquoi est-ce que je voudrais partir? Il faut que tu me racontes. Et puis elle écarquilla encore les yeux et poussa un juron. J'aimais bien ça quand elle jurait. C'était sexy.

— Ce qui m'est arrivé et ce que Chris et toi venez probablement de vivre sont deux choses distinctes. Je sais que tout le monde n'a pas les mêmes expériences que moi, et que tout le monde ne réagirait pas de la même façon s'il vivait des expériences similaires aux miennes. Cependant, je te connais. Je sais que tu n'es pas violent. Allons à l'intérieur. Je vais m'occuper de ta main, et tu pourras me dire ce qui s'est passé avec Chris. Je savais que tu allais lui parler aujourd'hui, mais je ne savais pas que ça allait être une confrontation maximale. »

Mon cœur battait la chamade dans ma poitrine, et je me penchai pour presser mes lèvres contre les siennes. Je savais que ma barbe frottait contre son menton, et elle sourit parce que je savais que ça la chatouillait parfois.

— Je ne sais pas ce que j'ai fait pour te mériter, murmurai-je.

Elle cligna des yeux, ils se remplirent de larmes pendant un moment avant que cela ne disparaisse comme si je l'avais imaginé.

— Je ne sais pas pourquoi tu penses que tu ne me mérites pas, chuchota-t-elle, puis je soupirai et la laissai entrer dans la maison.

— Bon, chuchotai-je.

— Viens, on va mettre de la glace sur ta main.

— Ça ne fait pas mal.

— Ça me donnera quelque chose à faire parce que tout ce que je veux, c'est te dorloter et te faire te sentir mieux, et je ne suis vraiment pas douée pour ça. Si tu ne le sais pas, je ne suis vraiment maternelle qu'avec mes élèves, et encore, je ne suis pas très douée pour ça.

Je ris doucement.

— Je ne suis vraiment pas doué pour ça non plus, dis-je franchement.

— Tu n'as pas à l'être, dit-elle.

— Maintenant, dis-moi ce qui s'est passé.

Je racontai tout et elle plissa les yeux tandis que je continuais à parler, ses joues devenant de plus en rose, à cause de la colère j'espérais. Ou peut-être de la gêne pour moi. Après tout, j'avais frappé quelqu'un aujourd'hui.

— Quel enfoiré!

J'éclatai de rire.

— À ce point?

— Pourquoi je dirais autre chose? Je n'arrive pas à le croire. C'est un tel mensonge pour essayer de se sauver la face. Je ne peux pas croire qu'il ait dit ça d'Arden. Je veux dire, je l'ai seulement vue en FaceTime, mais elle semble être une personne merveilleuse, et elle ne mérite pas ce qu'il a dit sur elle. Bon sang, moi aussi j'ai envie de le frapper. Et on sait tous que je ne frapperai jamais personne. Pas après ce qui s'est passé.

Le fait qu'elle puisse dire quelque chose comme ça me sidéra.

— Peut-être, murmurai-je.

— Avec moi, Thomas était plus violent psychologiquement qu'autre chose. Il me rabaissait, me faisait sentir que je n'étais rien. Il a pris mon téléphone quand je ne l'écoutais pas. Il m'a éloignée de mes amis. Je n'ai pas parlé à Myra pendant tout mon mariage parce qu'il pensait qu'elle n'était pas assez bien pour moi. Ma meilleure amie n'était pas assez bien! Il m'a éloignée de Paris même pendant l'école, alors elle a pensé que j'étais une pimbêche prétentieuse, même si c'est lui qui avait dit qu'elle l'était. Il a fait tout ça, et je ne l'ai réalisé que lorsqu'il était trop tard. Il m'a frappée au ventre et sur les cuisses quand je n'étais pas assez mince pour lui. Il m'a tiré par les cheveux une fois, mais plus jamais parce que je tressaillais en public après ça.

Il a fait tout cela, et je ne m'étais même pas rendu compte qu'il le faisait jusqu'à ce qu'il soit trop tard. Je faisais partie des statistiques, et je ne l'avais même pas réalisé. Quand je suis finalement allée voir les flics, heureusement, ils m'ont crue. Il m'avait dit encore et encore qu'ils ne me croiraient jamais. Il m'a rendue responsable tout comme Chris le fait avec toi. Ça m'a fallu beaucoup de séances de psy. Il a fallu des tonnes de discussions pour comprendre qui j'étais. Je suis là maintenant, et même si je ne me vois pas frapper quelqu'un, peut-être que je pourrais. Pour protéger quelqu'un que j'aime, peut-être que je pourrais. Mais Chris mérite d'aller en prison. Il ne mérite pas que tu lui consacres plus de temps et, je l'espère, que tu penses encore à lui.

Je la regardai encore et je pris son visage entre mes mains, me demandant comment je pouvais bien me retrouver ici avec elle. Cela n'avait aucun sens pour moi. Pas alors que j'avais passé tant d'années seul, à faire en sorte que tout le monde autour de moi soit en sécurité et ait ce dont il avait besoin. Je n'avais pas pensé à moi.

— Je veux aller trouver Thomas, et je veux lui faire du mal. Et cela me donne l'impression d'être une personne horrible, dis-je pour ne pas le lui cacher.

— Une petite partie de moi-même veut lui faire du mal aussi, dit-elle, et je me penchai en avant, pour poser mon front contre le sien pendant qu'elle mettait de la glace sur mes articulations. Je ne sais pas ce que ça laisse entendre sur moi, que je veuille me venger. En réalité, je veux juste qu'on me laisse tranquille.

— Est-ce qu'il t'a envoyé des textos depuis les deux premières fois ?

Elle avait fini par m'en parler, et j'avais vu une telle rage en elle quand elle avait relaté l'histoire que j'avais envie de l'envelopper dans du papier bulle et de la ramener chez moi, avec le reste de ma famille, où je pourrais construire un fort et où personne ne pourrait nous faire du mal.

C'était déraisonnable, mais parfois, je devenais déraisonnable pour ceux que j'aimais.

Je me figeai. Ceux que j'aimais? Waouh! c'était un nouveau mot. Un sur lequel je n'étais pas prêt à me concentrer.

— Il n'a plus envoyé de SMS. Les inspecteurs disent qu'il est là où il doit être, en Californie. Qu'il n'est pas dans le coin, et qu'il fait le point régulièrement avec son agent de probation. Il n'est pas près de moi. Et il ne peut pas me faire de mal. Ils ne peuvent pas relier les textos à lui. Nous ne savons même pas si c'était lui. Cependant, je ne veux pas vivre dans la peur, et je ne veux pas vivre dans la colère. Donc, je vis dans toutes les émotions qu'il me reste.

Je me penchai en avant et je fis courir mes lèvres sur les siennes.

— Merci, murmurai-je.

Elle fronça les sourcils.

— Merci pour quoi?

— D'être toi. Pour me rappeler que ma vie n'est pas la bizarrerie incontrôlable de mon travail ou ce que Chris est en train de faire. Tu es là. Et tu es vraiment incroyable, putain.

— Entre le travail et le pacte des rendez-vous qui ne va nulle part avec les autres pour le moment, merci de me rendre la vie facile.

J'éclatai de rire, puis je l'embrassai lentement au début, jusqu'à ce que ça devienne plus intense.

Nous étions dans ma cuisine, tous les deux empêtrés dans tant d'émotions que je savais que nous devrions probablement ralentir, mais nous ne le fîmes pas. Au lieu de cela, elle leva les mains et me laissa enlever sa chemise, lentement, jusqu'à ce que mes mains soient sur ses seins. Mes lèvres là, aussi. Ses mains glissèrent le long de mon dos, me caressèrent et m'empoignèrent, et puis on fut tous les deux nus, elle sur le comptoir de la cuisine, et moi debout devant elle. Quand elle fit glisser le préservatif sur ma queue, en pressant la base, je gémis, me mettant d'abord à genoux pour la lécher. Ses cuisses étaient autour de ma tête, me serraient fermement, et je l'explorai, mes doigts jouant lentement avec sa chair douce, ma barbe rugueuse contre l'intérieur de ses cuisses.

Je ris avec elle, en soufflant de l'air chaud entre ses jambes, en la mordillant, en la suçant, en jouant avec son clitoris. Et quand elle cria mon nom, son intimité se contractant autour de mes doigts, je les fis glisser, les léchai et elle me regarda, les yeux sombres, la bouche entrouverte, et puis je glissai en elle.

Nous n'avions pas besoin de mots, parce qu'il n'y en avait pas pour ça.

Au lieu de cela, sa chaleur humide m'enveloppa, et mon corps frissonna, la base de ma colonne vertébrale picotant au premier contact. Un centimètre de plus et j'étais installé, mon corps se balançant contre le sien. Elle enroula ses jambes autour de ma taille, et je passai une main à l'arrière de sa tête, l'inclinant pour pouvoir la dévorer davantage, mon autre main empoignant sa cuisse. Je faisais attention à ne jamais serrer trop fort, à ne pas lui faire mal de quelque façon que ce soit. Elle était précieuse pour moi. Elle était tout.

Comment est-ce arrivé ? Comment avais-je pu craquer si vite pour elle ?

Peu importe, j'aimais ça, et je pensais que je pourrais l'aimer.

Je continuai à bouger, à échanger nos souffles, à me cambrer et à n'en plus pouvoir tandis que ma queue palpitait au plus profond d'elle.

Lorsque je glissai ma main le long de sa cuisse et entre nous, pour effleurer son clitoris, elle explosa, sa moiteur contractée autour de ma queue. Je m'affalai sur elle, je jouis fort et je remplis le préservatif en hurlant son nom dans ma tête, mais mes lèvres étaient sur les siennes, alors seul un souffle passionné s'échappa.

Et puis on frissonna encore, toujours nus dans ma cuisine, en riant de l'absurdité de tout ça.

Parce que ce n'était pas l'homme que j'avais été. Elle n'était pas non plus la femme qu'elle avait été auparavant. Mais c'était nous, et même si je savais que les ramifications de ce qui s'était passé plus tôt reviendraient probablement me hanter — parce qu'elles le font toujours — et je savais que son ex n'en avait probablement pas fini avec elle, à ce moment-là, je pouvais faire semblant. Je pouvais juste *être*, et ça me convenait parfaitement.

Parce que ça m'avait manqué depuis bien trop longtemps.

Alors que ses mains me caressaient, le rire dans ses yeux et la chaleur renaissant sur sa peau, je savais que quoi qu'il arrive, nous serions là l'un pour l'autre lorsque le barrage céderait et que la réalité nous envahirait.

Nous serions là l'un pour l'autre.

CHAPITRE TREIZE

Hazel

J e me frottai les tempes, j'enlevai mes lunettes de lecture parce qu'elles me gênaient, puis je m'y remis. D'habitude, j'arrivais mieux à me concentrer et à ne pas avoir de maux de tête quand il s'agissait de corriger des copies, mais je n'avais pas dormi la nuit précédente, et c'était de ma faute. Enfin, la mienne et celle de Cross. Mais je ne pouvais pas le blâmer pour ça, n'est-ce pas? J'étais celle qui avait dormi chez lui. En fait, j'avais *dormi chez lui*, un soir d'école. J'avais dû me dépêcher de rentrer ce matin pour être sûre d'être prête et habillée à temps.

J'avais à peine réussi à arriver avant mon premier cours, et je savais que si mes amies avaient pu me voir à cet instant, elles auraient pensé que j'avais l'air du chat qui avait mangé la crème.

Ou peut-être du chat qui avait mangé le canari? C'était quoi l'expression?

Je n'étais pas douée pour ce genre d'idiome. J'étais bien meilleure en maths. C'est ce que je me disais en regardant mes copies.

Les devoirs de Dustin étaient devant moi. En les parcourant, je hochai la tête en voyant les progrès qu'il avait faits.

Il faisait de gros efforts, mais il y avait encore quelques problèmes qu'il ne comprenait pas. Je pris quelques notes pour essayer d'autres pistes avec lui lors de notre prochaine rencontre. Il comprenait beaucoup mieux qu'avant, mais ça ne faisait pas toujours tilt. J'allais trouver un moyen d'y remédier.

Parce que c'était un enfant brillant avec une tonne de potentiel. Et comme je détestais le mot potentiel parce qu'il n'avait que des connotations négatives sur le revers de la médaille, je ne le lui dirais jamais. Mais j'allais lui montrer qu'il pouvait le faire. Il pourrait comprendre et nous allions trouver un moyen pour que cela se produise pour lui. Dustin avait obtenu une meilleure note qu'au premier à l'examen le plus récent. Je pouvais déjà voir l'amélioration. J'avais besoin d'arrêter d'être si critique sur ma notation et mon enseignement et de respirer un peu.

Dustin y arriverait. Cela prendrait un peu de temps et de patience, mais il y arriverait. Je n'étais pas très patiente en ce qui concernait la réussite de mes élèves, cependant.

Je remis mes lunettes de lecture, sirotai mon thé maintenant refroidi et je retournai à mes corrections.

J'approchais de ma pause déjeuner et je savais que je devais probablement quitter mon bureau, car j'avais mal à la tête, alors je rangeai tout et je me dirigeai l'autre côté du bâtiment où je savais que je pouvais prendre un sandwich puisque je n'avais pas apporté de salade ou autre chose avec moi aujourd'hui. Après tout, j'avais été un peu préoccupée ce matin. Et un peu en retard. Tout ça à cause d'un certain monsieur, très beau et avec une queue encore plus belle. Mais je n'avais pas l'intention d'y penser maintenant. Je pouvais déjà sentir la couleur de mes joues, mais je ne laissais pas cela me déranger.

Après tout, je n'allais pas être cette femme. Celle qui pensait toujours au gars avec qui elle sortait et qui prétendait que tout allait bien.

Parce que nous ne sortions pas ensemble. On était au-delà de ça. Nous *étions* ensemble.

D'une manière ou d'une autre, un rendez-vous arrangé accidentel s'était transformé en une vraie relation. Et je ne savais toujours pas à cent pour cent comment cela avait pu arriver.

Mais ça allait. Je trouverais. Je l'avais toujours fait.

Je commandai un petit sandwich avec un thé glacé, mon eau étant déjà dans mon sac, puis je m'assis dans un coin du café pour pouvoir manger en paix — entourée de gens, mais sans avoir à communiquer.

C'était ce qu'il y avait de bien avec les mathématiciens de mon département : ils savaient quand il fallait être sociable, et quand quelqu'un voulait simplement s'asseoir dans un coin entouré de gens, mais seul.

Je déballai mon sandwich et commençai à manger, profitant de mon déjeuner et essayant de laisser mon cerveau sortir de son brouillard.

Bien sûr, mon téléphone profita de ce moment pour se mettre à sonner.

Je jetai un œil au groupe de conversation et je souris.

Toutes les filles travaillaient aujourd'hui, mais il semblait que nous ayons décidé de prendre notre pause déjeuner ensemble. Ou du moins, une pause texto ensemble.

Paris : *Vous ne trouvez pas bizarre qu'Hazel ne nous ait toujours pas dit grand-chose sur ce qu'elle fait avec Cross ?*

Myra : *Ouais, c'est vrai. Je veux dire, ils sont sortis combien de fois ensemble maintenant ? Et on sait qu'elle a couché avec lui au moins cinq fois.*

Mes yeux s'écarquillèrent et je retins un rire, surtout parce que j'étais en public, et que personne n'avait besoin de me demander sur quoi portait cette conversation.

Dakota : *Hé, soyez gentilles. Quand ce sera notre tour, on méritera un peu d'intimité, non ?*

J'avais toujours su que j'aimais bien Dakota. Elle me comprenait.

Dakota : *J'ai changé d'avis. Je veux connaître tous les détails. Raconte-moi. Je vis par procuration à travers toi.*

Dakota n'était *pas* ma personne préférée.

Alors que les filles continuaient à envoyer des textos, chacune ajoutant plus d'emojis et de points d'exclamation, je fis défiler la page et commençai à pianoter.

Moi : *Je travaille moi, mesdames. Ce n'est pas une conversation de soirée ?*

Paris : *Ha ha. Tu veux dire que vous ne le faites que la nuit ?*

Je mis ma main sur ma bouche, retenant un rire.

Myra : *Vous savez, peut-être que Cross n'aime ça que lorsque les lumières sont éteintes ?*

Dakota : *Et, oh non, en missionnaire.*

Je fermai les yeux, en essayant de ne pas rire, mais je savais que c'était une cause perdue.

Je pouffai, reconnaissante que personne ne fasse attention à moi parce qu'ils avaient tous les yeux rivés sur leurs propres téléphones, et je me remis à textoter.

Moi : *Vous êtes toutes horribles.*

Paris : *Mais pas aussi horrible que Cross. Je veux dire, si c'est horrible, tu dois nous le dire.*

Moi : *En quoi exactement cela vous regarde-t-il ?*

Paris : *ça nous regarde parce qu'on t'aime. Et n'on peut plus. Dis-nous.*

Myra : *S'il te plaît ? S'il te plaît ? S'il te plaît ?*

Dakota : *Tout le monde te supplie, donc je vais te l'ordonner. Dis-nous ! On veut connaître tous les détails. Et comme on ne peut pas te voir, on ne peut pas vraiment te demander de nous montrer la distance entre tes mains pour parler d'attributs spécifiques.*

Paris : *Dis-nous avec des emojis d'aubergines.*

Cette fois, j'éclatai de rire, et quelques personnes me regardèrent. Je fis juste un signe de la main et pointai mon téléphone, en roulant des yeux.

— YouTube, je l'ai mis en sourdine. Mais c'est toujours drôle, dis-je et ils semblèrent me croire.

Je ne me croyais pas moi-même.

Moi : *S'il vous plaît, arrêtez. Je vous donnerai les détails de vive voix. Je ne vais pas écrire ça.*

Paris : *Est-ce qu'on doit apporter le bon vin ? Tu sais, pour que tu te sentes mieux ? Ou est-ce qu'on doit apporter des shots pour qu'on se sente mieux par rapport à notre manque de vie amoureuse ?*

Je souris, regardai le téléphone et pianotai à nouveau.

Moi : *J'apporterai les shots, mesdames.*

Paris : *Bazinga !*

Myra : *Eh bien, je suppose que nous allons devoir apporter des shots supplémentaires. J'apporterai l'alcool, mesdames.*

Dakota : *Et j'apporterai les pâtisseries parce que je pense que je vais devoir soit absorber cet alcool, soit me noyer dans les glucides. Je pourrais faire les deux.*

Je ris à nouveau et je fixai une heure pour qu'on se retrouve.

J'aimais mes copines et le fait que je puisse à nouveau être aussi étourdie par un garçon. Je n'avais aucune idée de ce que je devais ressentir exactement à ce sujet, cependant.

Parce que tout me semblait si nouveau, si torride, avec une sensation de manque permanente.

Je ne savais toujours pas exactement ce que je faisais, mais je m'amusais. Et ça devait compter pour quelque chose. N'est-ce pas ?

Je mangeai rapidement mon déjeuner et je retournai au travail, en faisant de mon mieux pour me concentrer sur ce qui était devant moi plutôt que de laisser l'inquiétude se glisser dans mon organisme.

Parce que j'avais déjà été sur ce chemin, n'est-ce pas ? J'avais déjà ressenti ce bonheur, ou du moins une version de celui-ci.

Les choses avec Cross étaient bien différentes de ce qu'elles avaient été avec Thomas.

Mais j'avais épousé Thomas. On avait échangé nos vœux et on s'était fait des promesses d'avenir.

Et quand il m'avait blessée, quand il m'avait déshonorée, j'étais partie.

Mais pas à temps.

Et maintenant, il était sorti de prison, toujours loin, selon les détectives, mais si j'avais tort ?

Et si je faisais confiance alors que je ne devrais pas ?

Je laissai cette pensée mijoter. Elle m'inquiétait plus que de raison, et à la fin de la journée de travail, j'étais dans un sale état. Je pliai bagage et je rentrai chez moi, mais je n'envoyai pas de SMS à Cross.

J'aurais dû. J'aurais dû vérifier comment il allait, mais je savais qu'il travaillait et se concentrait sur ce qu'il fallait faire pour Chris.

Je ne lui envoyai pas de SMS. Je ne l'appelai pas.

Au lieu de cela, je fis ma routine habituelle en rentrant chez moi et en m'assurant que j'étais en sécurité, puis je m'assis sur le canapé et je regardai mon téléphone, me demandant si ce bonheur n'était qu'un coup de chance. Après tout, ça avait été le cas une fois auparavant.

Et si ça l'était encore ?

CHAPITRE QUATORZE

Cross

J e me tenais dans l'atelier de ma maison, les mains dans les cheveux en essayant de penser à ce que j'allais faire ensuite. J'avais quelques projets sur le feu. Je savais que j'y arriverais ; je le faisais toujours. Je ne faisais pas partie de ces artistes qui devaient être dans l'instant, à un moment donné, pour pouvoir se concentrer uniquement sur ce projet. Non, je ne prenais que les travaux que je voulais faire, et je trouvais ce dont j'avais besoin sur le plan créatif pour les démarrer.

Ces projets viendraient, et je serais prêt pour eux, mais pour l'instant, j'avais besoin de me vider la tête pour pouvoir me concentrer sur ce que je devais faire et ensuite terminer ces papiers avec mon avocat.

J'allais enfin dissoudre le partenariat, et très probablement poursuivre Chris en justice si les choses ne s'arrangeaient pas avant.

Je ne lui parlerais plus, d'où la raison pour laquelle je travaillais ici, pendant que mon avocat faisait le plus gros du travail pour moi, de sorte que tout ce que j'avais à faire était de me concentrer pour gagner plus d'argent en dehors de ce que Chris pouvait me voler.

Je n'arrivais toujours pas à croire qu'il avait falsifié autant de documents. Mais j'aurais dû, n'est-ce pas ?

Après tout, c'était la raison pour laquelle j'avais quitté notre partenariat. Parce que je ne lui faisais pas confiance. Je n'aurais jamais dû.

J'avais beaucoup de choses en tête, mais il n'y avait pas que Chris dans mon esprit. Je me demandais pourquoi Hazel ne m'avait pas encore envoyé de message.

D'habitude, nous nous envoyions des messages tout au long de la journée, mais je la laissais toujours m'envoyer un message en premier parce que son emploi du temps était tel qu'elle serait probablement entourée de gens. Je ne voulais pas la déranger.

Donc maintenant, j'attendais. Et je détestais vraiment attendre.

Bon Dieu. J'étais devenu un adolescent avec des problèmes de textos. Mais je ne pouvais pas m'en empêcher.

Je pris mon téléphone et regardai l'heure. Elle devait être sortie du travail maintenant. Elle serait probablement à la maison. Et elle ne m'avait pas contacté. Pourquoi étais-je si inquiet à ce sujet ?

Les choses allaient super bien entre nous. Je ne devrais pas stresser juste parce que tout le reste de ma vie était en suspens. Aller de l'avant avec Hazel ? Nous étions encore en train de digérer les choses, mais c'était bien. Je n'allais pas tout foutre en l'air.

Alors pourquoi avais-je l'impression que c'était la seule chose que je faisais ces jours-ci ?

Je soupirai, jetai un coup d'œil à mon atelier vide, puis je pris mon téléphone.

Moi : *Bonne journée au travail ? Bonne journée, Cross.*

Seigneur ! C'était comme si j'avais oublié comment parler à une autre personne — texto ou pas. Si elle avait besoin d'espace, je devais lui en laisser. Cette histoire de relation était nouvelle pour

NE JAMAIS DIRE JAMAIS

elle comme pour moi. Je n'avais pas eu de relation sérieuse parce que je n'avais pas trouvé la bonne personne. Je pensais qu'Hazel pourrait être cette personne, et ça devrait m'inquiéter que je pense ça, mais ce n'était pas le cas.

Non, je voulais davantage. Peut-être que c'était la raison pour laquelle j'étais si nerveux.

Hazel : *Désolée, j'ai été occupée toute la journée. Comment vas-tu ?*

Pas beaucoup de mots. D'une certaine manière, j'avais l'impression de l'ennuyer.

Toute cette histoire avec Chris me faisait douter de tout ce que je faisais. Et puis quoi encore ? J'étais nul pour les rendez-vous. Je lui avais dit plusieurs fois que j'étais doué pour d'autres choses. Comme communiquer avec les gens, putain !

Pourquoi je faisais tout foirer comme ça ?

Moi : *Je voulais voir comment tu allais puisque je savais que tu travaillais aujourd'hui. Je suis à la maison en train de réfléchir à quel projet je vais commencer.*

Je baissai les yeux sur le téléphone, me demandant si je devais dire autre chose. Je n'avais aucune idée de ce qu'elle voulait que je dise.

Moi : *Tu m'as manqué.*

Il y eut une si longue pause que j'eus peur d'avoir dit ce qu'il ne fallait pas, d'en avoir trop dit.

Je n'avais pas l'impression de mettre mon âme à nu. Comment le pourrais-je alors que je ne savais pas ce qu'elle attendait de moi ?

J'avais l'impression de tout gâcher une fois de plus. Je ne savais même pas ce que je voulais ou ce dont elle avait besoin.

Elle traînait tellement de problèmes émotionnels. Le fait que je sois la première personne avec qui elle ait été après son ex, c'était beaucoup pour elle.

Je ne voulais pas la brusquer, mais j'avais aussi besoin de travailler sur mes sentiments, ce que je ne savais pas faire. Quelque chose dont je n'aimais même pas parler.

J'avais besoin de réfléchir à ça. J'avais aussi besoin de lui donner du temps.

Mais je ne voulais plus attendre.

Qu'est-ce que ça disait de moi ?

Hazel : *Tu m'as manqué aussi. Les filles ont demandé de tes nouvelles aujourd'hui.*

Cela me fit sourire, et je répondis tout de suite.

Moi : *Ah oui ?*

Hazel : *Il y avait des emojis d'aubergine dans les textos.*

J'éclatai de rire puis je secouai la tête.

Moi : *Tu m'en as donné combien ?*

Hazel : *Peu importe, mais ne t'inquiète pas, je sais exactement ce que je vais leur dire de vive voix.*

Je ris encore.

Moi : *J'ai entendu ma sœur et d'autres filles parler. Je sais que vous aimez en dire beaucoup plus que ce qui me met à l'aise. Préviens-moi juste si vous entrez dans trop de détails. Parce que quand je rencontrerai enfin tes amies, je ne veux pas rougir comme un écolier.*

Hazel : *Je suis sûre que ce sera des compliments. Peut-être. On verra bien.*

Moi : *Je l'espère vraiment. Je me souviens exactement de ce qu'on a fait hier soir.*

Hazel : *Moi aussi. C'est pour ça que j'étais dans un sale état aujourd'hui au travail. Je devrais probablement mieux m'organiser si jamais on doit refaire ça un soir d'école.*

Si jamais ? me demandai-je. C'était sûr que ça se reproduirait si j'avais mon mot à dire.

Moi : *Peut-être que tu devrais simplement laisser des vêtements chez moi.*

Mais d'où me venait cette idée ? Nous n'étions ensemble que depuis un peu plus d'un mois. Presque deux si je faisais le calcul. C'était assez de temps pour ça ? Tout ça était si nouveau pour moi, même si je n'étais plus à l'université ou autre. Mais je n'avais jamais été dans la situation où je voulais que quelqu'un laisse des vêtements chez moi.

Elle resta silencieuse assez longtemps pour que j'aie peur d'avoir dit une bêtise. Bon sang, peut-être que c'était le cas ?

Je n'avais aucune idée de ce que je faisais.

Hazel : *Peut-être. Et je ne dis pas ça juste parce que je veux changer de sujet. C'est juste que je ne sais pas si les textos sont la meilleure façon de parler de ça. Comme on l'a déjà dit tous les deux, on est plutôt nuls pour ça.*

Moi : *Ouais. Je viens de te demander de laisser des trucs chez moi dans un putain de SMS.*

Hazel : *J'ai pensé que ce serait bien si tu avais une brosse à dents ici, et j'allais t'en acheter une parce que je sais que tu as dû utiliser ton doigt la dernière fois parce que partager une brosse à dents c'est bizarre.*

Je souris.

Moi : *Vu ce qu'on fait ensemble avec nos bouches, ça ne devrait pas être bizarre. Mais tu as raison, je vais peut-être laisser une brosse à dents chez toi.*

Hazel : *Ou peut-être que je vais t'en acheter une.*

Je souris en me demandant ce que j'avais fait dans une vie antérieure pour la mériter.

Je ne savais pas, mais j'espérais que je faisais ce qu'il fallait en ce moment.

J'espérais que je ne la stressais pas. Ou que je n'empirais pas les choses.

Parce que j'essayais encore de comprendre ce que je voulais en ce qui concernait Hazel, et je savais qu'elle avait beaucoup plus de problèmes que moi.

Si l'on considérait que j'avais une famille nombreuse et un collègue qui me volait et agissait de façon douteuse, ça voulait dire beaucoup.

Mes doigts s'activèrent avant même que je sache vraiment ce qui était en train de se passer.

Moi : *Quand est-ce que je vais te revoir ?*

Hazel : *On a prévu de dîner demain, c'est ça ?*

Je poussai un juron.

Moi : *J'avais oublié. Mais oui, un dîner demain.*

Hazel : *Merci de prendre ton temps avec moi, Cross. Je sais que j'ai l'air de souffler le chaud et le froid par moments, mais c'est parce que j'essaie de comprendre ce qui se passe.*

Je pris mon téléphone et composai son numéro.

— Salut ! dis-je quand elle répondit.

— Salut !

— J'en avais marre des textos. Mes doigts sont trop gros pour ce putain de téléphone.

— Je ferais bien une blague sur les pénis ou je demanderais bien ce que tu sais faire exactement avec tes doigts, mais je pense que nous savons exactement à quoi tu es bon.

Je souris.

— Tu sais. Mais avant que tu ne bafouilles ou que je dise quelque chose d'idiot, sache que j'aime ce qu'on fait. Je sais qu'on essaie tous les deux de s'y habituer, mais j'essaie d'être plus ouvert. J'essaie de réfléchir à ce que je veux dire. Je ne suis juste pas doué avec les mots.

— Je pense que tu es meilleur que tu ne le penses.

— Ah ? demandai-je.

— Oui. Et merci de me donner du temps. Je n'étais pas prête pour ça, même si j'ai dit que j'allais sortir avec ce pacte et tout. Seulement, Je ne suis juste pas sûre d'être prête pour toi.

Nous restâmes silencieux pendant un moment, abasourdis par son honnêteté. Je déglutis.

— C'est difficile d'être prêt pour les Brady.

Elle rit, et j'étais content qu'elle me laisse tranquille avec cette remarque. Parce que je ne savais pas ce que je voulais, pas alors que ma vie professionnelle était en suspens.

Ma famille était stable, mais le travail ne l'était pas.

Et Hazel ? Pourquoi avais-je l'impression qu'elle était l'autre partie stable de ma vie ? Je la connaissais à peine. On essayait juste de découvrir qui on était en tant que couple.

Mais j'avais l'impression qu'on pouvait être quelque chose de plus, et ce sentiment en moi, cette sensation qui me retournait les tripes, qui m'effrayait, qui rendait mes mains moites, devait être quelque chose.

Est-ce que je l'aimais?

Je n'avais jamais aimé une femme auparavant. Je n'avais jamais dit les mots, sauf à ma famille.

Mais en entendant sa voix et son rire, alors que nous parlions de sa journée, puis de la mienne, et que nous essayions de rester ancrés dans une sorte de stabilité, je me demandai si je l'aimais.

Et ensuite je me demandai ce que cela signifierait pour demain, et le jour suivant, et le d'après.

Chapitre Quinze

Hazel

Paris : *Tu n'as toujours pas parlé de son aubergine. Il va nous falloir des détails.*

Je levai les yeux au ciel en voyant mon téléphone.

C'était mon jour de congé, et je devais retrouver Cross plus tard pour sortir. On pourrait discuter de son aubergine à ce moment-là. Je n'avais pas l'intention d'en parler avec mes amies. Oh, j'avais plaisanté en disant que j'allais la dessiner avec force détails. Mais personne n'avait besoin de savoir ce que je vivais avec Cross au-delà de mes sentiments actuels. Non pas que je puisse en parler. Parce que je devais d'abord les digérer, et c'était la partie la plus difficile. Déterminer ce que je voulais exactement et comment je pouvais être en sécurité émotionnellement et physiquement, puis faire en sorte que ça arrive.

Ça n'allait pas être facile, pas alors que chaque fois que je sentais que je pouvais me rapprocher de Cross, les images de Thomas revenaient.

Ce n'était pas juste pour Cross, et on le savait tous les deux. Mais je savais qu'il me laissait de la marge pour ça.

Et j'étais là. J'étais plutôt entière. Il le fallait.

Thomas ne faisait pas partie de tout ça. Il n'était même pas près de moi. Il n'allait pas s'en prendre à moi.

Il ne pouvait pas.

J'étais en sécurité.

Et si je me répétais ça, je ne vivrais pas dans la peur comme je le faisais. Je pouvais faire confiance à Cross et à mes amies, mais à personne d'autre.

Ma main serra le couteau que je tenais en regardant la laitue que je coupais, et je forçai lentement mes doigts à se détendre, à lâcher doucement le manche.

Ce n'était pas parce que j'étais stressée et que j'avais besoin de parler à nouveau avec mon thérapeute que je devais mettre mes émotions en bouteille. J'avais le droit de ressentir.

Je devais juste savoir ce que je ressentais exactement.

Je voulais être avec Cross, non? C'était la partie la plus difficile, comprendre exactement ce que ça signifiait.

C'est comme si je faisais un blocage mental qui me disait que je ne pouvais pas être avec lui, même si je le devais.

Une part de moi voulait être avec lui. Une part de moi avait besoin d'être avec lui.

Et je ne savais pas encore quoi faire avec ça. Il me rendait heureuse. Il me faisait sourire. Il me rendait vraiment reconnaissante d'avoir été celui qui s'était présenté au bar et non Stavros. Parce que je savais pertinemment que je ne serais pas dans cette situation si Stavros avait été celui qui s'était pointé. Parce qu'il n'y avait personne comme Cross.

Pas vrai?

Je fis une pause et je commençai à préparer ma salade, pour essayer de m'éclaircir les idées. C'était peut-être le cas.

Est-ce que je l'aimais? Pourrais-je me permettre de ressentir ça à nouveau?

Le problème, c'est que je ne pouvais pas repenser à ce que je ressentais pour Thomas sans me rappeler la douleur de ce qu'il avait fait. Il m'avait fait du mal. Il m'avait harcelée. Puis, il m'avait encore fait du mal. Il était dans un autre État maintenant, hors de prison, mais encore loin, et pourtant une part de moi avait toujours l'impression qu'il était juste à côté de moi.

Et cela signifiait que je ne pouvais pas faire entièrement confiance à mes sentiments.

Pourtant... pourtant, j'avais participé à ce pacte pour trouver l'amour et trouvé le bonheur parce que je voulais faire confiance à ces sentiments.

Alors peut-être... peut-être que je pouvais aimer Cross.

Et peut-être que je pourrais voir s'il pouvait m'aimer ?

J'expirai et je secouai la tête. Ça ne servait à rien de ressasser ce que je ressentais pour Cross. Je devais me laisser aller. Je devais vivre l'instant présent.

Ce dont je n'avais pas l'habitude.

Ce n'était pas moi, la personne qui pouvait se contenter d'être. Je devais faire des projets. Je devais savoir exactement ce que je faisais. Le fait que je l'aie laissé s'asseoir à ma table signifiait que j'avais déjà commencé à changer à bien des égards.

Je n'étais plus la même femme que j'avais été avec Thomas, et je n'étais sûrement plus la même personne que j'étais devenue après.

J'étais une nouvelle moi, maintenant, une femme que je n'arrivais pas tout à fait à comprendre. Mais une femme que je devais décoder.

Paris : *Excuse-moi, tu ne réponds pas à mes textos. Est-ce que tu joues avec cet emoji aubergine ?*

Je ris aux éclats et je commençai à nettoyer le comptoir, ma salade fraîchement préparée, avant de finalement prendre mon téléphone.

Moi : *Je crois qu'il est temps pour nous de passer à la phase suivante de ce pacte parce que si tu passes autant de temps à discuter d'un certain emoji aubergine qui n'a rien à voir avec toi, c'est que ton heure est arrivée.*

Dakota : *Je suis d'accord avec ça. C'est à son tour ensuite.*

Myra : *Donc ça veut dire que c'est bon pour toi ? Tu es heureuse ?*

Je marquai une pause, en essayant de savoir exactement comment répondre à cette question.

Paris : *On ne peut pas passer à moi si on ne sait pas si tu es casée.*

Moi : *Pardon ? Je ne savais pas que ça faisait partie des règles. Et qu'est-ce qu'on entend par « casée » ? À quel point dois-je être casée ?*

La sueur se mit à perler sur mon corps, et j'essayai de reprendre mon souffle. Casée ? J'avais été mariée une fois auparavant et je me souvenais encore de la chaleur de son souffle sur mon cou. La façon dont il m'empoignait et me secouait. La façon dont il me faisait crier. Je ne voulais pas me remarier. OK ?

Ou avais-je tort ?

Dakota : *Hé, être casée ne veut pas dire être mariée.*

Myra : *Non, casée veut juste dire être heureuse. Et tu ne nous as pas dit ce que tu ressentais. C'est ce qu'on veut dire. On ne veut pas te laisser tomber pendant qu'on essaie de comprendre le bazar qu'est la vie amoureuse de Paris.*

Je ris et je secouai la tête.

Paris : *Excusez-moi. Nous sommes toutes dans le même bateau en ce qui concerne le bazar de nos vies amoureuses. Vous n'avez pas besoin de me singulariser.*

Myra : *C'est toi la prochaine. Je vais te singulariser ! Cependant, le mot* casé *a effectivement une connotation qui pourrait signifier trop pour nous toutes. Peut-être que nous avons vraiment besoin d'une explication.*

J'aimais bien quand Myra entrait dans les détails techniques. Elle était si posée et un peu élitiste parfois, mais ensuite elle pouvait encaisser les *shots* comme personne.

Moi : *Ne parlons plus du mot « casée ». Heureuse. Est-ce que ça vous va, « heureuse » ?*

Peut-être.

Moi : *Peut-être. Qu'est-ce que ça veut dire ?*

Dakota : *Je ne sais pas ce que Paris veut dire, mais de mon point de vue, je pense qu'on devrait quand même s'occuper d'elle et commencer vite parce qu'elle va juste te bombarder d'emojis d'aubergines. Pendant qu'on fait ça, on peut aussi se concentrer sur toi. Nous sommes des femmes intelligentes et drôles qui peuvent être multitâches. Faisons ça. On va être multitâches pour trouver exactement avec qui on va caser Paris, et comment on va s'assurer que tu restes heureuse. Parce qu'on veut que tu sois heureuse.*

Mes joues rosirent, et mon estomac se contracta, mais ce n'était pas les nerfs. Non, c'était le fait que je n'étais pas seule. Je n'étais plus seule, malgré ce que Thomas avait essayé de faire pendant tant d'années.

Je l'avais quitté, fui, et j'avais perdu tous les amis de mon passé. J'avais presque tout perdu. Maintenant, j'avais une nouvelle famille que j'avais choisie.

Cross n'en faisait pas partie. Pas encore. Mais il pourrait. Et c'était différent pour moi. Quelque chose que j'essayais encore de comprendre. Il me rendait heureuse, et je savais que je n'étais pas seule. Je l'avais. Alors peut-être que j'avais juste besoin de comprendre ce que ça voulait dire.

Moi : *Je retrouve Cross plus tard ce soir pour dîner. Je ne vais pas discuter des emojis aubergines avec vous, mais disons juste qu'il y a assez d'aubergines pour tout le monde. Mais je ne partage pas.*

Je ris aux éclats en voyant tous les emojis que les autres filles envoyèrent, principalement des aubergines, des pêches et des smileys aux yeux écarquillés.

Mes amies étaient folles, mais moi aussi. C'est pour ça qu'on s'entendait bien. Parce que nous avions toutes été blessées de bien des façons, mais certaines d'entre nous n'en parlaient pas autant.

Mais on essayait. Nous avions fait le pacte des rendez-vous pour une raison. Parce qu'on se sentait seules et qu'on avait besoin de quelque chose de plus dans nos vies.

D'une certaine façon, même quand je n'y prêtais pas attention, Cross était devenu cette personne pour moi.

Est-ce que je l'aimais ? Je ne le savais pas.

Mais j'appréciais le fait d'être libre de le découvrir.

Mon téléphone bipa, et le nom de Cross apparut sur l'écran.

Cross : *Salut, tu peux passer à la boutique ?*

Je fronçai les sourcils. J'étais censé le retrouver chez lui parce qu'il allait cuisiner pour moi. Pas à sa boutique. En fait, je n'y étais jamais allée. Il s'en tenait à l'écart autant qu'il le pouvait ces jours-ci parce qu'il essayait toujours de mettre une stratégie au point pour la suite avec Chris. Je comprenais cela et ne voulais pas lui rendre les choses plus difficiles. Mais peut-être qu'il voulait me montrer ses œuvres ? J'aimais le regarder travailler. Même si je ne l'avais vraiment vu que dans son atelier. Ça ne me dérangeait pas de passer au magasin.

Moi : *À quelle heure ?*

Cross : *Quand tu peux. Le plus tôt sera le mieux. J'ai hâte de te voir. Bisous.*

Je fronçai encore les sourcils. *Bisous ?* Ça ne lui ressemblait pas. Ou peut-être que c'était parce qu'il essayait de passer à la prochaine étape de notre relation.

Cross : *Désolé pour le bisous, j'essaie un nouveau truc. Tu me connais. Inefficace.*

Ça me fit rire, et ça avait plus de sens. Un peu.

Moi : *J'aime les bisous. Bien que je pense que je les aime plus en vrai.*

Cross : *Viens ici tout de suite, et on pourra faire ça.*

Je rougis, mon visage entier chauffait, puis je souris.

Moi : *Je serai là bientôt.*

Cross : *Super. Le plus tôt sera le mieux.*

C'était bien. C'est tout ce qu'il voulait. Je ne savais pas pourquoi il voulait que je le retrouve à Chris Cross, mais je ne voulais pas non plus attendre le déjeuner pour le voir. Je remis ma salade dans le frigo, sachant que je la mangerais plus tard. Je ne voulais pas attendre pour y aller. Il voulait que je sois là, et ce sentiment d'être désirée m'avait été si étranger avant Cross. Le fait qu'il essaie signifiait tout pour moi. Et pendant que j'essayais de savoir exactement ce que je voulais faire de ma vie, peut-être qu'il essayait de le faire avec moi aussi. Ce n'était pas quelque chose sur quoi je m'étais attardée avant. Mais maintenant que je l'avais fait, je ne pouvais pas attendre de le découvrir.

Je me préparai, en arrangeant mon maquillage et mes cheveux, puis je mis mon sac dans la voiture avec moi. Je devais laisser quelques affaires chez lui. Mon estomac se contracta à cette idée. C'était un grand pas. On ne vivait pas ensemble, non, aucun de nous n'était encore prêt pour ça, mais on découvrait qui on était ensemble. Et c'était une grande chose. Je roulai jusqu'à l'autre bout du quartier, puis un peu plus loin sur l'autoroute jusqu'à l'endroit où se trouvait le magasin de Cross. Je me garai à l'arrière. Je vis une autre voiture que je ne reconnus pas et j'espérai que ce n'était pas celle de Chris. Je n'y avais même pas pensé. Je n'avais pas rencontré cet homme, mais je ne voulais pas le trouver ici. Honnêtement, je ne saurais pas quoi lui dire. Peut-être que Cross était garé devant, je n'en étais pas sûre à cent pour cent, mais j'étais sûre qu'il était ici quelque part. Après tout, il venait de m'envoyer un SMS.

Je fis le tour du bâtiment jusqu'à la porte d'entrée et je frappai, en me demandant comment j'étais censé entrer. La porte s'ouvrit, et je fis un pas en arrière, la peur envahissant soudain mon visage et mon corps. Mes cheveux se hérissèrent sur ma nuque, tandis que je regardai l'homme en face de moi, quelqu'un que je ne reconnaissais pas. Il avait de grands yeux, des cheveux noirs et un sourire presque doux, même s'il sembla perdu pendant une seconde.

— J'peux vous aider ? demanda-t-il, d'une voix grave et bourrue.

Je me raclai la gorge.

— Chris ? demandai-je toute tremblante. J'avais déjà une main dans mon sac à main, prête à utiliser mon spray au poivre si nécessaire. Je n'avais pas envie de le faire sur un inconnu, surtout quelqu'un qui travaillait avec Cross, mais on n'était jamais trop prudent. Le visage de l'homme se renfrogna et il secoua la tête.

— Non, je suis Macon. Qui êtes-vous ? demanda-t-il, d'une

voix encore plus rauque.

Le soulagement m'envahit et je souris.

Je connaissais ce nom. *Macon*. Je n'avais jamais entendu parler d'une autre personne portant ce nom, donc ce devait être le frère de Cross.

— Je suis Hazel. Désolée, je ne t'ai jamais rencontré avant, donc je ne savais pas qui tu étais.

La surprise envahit le visage de Macon, il me sourit alors et son visage s'illumina.

— Bonjour! Entre donc. Je suis juste venu chercher quelque chose pour Cross.

Je fronçai les sourcils et réfléchis deux secondes.

— Qu'est-ce que tu veux dire? demandai-je alors que la porte se refermait derrière moi.

— Hein?

— Comment ça, tu es là pour récupérer quelque chose pour Cross? Il m'a envoyé un texto et m'a dit de le retrouver ici.

Macon secoua la tête.

— Ça n'a pas de sens. J'étais au téléphone avec lui à l'instant. Il a dit qu'il avait besoin que j'aille chercher quelque chose puisqu'il était à la maison en train de cuisiner pour toi. Je me demandais pourquoi tu étais là.

La peur m'envahit, et je fis un pas en arrière vers la porte.

— Macon, je pense vraiment qu'on devrait y aller.

— Non, je pense vraiment que vous devriez rester, dit une voix venant de l'obscurité alors qu'une ombre s'avançait, puis une autre. Macon fut devant moi en une seconde, et j'avais les mains en l'air, le spray au poivre dans l'une, mon autre main sur son dos, essayant de comprendre ce qui se passait.

— Tu as toujours été une idiote, dit une voix familière.

Je me figeai, tremblant de toute part. Mais avant d'avoir le temps de réagir, avant d'avoir le temps de penser quoi que ce soit, j'entendis un coup de feu, puis un cri, et Macon se retrouva sur moi.

Et je pus sentir l'odeur du sang dans l'air.

CHAPITRE SEIZE

Cross

J e baissai le gaz sous le repas que j'avais préparé et je fronçai les sourcils. Hazel ne m'avait pas appelé ni envoyé de texto depuis la dernière fois que je lui avais parlé ce matin-là, quand je m'étais assuré que le dîner était toujours d'actualité. Macon n'était pas non plus passé avec l'équipement dont j'avais besoin. J'étais concentré à tout préparer pour mon avocat et à préparer le dîner pour Hazel, et j'avais oublié quelque chose dont j'avais besoin pour terminer mon projet pendant le week-end. J'étais au téléphone avec Macon quand j'en avais parlé, et il avait proposé de passer le chercher.

Et pourtant, aucun des deux ne me rappelait ou ne m'envoyait de SMS. J'étais inquiet, mais j'essayais de ne pas l'être. Je me dis que j'étais sur le point de devenir paranoïaque. Quand même, pourquoi ne répondaient-ils pas ?

Je me passai les mains dans les cheveux et sur ma barbe, puis je commençai à faire les cent pas dans la cuisine, en appelant le numéro d'Hazel une fois de plus.

Cela sonna, sonna, avant que la messagerie vocale s'enclenche : *C'est Hazel. Veuillez laisser un message après le bip. Merci.*

— Chérie, c'est moi. Décroche, s'il te plaît. Tu commences à m'inquiéter.

Je raccrochai. J'appelai même Macon, mais il ne répondit pas non plus.

Je lui laissai un message et j'appelai Prieur.

— Salut, est-ce que Macon t'a appelé aujourd'hui ?

— Non, je ne lui ai pas parlé. Qu'est-ce qu'il y a ?

— Je n'arrive pas à le joindre. Ni Hazel, d'ailleurs. Quelque chose ne va pas, je le sais.

— Je vais appeler Nate. Tu appelles Arden.

— Merci. Mais... putain. Il doit y avoir un problème.

— Macon est probablement concentré sur un truc, il n'a pas entendu son téléphone. Et ta copine est probablement en chemin et ne peut pas répondre à son téléphone. Tout va bien. Ce n'est rien de grave.

— Tu crois vraiment ça ? dis-je les mains tremblantes.

— Peut-être, mais on fait comme si tout allait bien, putain. C'est tout.

Je raccrochai et appelai Arden.

— Je n'ai pas parlé avec elle ou Macon, je suis désolé. Laisse-moi appeler Liam et les autres. Je pense que je pourrais avoir le numéro d'une des filles, aussi.

Je marquai une pause.

— Ah bon ?

— Oui, le monde est petit, et nous sommes dans une petite ville. Je connais des gens, même si je ne sors pas souvent de chez moi. Maintenant, laissez-moi essayer de m'assurer que tout va bien.

Je ne la questionnai pas davantage, bien que j'aie le sentiment qu'Arden gardait un secret.

Je raccrochai après avoir dit au revoir. Quand mon téléphone sonna à nouveau, je répondis rapidement, ne reconnaissant pas le numéro.

— Hazel ? Macon ?

— Non, c'est Franck, en face de Chriss Cross. Tu ferais mieux de venir, Cross. On dirait que quelqu'un a mis le feu chez toi.

Soudain, j'eus froid, et de la bile remonta dans ma gorge.

— Quoi ?

— Ton magasin. Il est en feu. Tu ferais mieux de venir vite.

— Merci, Frank. Mes mains tremblaient, et j'avais envie de vomir. Macon. Macon était là-bas. C'est pour ça qu'il ne répondait pas au téléphone. Hazel était-elle là-bas aussi ? Mais pourquoi ? Il n'y avait aucune raison pour qu'elle soit au magasin. À moins que... à moins que... je ne savais pas quoi, putain. J'attrapai mes clés, les mains tremblantes, et je montai dans ma voiture. Je fonçai pratiquement jusqu'à Chris Cross. J'étais bien content qu'aucun flic ne m'arrête, parce que je dépassais la limite de vitesse bien plus que je n'aurais dû le faire. Je grillai peut-être un feu rouge, même. Franchement, je m'en fichais.

J'arrivai là-bas et je tombai presque à genoux.

L'endroit entier était en feu, les flammes léchaient le ciel. Je regardai autour de moi, me demandant ce que j'allais bien pouvoir faire. On avait une assurance, mais qui s'en souciait en ce moment ?

— Macon !

J'avançai en toussant, la chaleur me brûlait la peau tandis que je regardais autour de moi.

— Macon !

— Les flics sont en route, fiston, dit Frank, et je me retournai pour voir un groupe de personnes.

— Vous avez vu mon frère ? Il était peut-être ici.

Les yeux de Frank s'assombrirent et il secoua la tête.

— Je vais t'aider à chercher, fiston. Je vais t'aider à chercher.

Je m'avançai. Je savais que c'était stupide, mais je devais retrouver mon frère. Je devais retrouver Macon.

Je fis le tour du parking de derrière, et mes genoux tremblèrent parce que je reconnus la voiture garée là.

Hazel. Hazel était là, aussi.

Oh, mon Dieu.

Je continuai d'avancer vers la porte arrière - il semblait que les flammes n'avaient pas encore atteint cet endroit — mais je ne pouvais pas l'ouvrir, je ne pouvais pas m'approcher. Puis je vis la pile de vêtements et la masse de l'autre côté du porche. Je l'enjambai, tombai à genoux et je retournai le corps de mon frère.

Le sang inondait sa poitrine, et tout mon corps se mit à trembler. Je posai les mains sur la blessure, le sang s'infiltra entre mes doigts.

Son sang coulait toujours, ce qui signifiait qu'il était vivant.

— Macon? Macon!

— Hazel, lâcha Macon.

— Quoi? Mes mains tremblaient alors que je faisais pression sur la poitrine de mon frère. Où est Hazel, Macon? Que s'est-il passé? Qui a fait ça?

— Ils l'ont prise. Ils ont pris Hazel. Il faut la retrouver.

Et puis Frank fut là, à genoux à côté de moi, ses mains sur les miennes.

— Ils ont pris ta copine? C'est ce que j'ai entendu? dit-il.

— Où? demandai-je à Macon, mes mains tremblant sous celles de Frank.

Macon pointa faiblement du doigt.

— Les arbres. Ça va aller pour moi. Allez la chercher.

Je n'arrivais pas à me décider. Les larmes me piquaient les yeux. Je ne voulais pas laisser mon petit frère. Il y avait du sang sur mes mains, des traces rouges partout, et il toussait.

Et quelqu'un avait pris Hazel.

Je ne savais pas quoi faire.

CHAPITRE DIX-SEPT

Hazel

L e coup de feu résonnait encore dans mes oreilles, et mes mains tremblaient. Cela ne pouvait pas se produire. Cela ne pouvait pas être en train de se passer.

En regardant au-dessus de moi le visage pâle de Macon, la douleur évidente dans ses yeux, je sus que c'était le cas. Et il n'y avait pas de retour en arrière possible. C'était un coup de feu. Quelqu'un nous avait tiré dessus.

Non, pas *quelqu'un*. Je savais exactement qui c'était. Et je savais aussi qu'il n'y avait pas de retour en arrière possible. Il n'y en avait jamais eu.

Macon roula sur le côté, mais me maintint derrière lui. J'avais les mains sur sa poitrine pour essayer d'arrêter les saignements. Tout allait si vite, et je criais dans ma tête, mais pas à voix haute. Je ne pouvais pas parler, je ne pouvais rien faire.

Aucune bombe au poivre ni caméra de sécurité ne pouvait me sauver désormais.

Tout ce que j'avais pensé avoir fait pour me protéger n'avait servi à rien.

Thomas était là.

Et il n'était pas seul.

Il s'était débrouillé pour m'attirer ici. Macon était déjà là, et maintenant il saignait sur moi. J'étais couverte de son sang.

Je ne pouvais pas respirer.

Pourquoi je ne pouvais pas respirer ?

— Cours ! chuchota Macon, sa voix était rauque.

Je ne pouvais pas m'enfuir. Je n'avais jamais vraiment eu la chance de m'enfuir.

Tout n'était que mensonge. L'idée que je pouvais me cacher et avoir une vie à moi. Rien de tout cela n'était vrai.

Il n'y avait pas de retour en arrière.

C'était ma vie maintenant, comme ça l'avait toujours été.

— Aide-moi à la relever.

Je levai les yeux au son de la voix de Thomas alors qu'un autre homme s'avançait, le visage pâle et les mains tremblantes.

— Je ne savais pas qu'on allait lui tirer dessus. Putain de merde. Je voulais juste mon argent. Tu es venu me voir. Tu as dit que tu la connaissais. Qu'elle t'avait pris de l'argent. Que je n'avais qu'à l'enlever. Que Cross me donnerait l'argent, que tout irait bien et que je pourrais m'enfuir. C'est quoi, ce bordel ? Pourquoi on tire sur des gens ? Oh, mon Dieu. C'est Macon. C'est le putain de frère de Cross.

C'était Chris. C'était forcément lui.

Tout ça pour de l'argent ? Non, pour Chris peut-être. Mais Thomas n'avait jamais voulu d'argent. Il me voulait juste moi.

Mais ce n'était pas mon sang sur mes mains. C'était celui de Macon.

Le frère de Cross allait mourir, et je ne pouvais pas le sauver.

Tout son sang coulait entre mes doigts. J'essayai de l'aider, mais je sentis des mains sur moi, et puis je criai à haute voix, en hurlant et en donnant des coups de pied.

— Espèce de salope. Je reçus une gifle. Ma mâchoire me faisait mal, et je plissai les yeux, pour essayer de voir. Chris me regardait fixement, le bras en l'air comme pour me frapper à nouveau.

— Ne lui fais pas trop mal, dit Thomas de sa voix sinistre et sournoise. C'est mon boulot, ça.

Je me débattis, essayant de m'écarter, mais la poigne de Chris s'était resserrée sur mes épaules.

— Arrête! Arrête de te débattre. Tu vas juste te rendre la tâche plus difficile.

Je me débattis encore plus fort.

Je m'attendais à la deuxième gifle, puis j'en sentis une autre alors que Chris me frappait encore et encore, sa bague me blessant près de la racine des cheveux.

Du sang coulait sur mon visage, mais je m'en fichais. Je devais sortir d'ici.

Il n'y avait pas de retour en arrière possible. Il fallait que j'agisse.

— Je n'ai pas signé pour ça. Je ne savais pas qu'on allait faire tout ça, se plaignit Chris.

— Si tu veux ton argent, tu vas finir ce qu'on a commencé. C'est aussi simple que ça. Tu n'aurais pas dû me laisser entrer dans ton petit immeuble la semaine dernière si tu avais si peur. J'ai suivi ma *femme* et découvert qu'elle était avec ce minable. Heureusement pour moi, son nom est tellement particulier que j'ai pu trouver cet endroit. Et toi.

Thomas sourit alors et ma peau se couvrit de frissons. Je détestais ce sourire. Il avait souri comme ça avant de me frapper. Avant qu'il ne me harcèle quand j'avais essayé de m'enfuir. Il m'avait souri comme ça la dernière fois, avant d'être mis à l'écart, enfermé, derrière les barreaux.

Mais maintenant il était là. Sorti de prison. Et *ici*.

Qu'est-ce que j'allais faire? Je devais faire quelque chose.

Macon.

Macon était blessé.

J'avais besoin de l'aider.

J'avais besoin d'aide.

— C'est toi qui es venu me voir en me disant que tu avais un moyen de rompre mon contrat avec Cross. Que je n'aurais pas d'ennuis pour avoir écrémé un peu mes factures. Chris marqua une pause, perplexe. Comment tu savais ça?

— J'ai écouté. Comment crois-tu que je le savais? Tu ne t'es jamais tu à ce sujet. Tu étais une opportunité, Christopher. Une bonne opportunité. Et si tu ne commences pas à bouger, tu seras un homme mort.

— Ne me menace pas, putain!

Thomas leva les mains, ce sourire de retour sur son visage.

— Tu as raison. Nous sommes... des partenaires. Je ne devrais pas te menacer. Je m'en excuse. Cependant, on doit vraiment nous dépêcher si on veut sortir d'ici avant que quelqu'un d'autre n'arrive. Pour autant qu'on sache, Cross va se pointer, et peut-être les autorités.

J'étais clouée au sol, en train d'écouter les deux hommes, qui faisaient la causette. C'est donc comme ça que Thomas avait connu Chris? Par *hasard*? Une opportunité?

Et maintenant Macon était en train de mourir, et je ne savais pas comment j'allais m'en sortir.

— Putain. Et Macon?

Thomas haussa les épaules alors que je continuais à me débattre. Je me sentais étourdie, le sang s'accumulait dans ma bouche.

Il y avait aussi du sang sur mes mains, mais pas le mien. Non, c'était celui de Macon. *Celui de Macon.*

— Je me fiche de ce que tu feras de lui. Laisse-le ici, fais ce que tu veux. Tu sais ce que tu dois faire au bâtiment quand on aura fini de toute façon. Ce n'est plus vraiment mon problème à partir de maintenant. Tu voulais ton fric, on y reviendra. Mais j'ai besoin d'elle. Et c'était ta promesse.

Je criai, mais les mains de Chris étaient sur ma bouche, étouffant le son. Je pouvais à peine respirer. Je me débattis, mais il me frappa encore. Je ne pouvais pas faire grand-chose. Tout me faisait mal, mais je continuai à donner des coups de pied et à enfoncer mes talons dans la moquette pour essayer de partir. Mais il était tellement plus grand que moi que je ne pouvais rien faire.

Il coinça mes bras au-dessus de ma tête et me traîna. Je réalisai que les coups de pied et les torsions n'allaient pas marcher.

Il n'y avait rien que je puisse faire, mais j'essayai quand même.

— Arrête de crier, putain, dit Thomas, la main juste devant mon visage. Si tu n'arrêtes pas, je vais le tuer ici même. Il a encore une chance. Il respire encore. Je ne pense pas que la balle ait perforé un poumon. Mais qu'est-ce que j'en sais ? Je sais seulement comment te blesser. Je ne sais pas vraiment comment te soigner, n'est-ce pas ? C'est toi qui m'as fait mettre en prison. Donc, vraiment, tout ça, c'est de ta faute.

J'écoutai la diatribe de Thomas, le corps entier figé.

— Voilà, c'est bien. Il tapota mon menton avec le pistolet, l'extrémité encore chaude, sa chaleur brûlant ma peau.

— Sois une bonne fille, et peut-être qu'il pourra vivre. Tu te bats encore une fois avec Chris, et je tire une balle dans la tête de ton petit copain. Tu le baises comme tu baises son frère ? Parce que je suis presque sûr que tu as toujours été une pute. J'ai essayé de te reprendre en main, mais ce n'était jamais assez bien, n'est-ce pas ?

Je ne dis rien. Je ne pouvais pas. Je ne pouvais pas laisser Macon mourir. Je ne pouvais pas laisser le frère de Cross mourir.

— Tu vois ? Tu as déjà appris comment rester à ta place. Sois une bonne fille, et tu n'auras plus trop mal. Mais tu sais que j'aime tes cris. Quand on sera dans un meilleur endroit, tu pourras crier autant que tu veux. Tu vas en avoir besoin, espèce de salope.

Thomas me frappa, cette fois avec le pistolet, et tout devint noir.

Je rouvris les yeux alors qu'il me traînait entre les arbres derrière le bâtiment. Je pouvais juste voir une ombre sur le porche derrière Chris Cross.

Macon.

Il rampait vers nous. Il essayait, faisait tellement de choses, et pourtant ce n'était pas assez. Il allait mourir en essayant de m'aider. Il allait mourir en essayant de se sauver. Et il n'y avait rien que je puisse faire.

Davantage de sang s'accumula dans ma bouche, et je le recrachai en essayant de me concentrer, de faire quelque chose. N'importe quoi. Tous ces cours d'autodéfense, et pourtant rien de tout cela ne servait contre une arme à feu.

Je remuai encore, essayant de tordre mon corps. Quelqu'un me donna un coup de pied dans les côtes, je ne savais pas qui c'était, Thomas ou Chris, mais je savais que j'aurais une marque de pied.

Franchement, ça n'avait pas d'importance qui c'était. Ça pouvait être l'un ou l'autre. C'est comme ça que ça allait finir.

Ils me traînèrent à travers les arbres, les pierres s'enfonçant dans mes jambes et mon dos. J'avais des coupures et des abrasions sur tout le corps, mais je ne les sentais pas. Seule la douleur dans ma tête et mes bras du fait d'être traînée.

Ils me traînèrent jusqu'à une cabane en bois dont je n'avais pas réalisé l'existence, et je respirai en essayant de me concentrer. Il devait y avoir quelque chose que je pouvais faire, un moyen de m'en sortir. Seulement je n'y croyais pas.

— Elle n'arrête pas de bouger, putain, grommela Chris en me jetant sur le sol. Les écorces de bois s'écrasèrent sur ma joue quand ma tête cogna. Je jure que mes dents claquèrent, et je remuai instinctivement les mains pour essayer de calmer les élancements de mon visage.

— Qu'est-ce que j'ai dit, mon chou? demanda Thomas, d'une voix basse et posée.

Trop posée pour un homme sans âme.

— Je vais y retourner et le tuer si tu n'arrêtes pas de gigoter.

Il marqua une pause.

—En fait Chris, je veux que tu fasses une dernière chose. Ça va aider à camoufler tous tes méfaits.

— Quoi?

— Il y a de l'essence à côté du bâtiment. Tu sais ce qu'il faut faire.

Je me figeai, mon corps entier tremblait.

— Et Macon ? demanda Chris, en faisant des efforts pour déglutir.

— Tue-le. Je m'en fiche. Occupe-toi juste du bâtiment. Puis reviens me voir. Si tu veux l'argent.

Chris parut se figer pendant une seconde, comme s'il ne savait pas quoi faire, puis il partit. La peur m'envahit, son poing soyeux s'enroulant autour de ma gorge, de mon cœur, de tout mon corps.

— Voilà, c'est bien, dit Thomas, la main autour de ma gorge.

Je ne bougeai pas parce que je n'étais pas sûre de ce qu'ils allaient faire de Macon — ou de ce qu'ils allaient faire de moi.

— Je t'ai attendu si longtemps, Hazel. Pourquoi tu m'as quitté ? Tu aurais dû rester avec moi. Tu as essayé de t'enfuir. Je t'ai retrouvée. Puis tu m'as envoyé en prison. Pourquoi ?

J'ouvris la bouche pour parler, mais il me gifla encore. Les larmes me piquaient les yeux.

— Non. Ce n'est pas le moment de parler. On en a fini avec ça.

Il se détourna de moi avant de me faire face une nouvelle fois.

— Tu vas écouter. Tu m'as fait mettre en prison. Comment as-tu pu me faire ça ? J'étais tout pour toi. J'étais à toi. Tu as pris ce que je t'ai donné pour acquis et tu m'as craché au visage. Tu as toujours été une pute, je le savais dès le début. Mais j'ai pris soin de toi. Je t'ai toujours chérie. Mais au lieu d'accepter ma bienveillance, tu me l'as jetée au visage.

Il commença à faire les cent pas, et je regardai autour de la vieille cabane, essayant de voir exactement comment je pourrais sortir. Mais je ne pouvais pas.

Il n'y avait rien que je puisse faire. Peut-être que si je déplaçais ma main un peu sur le côté, je pourrais trouver un moyen de me libérer de ces liens qu'il venait de me mettre.

Mais je devais faire attention parce qu'il m'observait. Comme toujours, il m'observait.

CARRIE ANN RYAN

— J'ai été sage. Pour toi. Je suis resté loin juste assez longtemps pour que je te manque. Mais ensuite tu t'es mise avec lui. Ce putain de connard. Tu aimes les barbes et faire la pute ? Je n'avais pas eu conscience de ça chez toi. Espèce de salope.

Il me frappa encore et les larmes coulèrent sur mes joues, mon corps entier torturé par la douleur.

— Regarde ce que tu m'as fait faire. Tu m'obliges à te faire du mal parce que tu ne comprends pas ce dont j'ai besoin. Avant, tu le comprenais. Mais maintenant, tu ne comprends plus.

Il laissa échapper un soupir, puis il continua.

— Je t'ai épousé parce que tu étais à moi. Nos familles ont toujours été associées, et tes parents t'ont donnée à moi. Tu étais un cadeau. Mon cadeau parfait, et puis tu m'as rejeté.

— Ce n'est pas ce qui s'est passé, dis-je d'une voix enrouée. Thomas. Tu dois arrêter ça. S'il te plaît. Ne va pas plus loin.

— J'ai dit, tais-toi !

Il me gifla encore, la brûlure cinglante contre ma chair froide.

— Je t'ai toujours observée. J'ai toujours su où tu étais. Peu importe à quel point tu te croyais en sécurité, tu ne l'étais jamais assez. Je t'ai envoyé des messages. Je t'ai dit que je te voyais. Parce que je te vois toujours, ma puce. Mais tu n'as jamais répondu à mes messages. Et quand je suis sorti, tu ne m'as jamais rendu visite. Quand j'ai vu mon agent de probation, ce paresseux, et que j'ai roulé jusqu'ici pour te trouver, tu ne m'attendais pas. Tu avais ton petit système de sécurité chez toi comme tu l'avais fait pour moi dans notre jeu, mais je suis passé au travers. J'ai mes astuces. J'ai toujours été bon à ça. Tu te souviens. J'avais de l'argent, oui, mais je suis aussi brillant. Tu le sais. Tu sais que j'ai appris le piratage informatique et d'autres jeux pour nous.

Des jeux ? Il pensait que ma peur était un jeu.

Je ne m'étais jamais autant trompée dans ma vie. Je n'avais jamais autant merdé que lorsque j'avais craqué pour Thomas. Et maintenant j'en payais le prix.

Et Macon aussi.

— Je suis venu ici pour toi. Pour nous. Et où je t'ai trouvé ? En train de baiser un autre homme dans notre lit !

J'avais jeté le lit que j'avais partagé avec lui, mais je ne lui dis pas. Ça n'avait pas d'importance. Il était dans son propre délire maintenant, et je n'étais qu'un pion.

— Tu étais censée être la femme parfaite. Cela va me prendre beaucoup trop de temps pour t'apprendre comment je veux que tu sois maintenant. Pourquoi tu dois toujours être si difficile ?

Je n'ouvris pas la bouche cette fois. Il ne s'attendait pas à une réponse. Il reprit :

— Tout ce que je voulais, c'était toi, et tu as menti. Tu m'as fait mettre en prison. J'ai souffert à cause de toi. Maintenant, tu vas souffrir de chaque petite chose que j'ai été forcé d'endurer dans cette tôle. Cette cellule, se reprit-il, d'une voix stridente.

Je te déteste, pourtant je t'aime. Tu vas apprendre à m'aimer. Et tu vas oublier ce connard barbu. Tu vas l'oublier, et tu ne voudras plus jamais de lui. J'ai toujours été celui qu'il te fallait. Si tu le laisses te baiser, je te baiserai encore plus fort. Si tu le laisses te toucher, je raclerai chaque centimètre de peau de ton corps.

La peur s'abattit sur moi, et mon corps entier se mit à trembler, mon estomac se révolta, et la bile remplit ma bouche.

— Je vois que tu as compris. Un sourire malsain tordit ses lèvres. Tu as toujours été à moi, mais tu as osé te donner à un autre. Maintenant, tu vas en payer le prix.

Chris l'interrompit depuis le seuil de l'entrée.

— Mais d'abord, j'ai besoin de mon argent. Finissons-en avec cette affaire. Je ne voulais pas de ça. Pas de ce sang et toute cette merde. Mais on est là, et j'ai besoin de l'argent des comptes de Cross. De *mes* comptes. Je tournai la tête vers lui en même temps que Thomas. J'écarquillai les yeux et je me demandai ce qu'il était en train de faire. Cross avait dit que Chris l'avait volé, mais ça ?

Je posai les yeux sur ses mains, il y avait du sang dessus. Mes larmes coulèrent toutes seules. Il sentait la fumée et l'essence.

Et Macon n'était pas avec lui.

Le frère de Cross était mort, tout ça à cause de moi. Tout ça, c'était à cause de moi.

— J'ai ton argent.

Il y eut un autre coup de feu, et le regard de Chris passa de surprise à vitreux en un instant tandis qu'il tombait à genoux, une partie de la tête arrachée, du sang et des morceaux de cervelle projetés sur le mur derrière lui.

J'ouvris la bouche et je hurlai.

CHAPITRE DIX-HUIT

Cross

L e coup de feu ricocha dans mes oreilles, et je me figeai pendant une seconde. Putain. Non. Ça ne pouvait pas être elle. Elle devait être en vie. Ce n'était pas possible, putain.

Je continuai à avancer, en faisant de mon mieux pour me diriger vers l'endroit où j'avais entendu le coup de feu. Il y avait des traînées sur le sol. C'était elle ? Ça ne pouvait être que ça. Les traces semblaient trop fraîches. Je n'étais pas un vrai pisteur, je n'avais jamais chassé, mais je pouvais les suivre. Elles étaient si visibles que je ne pouvais pas ne pas les suivre.

Je savais que les flics et d'autres me suivaient, ou du moins qu'ils le feraient bientôt. J'étais stupide d'être venu de mon propre chef, mais je ne pouvais pas la laisser ici. Je n'avais pas d'arme, je n'avais rien, mais j'étais là.

Je ne pouvais pas la laisser seule. Pas après tout ce qui lui était arrivé.

Je continuai à avancer et je pris un virage, en suivant le chemin que les traces avaient fait. Je trébuchai dans une racine en regardant devant moi. Je connaissais cet endroit. Je l'avais déjà parcouru. Les lumières de la cabane en face de moi étaient allumées, mais seulement par deux lanternes. Elle devait être là-dedans. Et je savais qu'elle n'était pas seule.

Je me mis à genoux, juste au cas où quelqu'un regarderait par la fenêtre, et je vis finalement la porte.

Elle était ouverte, la lumière brillait comme un phare dans l'obscurité. Mon cœur s'arrêta.

Il y avait un corps là, les pieds dépassaient du seuil, une flaque de sang. Je connaissais ces chaussures.

Seigneur! C'était Chris.

Et il ne bougeait pas.

Et puis j'entendis un homme crier, et une femme gémir, et je sus qui c'était.

C'était Hazel, mon Hazel.

Bon sang.

Je n'avais plus le temps de penser ou de planifier quoi que ce soit parce qu'ils criaient à nouveau. Puis j'entendis un autre coup de feu et je me levai immédiatement.

Je ne savais pas ce que je faisais, et je savais que j'allais probablement me faire tuer, mais je devais la sauver. Je devais faire quelque chose. Je n'étais pas un héros tragique dans un film à suspense, qui avait une arme et savait ce qu'il faisait.

Je n'avais que moi, et le peu de temps qu'il nous restait.

Je courus et sautai par-dessus le corps de Chris, en ignorant les bouts de cervelle, le sang et tout ce qui se trouvait autour de lui, et je percutai l'homme qui se tenait au-dessus de Hazel.

Je me jetai sur celui qui devait être Thomas — qui d'autre cela pourrait-il être? — même si je n'avais aucune idée de ce qu'il faisait ici ou pourquoi. Heureusement, les ombres de la fenêtre me donnaient une idée de la position de chacun, ce qui me permit d'atteindre ma cible.

Hazel cria et je la vis se débattre sur le sol, en bougeant les mains comme si elle essayait de se libérer de ses liens.

J'atterris sur le gars et le pistolet tomba sur le sol, glissant sur les planches de bois.

— Espèce de salaud, grogna-t-il en dessous de moi et il me donna un coup de poing. Je n'eus pas le temps de m'éloigner de lui assez rapidement, et le poing atterrit sur ma mâchoire. Mais je ne bougeai pas, je le frappai en retour, et encore.

Nous roulâmes sur le sol, l'homme étant plus grand que moi et avait apparemment fait assez d'haltères pour se muscler en prison.

Mais peut-être que ce n'était même pas Thomas?

Cela n'avait pas d'importance qui il était.

Cet homme avait tiré sur mon frère, avait tué Chris, et il détenait Hazel.

Et merde!

— Cross, attention! J'esquivai le poing du gars en entendant Hazel, puis je le frappai à nouveau, cette fois assez fort pour que les yeux du type se révulsent et qu'il s'évanouisse, son corps entier se relâchant.

Je me levai en titubant, le laissant là où il était tombé, et je me précipitai vers Hazel.

— Oh, mon Dieu, ma chérie.

— Vite, aide-moi à les enlever, je me suis presque libérée des liens, mais ils sont enfoncés dans mon poignet droit, et je n'arrive pas à les enlever.

Elle divaguait et n'était pas très cohérente. J'avais besoin de passer mes mains sur elle et de faire la liste de toutes les coupures et des bleus. Il y en avait tellement. Elle était couverte de sang, son visage était meurtri, et je savais qu'il y avait probablement d'autres blessures que je ne pouvais pas voir.

Quel enfoiré.

— On va te sortir de là. Les flics sont en route.

— Super. Macon. Je suis vraiment désolée, Cross. Thomas. C'est Thomas. Mon ex. Il a tiré sur Macon.

Je me figeai, mes mains tremblaient. Son ex? C'était bien son ex. Putain de merde. Mon esprit partit dans un million de directions différentes et je ne sus pas quoi dire, quoi penser, alors je ne dis rien. Elle était en sécurité — ou le serait bientôt. Et il fallait que mon frère soit en sécurité. Il n'y avait pas d'autre choix. Je triai toutes ces pensées dans mon cerveau, et même si elles étaient confuses, je répondis enfin.

— Les flics doivent être avec lui maintenant. Il doit être en sécurité.

Du moins, je l'espérais.

J'avais laissé mon frère en sang être pris en charge par des étrangers pour pouvoir sauver Hazel. Je ne me serais jamais pardonné si l'un d'eux était mort.

Mes mains tremblaient lorsque je la libérai de ses derniers liens, puis je l'aidai à se mettre debout et nous nous dirigeâmes vers la porte.

Soudain, il y eut un bruit derrière moi. Je me retournai, protégeant Hazel de tout mon corps quand le coup de feu retentit.

Je sentis une brûlure au côté, je titubai en arrière et tombai à genoux. Je sentis les mains d'Hazel dans mon dos comme si elle essayait de m'attraper, mais j'étais trop lourd pour elle.

Le sang coulait de mon flanc, je baissai les yeux et jurai.

Le gars avait fait semblant. Ou bien, je ne l'avais pas frappé assez fort.

Je levai les yeux vers lui qui me ricanait dessus, le sang recouvrant son menton et son front là où je l'avais frappé, le bras tremblant et l'arme tremblant dans sa main.

— Elle est à moi, grogna-t-il.

— Je ne serai jamais à toi, chuchota Hazel.

J'essayai de lui tendre la main, de lui dire qu'on s'en sortirait, qu'on serait en sécurité, mais tout était en train de devenir noir. Je jurai dans ma barbe.

Je perdais du sang trop rapidement. J'avais juste à espérer comme un fou que les flics arrivent bientôt.

Ils avaient dû me suivre. Suivre les coups de feu. Les traînées étaient tellement visibles.

Avec un peu de chance, Frank pourrait leur dire où j'étais allé. Et Macon aussi. Après tout, il me l'avait bien dit.

Je ne pouvais pas vraiment réfléchir à ce moment-là. Tout ce que je savais, c'est que je devais m'assurer que Hazel aille bien. Et mon petit frère. Et tous les autres.

Mais je n'arrivais pas à me concentrer.

— Rapproche-toi de moi, Hazel. Rapproche-toi de moi, et je ne lui ferai plus de mal. Mais si tu continues à le toucher, je lui tire une balle en pleine tête.

— Je vais bien, ne l'écoute pas. Sauve-toi, chuchotai-je.

— Elle est tellement vaillante. Et pourtant, elle viendra toujours vers moi. Elle le fera toujours.

Et puis Hazel serra mon épaule juste un peu avant de se lever, les jambes tremblantes. J'essayai de lui tendre la main, mais mes mains glissèrent contre les siennes, couvertes de sang, et je jurai.

— Ne lui fais pas de mal, dit-elle, d'une voix bien plus forte que je ne l'aurais cru possible.

— Tant que tu es à moi, je ne ferai de mal à personne.

Puis elle s'avança alors que l'autre homme lui tendait le bras.

J'essayai de l'arrêter, mais j'étais trop faible, la perte de mon sang prenant le dessus. Quand il tira sur ses cheveux, je criai et elle hurla. Ensuite, tout alla presque trop vite pour que je suive.

Il s'approcha d'elle, l'arme toujours pointée sur moi, mais elle fit un mouvement, lui donnant un coup de coude dans le ventre et un coup de pied dans le genou. Thomas poussa un cri.

Je me levai, ignorant la douleur, oubliant le sang qui coulait, mais c'était trop tard.

Un autre coup de feu. Je n'entendais rien, je ne pouvais pas me concentrer, je ne pouvais pas respirer. Mais je continuai à avancer, à m'approcher.

Parce qu'Hazel était là, l'arme à la main, tout son corps tremblant, et Thomas était sur le sol, la regardant avec de grands yeux, le sang s'étalant sur sa poitrine.

Avec précaution, elle posa l'arme sur le sol, hors de portée, et j'allai vers elle, les genoux de plus en plus faibles. Je tombai à ses pieds, et elle vint vers moi, me serrant contre elle. Je ne pus rien dire.

Parce que la mort nous entourait. Tant de sang, tant d'horreur.

Je vis la mort dans ses yeux. Elle ne dit rien, même si je ne savais pas ce qu'il y avait à dire.

Finalement, lorsque j'entendis d'autres voix, et le bruit des autorités qui arrivaient enfin, je la serrai contre moi et j'espérai que nous pourrions nous en sortir.

Je ne savais pas comment, cependant. Je n'étais pas sûr que nous pourrions.

Et en regardant son visage, je ne savais pas si elle y croyait aussi.

CHAPITRE DIX-NEUF

Hazel

— C'est tout pour le moment, Mademoiselle Noble. Nous reviendrons vers vous si nous avons d'autres questions, mais d'un point de vue personnel, je tiens à m'excuser pour tout ce qui s'est passé. Je suis désolé que vous ayez eu à traverser ça.

Je levai les yeux vers le regard aimable de l'inspecteur et je hochai la tête, lui faisant un sourire qui, je le savais, n'atteignait pas mes yeux. Cela n'avait pas d'importance. Je ne ressentais pas grand-chose en ce moment.

Lorsque les inspecteurs quittèrent ma chambre d'hôpital, en ayant terminé avec leurs questions pour l'instant, je regardai mes mains et me demandai pourquoi elles n'étaient pas tachées de sang.

Elles auraient dû l'être. Après tout, j'avais tué un homme. Au cours de la soirée je m'étais trouvée couverte de sang, davantage que le mien, et peu importe la quantité de gel douche antiseptique qui avait glissé sur mon corps, cela ne suffirait jamais à l'éliminer.

J'avais le sang de Macon sur moi, peut-être un peu de celui de Chris, de Cross, le mien, et puis celui de Thomas.

Tellement de sang.

Quand les flics étaient arrivés, tout était allé si vite que j'avais mis un moment à m'en apercevoir.

Ils avaient réussi à comprendre ce qui s'était passé sans m'arrêter.

J'avais été un peu surprise. Apparemment, Frank, peu importait qui était ce gentil monsieur, leur avait tout expliqué.

Et ils m'avaient emmenée pour me soigner, pas pour me mettre en prison. Ils avaient emmené Cross au bloc à toute vitesse. Macon aussi.

Chris était mort, d'une balle dans la tête, la cervelle éclaboussée contre le mur.

Et Thomas était mort, lui aussi.

J'avais transpercé son cœur d'une seule balle, de l'acier chaud et fondu glissant à travers son corps en emportant son âme, sa vie, et une partie de moi avec. Pas parce que je l'aimais, mais parce que j'avais été celle qui avait tiré au final.

J'avais tué un homme.

Et je ne savais pas quoi faire avec ça.

Je pouvais me souvenir de chaque abus et chaque blessure que j'avais subis lorsque j'étais avec Thomas.

Je ne pouvais pas me souvenir de chaque petite bourrade et commentaire dégradant, mais je me souvenais de la plupart d'entre eux.

Cela avait fait partie de ma vie pendant si longtemps. D'une manière ou d'une autre, j'avais trouvé un moyen d'aller de l'avant et de devenir une nouvelle personne.

Mais il était revenu, et maintenant j'étais là, couverte de son sang — même s'il avait été lavé — couverte du sang de tant de personnes. Peut-être qu'il n'y avait pas de retour possible.

Comment étais-je censé vivre dans un monde où j'étais une

meurtrière? Je savais qu'on ne me traiterait pas comme ça. Ils diraient que je m'étais protégée et que j'avais protégé les autres, que c'était de la légitime défense. Je n'irais jamais en prison. Comment le pourrais-je si ce n'était pas de ma faute?

Mais c'était un mensonge, n'est-ce pas? Tout était de ma faute.

Si j'étais restée à l'écart, si je n'avais pas eu de relations avec Cross, Thomas ne serait pas devenu si jaloux. De toute évidence, il m'avait déjà trouvée. J'aurais dû savoir qu'il ne se contenterait pas d'envoyer des SMS ou ses amis pour me harceler.

Il était devenu jaloux et voulait me récupérer par tous les moyens.

Il avait trouvé Chris, un lien avec Cross. Il l'avait en quelque sorte convaincu de se ranger de son côté. Même si, en réalité, il n'avait peut-être pas fallu le convaincre beaucoup. Juste quelques dollars pour un homme qui pensait déjà tout avoir perdu quand Cross avait dissous le partenariat.

Mais maintenant, Chris était mort. Il n'y aurait plus de partenariat.

Chris avait piraté le téléphone de Cross pour m'attirer à la boutique. Il devait savoir, au fond de lui, ce qui allait m'arriver, mais il s'en fichait.

Pourtant, je n'avais pas voulu que cet homme meure.

Je n'avais pas voulu avoir de sang sur les mains. Mais maintenant, j'en étais couverte.

Ce n'était pas seulement dans mon âme, c'était sur chaque centimètre de mon corps, dans chaque once de souffle que j'expirais.

Chris avait brûlé entièrement le magasin, l'essence qu'il avait utilisée n'était qu'une petite partie du combustible qui était déjà à l'intérieur du bâtiment. Après tout, ils utilisaient du bois pour leur travail. L'endroit avait disparu en un instant, une grande partie du gagne-pain et du travail de Cross.

Et si Macon n'avait pas rampé hors du bâtiment pour essayer de me rejoindre, pour essayer d'obtenir de l'aide, il serait probablement mort, lui aussi.

Mais Frank et les autres l'avaient trouvé. Ce miracle prénommé Frank, qui avait maintenu Macon en vie jusqu'à l'arrivée des secours.

Macon était au bloc, les médecins faisant de leur mieux pour soigner la blessure par balle dans sa poitrine.

Personne n'était dans la pièce avec moi, donc je ne savais pas comment ça s'était passé. Je ne savais même pas s'il était déjà sorti du bloc. Macon était-il sorti et en bonne santé, ou les Brady allaient-ils devoir dire au revoir à leur fils ?

À leur frère. Leur ami.

Les inspecteurs m'avaient dit que Cross était aussi au bloc, un autre médecin recousait un autre membre de la famille. De tous ceux qui étaient dans cette cabane, j'étais la seule à ne pas avoir reçu une balle.

Peu importe que j'aie des côtes fêlées, ou que j'aie de la chance de ne pas m'être cassé la pommette ou la mâchoire. Peu importe que j'aie un œil au beurre noir pendant une semaine ou que mon corps tout entier soit comme si j'avais été frappée à plusieurs reprises.

Peu importe que j'aie des bandages autour des poignets, là où j'avais tiré si fort sur mes liens que les cordelettes s'étaient enfoncées dans ma chair, laissant des entailles sanglantes.

Rien de tout cela n'avait d'importance.

J'étais là, en bonne santé et entière, mais j'étais une meurtrière.

D'autres étaient mourants ou morts à cause de moi.

Et je n'avais aucune idée de comment changer ça.

— Je vais bien, dis-je, même si je savais que c'était un mensonge.

Ma voix était rauque, et ma langue enflée parce que je l'avais mordue durant la chute.

J'envisageais de me faire couper les cheveux parce que Chris et Thomas avaient tiré si fort dessus que j'en avais perdu des poignées et mon cuir chevelu était en sang. Toutes ces choses tourbillonnaient dans ma tête en même temps et je n'arrivais pas à me concentrer.

— À quoi tu penses? demanda Dakota en s'approchant de moi.

Je levai légèrement le menton et j'essayai de faire comme si j'étais calme.

Je ne savais même plus ce que ce mot signifiait.

— Je veux rentrer à la maison, chuchotai-je.

Et me cacher là jusqu'à ce que je puisse à nouveau respirer. Que je puisse penser.

— Tu pourras bientôt le faire. Ils vont te laisser sortir puisque tu n'as pas besoin d'être gardée en observation. Mais on va en parler. Ou pas. Peu importe ce dont tu as besoin, on est là.

Je regardai Myra, et je n'arrivais pas à respirer, à penser.

— Je veux juste rentrer chez moi, répétai-je.

— On est là pour toi. On t'aime.

Je secouai la tête.

— Il a été blessé à cause de moi, murmurai-je.

— Cross? Non, rétorqua Paris.

— Il a été blessé à cause de ce connard, grogna-t-elle. Son ton me fit tressaillir.

Myra et Dakota lui jetèrent des regards réprobateurs, mais Paris ne se calma pas.

Non. Tu ne vas pas t'en vouloir pour ça. Ce qui s'est passé n'est pas de ta faute. C'est de la faute de Thomas. Pas la tienne.

— Je sais, mentis-je.

Je ne savais pas si elles me croyaient, mais je m'en fichais. Je voulais seulement rentrer chez moi. Je voulais être seule. Je devais m'assurer que Cross et Macon étaient sortis du bloc, qu'il n'y aurait pas de séquelles. Qu'ils pourraient bientôt rentrer chez eux et faire comme si rien ne s'était passé.

J'avais besoin qu'ils soient en sécurité.

On frappa à la porte, et Arden entra, les yeux fatigués. Elle n'avait pas l'air d'être sur le point de s'effondrer comme moi, alors je devais espérer que cela signifiait qu'elle avait de bonnes nouvelles.

Dakota et Paris se retournèrent d'un coup, et toutes les deux laissèrent la place à Arden.

Mais c'était Myra que je fixais, son visage pâle, ses yeux écarquillés. Elle regardait Arden, et je me demandai ce qui s'était passé. Myra fit un léger mouvement de tête, et Arden hocha légèrement la sienne. Il fallait que je sache ce que ces deux-là fabriquaient. Se connaissaient-elles? S'étaient-elles rencontrées auparavant?

Je ne savais pas si cela me regardait, mais quelque chose clochait.

Cependant, j'avais trop mal à la tête pour me concentrer là-dessus, alors je levai le menton et essayai de faire semblant d'aller bien.

— J'ai dit que j'étais désolée qu'on se rencontre comme ça, dit doucement Arden. Je voulais te faire savoir que Macon et Cross étaient sortis du bloc.

Mon cœur fit un bond et je hochai la tête, mais je ne pleurai pas. J'avais l'impression que j'en avais fini avec les pleurs.

— C'est une bonne nouvelle, dit Dakota en tendant des mains tremblantes pour saisir celles d'Arden. La jeune femme serra fermement les doigts de mon amie et approuva.

— Ils vont s'en sortir. Le médecin vient de sortir et me l'a dit. Mon mari est dans la salle d'attente, il voulait te laisser un peu tranquille, mais si tu as besoin de quelque chose, nous sommes tous là pour toi. Tu n'es pas seule dans cette situation, Hazel. Je voulais que tu le saches. Merci d'avoir sauvé la vie de mes deux frères. Je sais que c'est un peu trop, mais si tu as besoin de parler, nous sommes là.

Je hochai la tête, mais je n'entendis pas vraiment ce qu'elle avait dit. Les avoir sauvés? Non, j'étais la raison pour laquelle ils étaient dans cet hôpital.

Et ils n'étaient pas là pour moi. Je n'avais personne.

Je ne les méritais pas.

Arden nous jeta toutes un regard avant de sortir, chuchotant quelque chose à Myra en chemin.

Myra ferma ensuite la porte derrière Arden.

Personne n'allait parler de l'éléphant dans la pièce, de ce que nous venions de voir, et cela me convenait.

Tout ce que je voulais, c'était rentrer à la maison.

Je voulais être seule.

— Maintenant, voyons ce qu'il faut faire ensuite, dit Dakota.

Je secouai la tête.

— Je peux rester seule une minute ? chuchotai-je.

— Non, rester seule ne va pas t'aider, dit Paris, mais Myra la fit taire.

— Je suis d'accord avec ça, mais est-ce vraiment ce que tu veux en ce moment ? demanda-t-elle.

Je regardai mon amie et me demandai quels secrets elle avait, quelles autres choses nous cachions toutes.

Mon passé avait failli faire tuer deux personnes et en avait conduit une autre à se faire exploser la tête.

— J'ai juste besoin de respirer. Merci d'être là, mais je peux le faire toute seule.

Paris ouvrit la bouche pour parler à nouveau, mais Dakota secoua la tête.

— Nous allons te laisser un peu seule pour le moment. Parce que nous t'aimons. Mais on ne te laissera pas seule longtemps. Et franchement, on ne te laissera pas complètement seule.

— Je sais, chuchotai-je d'une voix morne.

— On ne va pas rester absentes longtemps, rajouta Paris en me regardant fixement. Mais ensuite elles se penchèrent sur moi. Elles ne me serrèrent pas dans leurs bras parce que j'avais mal, et elles passèrent leurs mains le long de mes bras avant de me laisser tranquille.

Je restai allongée dans mon lit d'hôpital pendant une heure de plus, écoutant les infirmières aller et venir. Lorsque le médecin dit que je pouvais partir, qu'il y avait trois femmes prêtes à me ramener à la maison, je ne retins pas mon sourire. Je n'avais pas de raison de sourire, mais je laissai la chaleur me traverser pendant un instant avant qu'elle disparaisse pour laisser place au froid.

— Merci, chuchotai-je.

— Il n'y a pas de quoi. On se parlera bientôt, dit le médecin. Ensuite, je fus à nouveau seule, comme je le souhaitais.

J'enfilai un pantalon de survêtement et une chemise à manches longues qu'une des filles m'avait apportés, puis mes chaussures, en me demandant où ils avaient mis mes autres vêtements.

Je ne voulais pas les récupérer, mais je me demandais juste.

Je me dirigeai vers la porte, et les filles étaient là, toutes proches et prêtes à m'aider.

— Je peux avoir quelques minutes de plus ? Je veux voir Cross, dis-je.

— Bien sûr, dit Dakota.

— Ne fais pas de bêtises, c'est tout, dit Paris.

Je souris à nouveau, mais je savais que ça avait l'air forcé.

— Bien sûr.

Les filles me conduisirent à droite du hall où les Brady étaient assis, tous dans des états divers d'agitation ou d'inquiétude.

Ils levèrent les yeux vers moi quand j'arrivai et je retins un sursaut.

Je ne voulais pas voir leur colère ou leur douleur.

Arden parla en premier.

— Ils nous ont déjà tous laissé entrer pour les voir, dit-elle rapidement. Mais il reste encore un peu de temps pour que tu puisses y aller si tu veux.

— Oui, je dois le voir, chuchotai-je, la voix tremblante.

— Bien sûr. Nos parents sont en route, ils sont juste en train de prendre un vol, dit-elle, passant du coq à l'âne.

Je regardai les autres personnes dans la pièce, l'homme qui devait être le mari d'Arden, les deux autres qui ressemblaient à Cross, qui étaient probablement Nate et Prior. Mais je ne me concentrai pas vraiment sur eux. J'avais besoin d'aller de l'avant.

J'entendis Nate inspirer, et je regardai par-dessus mon épaule pour le voir fixer Myra. Mais ensuite il se retourna, et elle aussi. Je n'avais pas le cerveau en assez bon état pour me concentrer sur ce qui se passait.

Je continuai à avancer, il le fallait.

Une autre infirmière et Arden me conduisirent à l'une des chambres, je hochai la tête et souris pendant que nous marchions. Elles me parlaient, mais je n'écoutais pas vraiment.

— Macon est à côté. Ils vont tous les deux s'en sortir, chuchota Arden.

Et puis son mari fut là et il prit sa femme dans ses bras tandis que des larmes coulaient sur ses joues. Je ne pouvais toujours pas pleurer. Je ne pouvais pas faire grand-chose.

Au lieu de cela, j'entrai et je vis Cross allongé sur le lit, les yeux fermés, la respiration profonde tandis que les écrans émettaient des bips et que sa perfusion injectait des liquides dans son corps.

Je ne connaissais même pas les détails de ce qui s'était passé ou le type d'opération qu'il avait subi.

Je ne savais pas grand-chose. Je m'étais trop concentrée sur mes problèmes avec les flics, et le fait de m'échapper pour pouvoir être seule.

D'habitude, j'aimais avoir les détails. J'avais besoin de ça.

— Tu me fixes, dit une voix bourrue depuis le lit, et je me figeai.

— Cross, murmurai-je. Cette fois, une seule larme coula sur ma joue. Merde.

—Hé, chuchota-t-il. Tu es en sécurité maintenant.

— Tu es... tu es ici. Macon est ici. Je suis... C'est ma faute, marmonnai-je.

— Si je pouvais sortir de ce lit, je te ferais un câlin et te dirais que ça ne l'est pas. Ne t'avise pas de t'en vouloir pour ça.

— Mais si, c'est de ma faute. Je suis désolée que tu sois blessé à cause de moi. Ton frère a failli mourir à cause de moi. Chris est mort à cause de moi.

— Chris est mort à cause de ses choix, grogna Cross. Et Macon va s'en sortir. Je vis le soulagement sur son visage, et je faillis mourir intérieurement à nouveau.

C'est de ma faute. Tout ça est de ma faute.

— Quand je sortirai de ce lit, on en parlera. On fera face à ça ensemble. Toi et moi, Hazel. On va s'en sortir.

C'était comme s'il me poignardait à chaque mot, des éclats de la personne que je voulais être tranchant ma peau. Mon âme.

Je secouai la tête et j'enroulai mes bras autour de mon buste.

— Je ne peux pas, Cross.

Ses yeux se plissèrent.

— Tu ne peux pas, ou tu ne veux pas?

— Je ne sais plus quelle est la différence. Mais c'est ma faute. Et je ne sais pas comment arranger ça. Je suis désolée. Tu as ta famille, et ils prendront bien soin de toi. Mais c'est à cause de moi que tu es allongé là. C'est à cause de moi que tout ça est arrivé. Et... j'ai besoin d'y réfléchir. J'ai besoin de temps. S'il te plaît, donne-moi du temps pour réfléchir. S'il te plaît. Je suis désolée. Je suis tellement désolée. Avant qu'il ne puisse dire quoi que ce soit, avant même qu'il ne puisse me tendre la main, je pivotai aussi vite que possible sur mes pieds, puisque j'avais encore mal, et je sortis rapidement de sa chambre. Mon nom sur ses lèvres est la dernière chose que j'entendis alors que je passais devant les autres et me dirigeait vers la salle d'attente.

Tout le monde me fixait, mais j'allai directement vers Paris et lui pris la main. Elle me fit un regard surpris, et je serrai sa main.

— Il faut que je rentre à la maison, chuchotai-je.

Elle scruta mon visage, et les autres vinrent avec moi, laissant les Brady derrière eux.

Laissant Cross là où il était couché.

Je ne le méritais pas. Je ne méritais aucun d'entre eux.

Alors que je me brisais intérieurement et que les autres gardaient le silence, je me demandai comment j'allais réparer ça. Y avait-il un moyen?

Peut-être que Thomas avait gagné à la fin. Il m'avait brisée. Je n'étais pas à lui, mais je n'étais plus moi-même non plus.

Je ne savais plus qui j'étais, et je ne pouvais pas être avec Cross avant de le savoir.

Ou peut-être jamais.

CHAPITRE VINGT

Cross

Deux semaines. Deux semaines de rendez-vous chez le médecin, de guérison, de jurons et de changements de pansements. Mais maintenant, j'étais à la maison. Seul.

Enfin, pas complètement seul. Mes frères se relayaient à la maison, ainsi que ma sœur et quelques Montgomery. Au début, ils voulaient nous mettre Macon et moi dans la même maison pour que nous puissions guérir ensemble, mais nous voulions tous les deux être dans nos propres maisons pour guérir, là où nous pourrions nous sentir un peu normaux. Du moins, aussi normal qu'on puisse l'être avec deux membres de la famille sur cinq qui s'étaient fait tirer dessus en l'espace de vingt minutes.

Macon ne me parlait pas vraiment, et je ne savais pas ce que je ressentais à ce sujet. Nous devions parler de ce qui n'allait pas, mais je savais que je n'étais pas encore en mesure de savoir ce que c'était.

Et je me complaisais dans les reproches à mon égard, essayant de comprendre comment j'avais pu me tromper à ce point sur Chris.

Je savais qu'Hazel s'en voulait, c'était indéniable.

Je devais trouver un moyen d'arranger ça.

Je devais rendre ça meilleur.

Je savais qu'elle souffrait, mais je ne pouvais rien y faire alors que j'étais toujours coincé à la maison, essayant de guérir de blessures qui prenaient du temps à le faire. Je l'aurais voulue à mes côtés, mais je savais qu'elle avait peur, et je ne voulais pas la stresser. J'étais tombé amoureux d'elle, mais je ne savais pas ce qu'elle ressentait pour moi.

Je n'oublierais jamais l'avoir vue étendue là, en train d'essayer de sauver sa peau, de lutter pour se libérer de ses liens.

Je ne pourrais jamais ne plus entendre ses cris, ne plus voir son expression quand elle se tenait là, arme à la main, un homme mort à ses pieds.

J'aurais fait n'importe quoi pour la sauver des actes qu'elle avait été forcée d'accomplir à cause d'un homme déterminé à la posséder.

Je n'avais simplement pas réalisé que l'homme à qui j'avais confié la moitié de mes affaires, celui que j'appelais mon ami, finirait par être aussi cruel.

Mes mains tremblèrent et je remuai un peu sur le canapé, faisant attention à ma peau toute neuve et à ma blessure.

Je m'en sortais bien, je guérissais comme il fallait. Même si les séances de kiné étaient une saloperie, je m'en sortais bien. Tout comme Macon.

Mais aucun de nous ne parlait vraiment du fait qu'on avait failli mourir. C'était comme si c'était trop difficile ne serait-ce que d'envisager de mettre ces mots ensemble pour former une phrase.

Ajoutez à cela le fait qu'Hazel n'était pas là, et je n'avais aucune idée de ce que je faisais.

Je l'aimais. Je l'aimais, putain, mais je ne pouvais pas l'aider.

Je l'avais appelée une fois. Elle n'avait pas répondu, alors je n'avais pas rappelé.

Peut-être que c'était de ma faute. J'aurais peut-être dû insister, mais je savais qu'elle avait besoin d'air. Elle me l'avait dit elle-même.

Je savais aussi que les femmes de sa vie ne la laisseraient pas complètement tranquille.

Donc elle n'était pas assise seule, en train d'essayer de réfléchir à ce qu'elle allait faire. Le fait qu'Arden m'ait dit que les filles prenaient soin d'elle m'avait donné un peu de réconfort.

Au moins elle n'était pas complètement seule.

Mais encore une fois, moi non plus. Aujourd'hui, je l'étais, puisque j'étais en pause entre les quarts des Brady et des Montgomery. Je n'avais personne d'autre autour de moi.

Il n'y avait que moi, assis là, à essayer de savoir ce que je l'allais faire.

Je n'étais vraiment pas doué pour contempler ma vie.

Mon entreprise avait brûlé, et il y aurait une enquête — en dehors de Chris et de ce qu'il avait fait cette nuit-là. Et c'était bien, ça me donnait du temps pour réfléchir.

Les pièces qui avaient brûlé à l'intérieur de la boutique n'étaient pas celles que j'avais en commande, mais celles que j'avais faites pour moi. Cela m'avait fait mal de les perdre, mais j'avais déjà déménagé ma paperasse, mes dossiers et les pièces importantes dans mon studio.

J'avais dû répondre aux flics à ce sujet, mais quand je leur avais expliqué pour Chris et tous les audits financiers que nous allions subir, ils avaient compris.

De plus, il y avait des preuves de ce que Chris avait fait de l'entreprise, du bâtiment, et de ce qui s'était passé après, ainsi que les témoignages de Macon et Hazel.

Personne ne pensait que j'avais quelque chose à voir avec l'incendie, à part le fait que j'avais de très mauvaises capacités de décision lorsqu'il s'agissait de choisir des partenaires commerciaux.

Et c'était tout. C'en était fini des Meubles Chris Cross, et bien que j'aie assez d'argent pour tenir un bon moment, je devais trouver une solution.

Je voulais continuer à faire des meubles, mais peut-être que ça deviendrait juste Meubles Cross.

Ou peut-être que je trouverais autre chose à faire en rapport avec l'art.

Je ne savais pas, mais j'avais du temps pour y réfléchir. En fait, c'est tout ce que j'avais ces jours-ci, du temps.

Je ne pouvais pas faire grand-chose d'autre que de rester assis ici et me tourner les pouces, en essayant de trouver ce que j'allais bien pouvoir faire de ma vie.

Et ce que j'allais faire d'Hazel.

Je l'aimais. Je voulais être avec elle. J'avais gardé mes distances comme elle l'avait demandé. Je n'allais pas m'imposer dans son entourage comme Thomas l'avait fait, mais j'avais besoin de la voir. Je devais la tenir dans mes bras, m'assurer qu'elle était là, entière, et bien la femme dont j'étais tombé amoureux.

Dès que je serais suffisamment guéri, j'irais la voir. Nous avions eu assez de temps pour nous. Nous avions besoin de parler de ça. Même si ça allait se terminer — et ça pourrait l'être si c'est ce qu'elle voulait — j'avais mon mot à dire, moi aussi.

J'avais besoin de lui dire ce que je ressentais. Et elle devait m'écouter. Si, à la fin, je devais quand même m'en aller, je le ferais.

Mais je ne le voulais pas.

Tout ce que je voulais, c'était elle.

Si je l'avais auprès de moi, je pourrais peut-être savoir ce que je devais faire. Qui j'avais besoin d'être.

On sonna à la porte, et je fis une grimace avant d'essayer de me lever jusqu'à ce que quelqu'un mette sa clé dans la serrure, et que je comprenne que je n'étais plus seul.

Prior entra, des cernes sous les yeux. Il s'assit en secouant la tête.

— Longue journée? demandai-je.

— La plus longue possible. Mais je ne vais pas t'ennuyer avec tout cela. On en parlera plus tard.

— Ah? On peut en parler.

— Pas maintenant. J'essaie de m'en sortir. De toute façon, je suis ici pour parler de toi. Qu'est-ce qui se passe ?

Je levai le bras et fis un geste vague en montrant ma maison vide.

— Je n'ai pas de travail, pas de perspectives d'avenir, pas de femme, et je guéris d'une blessure par balle. Je vais très bien.

Prior grimaça.

— Désolé, je ne sais pas quoi dire. Genre, comment ça a pu arriver à notre famille ? demanda-t-il.

— Maman et Papa m'ont dit ça presque tous les jours pendant toute la semaine où ils étaient ici, dis-je sèchement.

Prior secoua simplement la tête et sourit. C'était bon de le voir sourire ; il ne le faisait pas souvent ces derniers temps, vu son travail.

Nos parents étaient venus pour s'occuper de Macon et moi, mais ils étaient rentrés chez eux au bout d'une semaine, même s'ils auraient voulu rester plus longtemps.

Mais avec un tel nombre de personnes autour, ils savaient qu'ils pouvaient partir et revenir. Nous pouvions prendre soin de nous-mêmes. Ils avaient dit qu'ils reviendraient dans un mois pour rester une semaine de plus.

Même si ça m'avait fait du bien de les voir, j'étais content d'avoir un peu de temps tout seul pour réfléchir.

Même si ce n'était pas la meilleure chose pour moi en ce moment.

— Que vas-tu faire pour Hazel ? demanda Prior, et j'écarquillai les yeux.

— Je vais aller la voir. Il est temps pour nous d'en parler et de comprendre ce qu'on fabrique.

— Et si elle te dit qu'elle ne veut plus te voir ?

Mes tripes se contractèrent, et ma mâchoire aussi.

— Alors je partirai. Mais j'étais un peu shooté quand je l'ai laissée partir, sans compter que j'étais attaché au lit et sous perfusion. Il fallait juste que je la laisse faire. Et je sais qu'on a tous les deux beaucoup de merdes à gérer en ce moment, putain, on en a tous, ses amis et notre famille inclus. Et on va faire avec. Mais on a besoin d'en parler. Ensemble. Je ne peux pas la laisser parce que c'est plus facile. Même si ça semble pouvoir être plus facile.

Prior scruta mon visage et acquiesça.

— Bien. Elle est parfaite pour toi. Je sais qu'elle s'en veut probablement pour ce qui s'est passé, mais c'était entièrement la faute de ce connard. Ces deux trous du cul. Mais Chris n'était pas un meurtrier. Et nous le savons tous les deux.

Je hochai la tête, en déglutissant difficilement.

— Il a juste pris de très mauvaises décisions.

— Malheureusement, il en a payé le prix avec sa vie. C'est quelque chose qu'on devra tous digérer pendant un putain de long moment. Mais on le fera. Pour l'instant, cependant, je vais te préparer à dîner, même si je ne suis pas aussi bon cuisinier qu'Arden ou que toi. Ensuite on mangera et on fera semblant que tout va bien, et tu pourras me dire exactement comment tu vas récupérer Hazel.

— Je n'ai pas de plan, murmurai-je.

— Alors c'est une bonne chose que je sois là.

— C'est quand la dernière fois que tu as eu une relation sérieuse ? demandai-je.

— Je n'en ai jamais eu. Pas vraiment. Donc je suppose que tu vas m'apprendre en même temps que j'essaie de t'apprendre. Ce sera une relation symbiotique en plein merdier.

J'éclatai de rire, en grimaçant un peu à cause de la douleur dans mon flanc.

Je savais que je n'allais pas laisser partir Hazel, pas sans lui parler d'abord.

Je faisais encore des cauchemars, en imaginant ce qu'on lui avait fait, la douleur qu'on avait dû endurer tous les deux. C'était quelque chose que j'allais devoir gérer pour le restant de mes jours.

Mais je n'allais pas me laisser tomber dans la solitude et le chagrin alors que je savais que je l'aimais et que je devais le lui dire.

Si elle disait qu'elle ne m'aimait pas et qu'elle ne voulait rien avoir à faire avec moi, je trouverais un moyen de vivre avec ça.

Mais jusque-là, je devais mettre mon âme à nue.

Je ne savais simplement pas comment faire ça.

Je commençais par quoi, putain ?

CHAPITRE VINGT-ET-UN

Hazel

J e me tenais devant ma porte d'entrée, mes mains tremblaient, mais ça allait. Je savais ce que je faisais. Je pouvais le faire.

Il fallait que je parle avec Cross. J'avais besoin de lui demander de me pardonner.

Pas seulement pour ce qui s'était passé à la cabane, ou même pour toute la douleur et le sang versé. Pour la façon dont j'étais partie.

Personne ne méritait d'être allongé dans un lit d'hôpital, pour se retrouver tout seul ensuite.

C'était dur, irréfléchi, mais j'avais tellement été perdue dans mes pensées que je m'étais mise en travers de mon propre chemin.

Je n'avais pas réfléchi, pas vraiment. Je n'avais pas été capable de surmonter mes propres peurs, douleurs et traumatismes. Et au final, je l'avais laissé.

Et je ne pouvais pas me le pardonner. Maintenant, je devais implorer son pardon.

Je laissai échapper un souffle. Je savais que je pouvais le faire. Il fallait juste que j'aille chez Cross et que je le supplie.

Peut-être même, le supplier de m'aimer.

Mais c'était peut-être aller trop loin?

On sonna à la porte, et je poussai un petit cri.

Quelqu'un frappait du poing à la porte, et je serrai les miens le long de mon corps.

— Hazel? Tu as crié?

Cross. Cross était là.

Je laissai échapper un petit rire puis je regardai par le judas. Il était là, avec son beau visage barbu. Je faillis pleurer.

Au lieu de cela, je fis sauter tous les verrous, ouvris la porte et le regardai.

Il avait l'air en bonne santé, et il n'était pas en train de tomber.

Il n'était pas couvert de sang, attaché à une perfusion ou allongé et faible.

Toutes les images que j'avais revécues chaque nuit au cours des deux dernières semaines se bousculèrent à nouveau dans mon esprit, et j'essayai simplement de respirer.

C'était difficile, car tout ce que je voulais, c'était le tenir dans mes bras et lui dire que j'étais désolée et que j'espérais qu'il aille bien.

Mais je ne savais pas comment dire tout ça.

— Cross, chuchotai-je.

— Tu vas bien? Que s'est-il passé?

— J'étais juste debout près de la porte, et tu as sonné, et ça m'a fait sursauter. J'essayais de trouver le courage de venir te voir, et maintenant tu es là, et j'ai crié comme une idiote.

Cross se passa une main sur le visage, puis sourit, le soulagement dans ses yeux me frappa de plein fouet.

— Bon sang. J'ai cru que tu étais encore blessée. Ouf! Je peux te prendre dans mes bras? C'est trop demander? Parce que j'ai vraiment besoin de te serrer dans mes bras tout de suite.

On avait besoin de parler, je le savais. On avait besoin de faire beaucoup de choses en plus de tomber dans les bras l'un dans l'autre, mais je m'en fichais pour l'instant.

Au lieu de cela, j'enroulai mes bras autour de sa taille, en faisant attention à l'endroit où il avait été touché, l'endroit qui signifiait qu'il avait failli mourir, et je le serrai tout simplement. Ses bras glissèrent autour de moi, et il me serra contre lui. Je respirai son odeur masculine, cette odeur de bois qui m'avait toujours fait frissonner.

— Tu es là, chuchotai-je.

— Je suis là, Hazel. Putain. Ce cri à l'instant... je ne veux plus jamais l'entendre. Il est déjà dans mes cauchemars de la cabane, alors l'entendre encore ? Putain.

— Je sursaute facilement. J'essaie de faire des efforts là-dessus. Cross. Est-ce que je te fais mal ?

— Non, tu ne touches pas la blessure. Mais tu le savais déjà. Tu sais exactement où elle est.

J'avais le nez dans son torse tout en le serrant contre moi, je respirais son parfum. Je ne voulais plus jamais le lâcher.

Je voulais le tenir.

— Je n'arrive pas à croire que j'ai failli te perdre.

— Je pensais la même chose, putain.

— Entre, on va parler.

— Laisse-moi juste te serrer dans mes bras.

Et puis je l'entendis inspirer, et je me blottis contre lui, juste pour le tenir un peu plus longtemps.

Je ne sais pas combien de temps on resta là avant qu'il ne me lâche tout en me prenant les mains.

— Tu m'invites à entrer ?

Je l'avais déjà fait, mais je le refis. Nous reculâmes tous les deux et je verrouillai la porte derrière moi comme je le faisais toujours, sachant qu'il m'observait, s'assurant que chaque verrou était tourné.

— Je suis content que tu fasses toujours ça, chuchota-t-il.

— Ça fait pas trop névrosée ou paranoïaque ? demandai-je.

— Mes frères et mon beau-frère m'ont aidé à mettre d'autres

verrous sur ma porte. Je pense que nous allons tous être un peu paranoïaques et névrosés pendant un certain temps. Mais c'est bien. Parce que merde, Hazel. J'ai failli te perdre, et je ne sais pas ce que j'aurais fait si ça avait été le cas.

— Il faut que je te dise que je suis désolée.

La colère apparut dans son regard, et je grimaçai.

— Tu n'as pas intérêt à être désolée pour ce qui s'est passé.

— Je peux être désolée que tu y aies été mêlé, même si je sais que ce n'était pas ma faute. C'est ce qui me trottait dans la tête pendant ton séjour à l'hôpital, et c'est pourquoi j'ai agi comme je l'ai fait. J'étais en train de digérer les choses. Je ne pensais pas clairement. Maintenant, je veux te dire que je suis désolée d'être partie comme je l'ai fait. Je n'aurais pas dû faire ça. J'aurais dû attendre et essayer d'y réfléchir, de te parler. Mais je ne savais pas que les mots allaient sortir de ma bouche ce jour-là avant de les prononcer. Je t'ai fait du mal. Je t'ai fait plus de mal que tu en as subi en te faisant tirer dessus et étant opéré. Et je ne suis pas sûre de pouvoir me pardonner tout ça.

Cross jura encore, mais je ne bronchai pas. J'aimais le son de sa voix. J'aimais qu'il soit là. Je *l'aimais*.

— Je n'ai pas cessé de penser à ce que j'aurais fait si la situation avait été inversée.

Ses mots me coupèrent le souffle et j'eus une lueur d'espoir. Je la refoulai. J'avais encore peur d'espérer.

— Seulement... Hazel ? S'il te plaît, ne refais jamais ça. Ne me quitte jamais. Je sais que je parle sans doute comme Thomas en ce moment. Il faut que j'arrête ça.

Mes yeux s'écarquillèrent et je m'avançai en posant les mains sur son torse.

— Non, ce n'est pas ce que Thomas aurait dit. Il me disait de ne jamais le quitter parce que je lui appartenais. Il m'a fallu des années de thérapie pour surmonter ça. Je ne t'appartiens pas, et tu ne m'appartiens pas non plus. Cependant, je veux être à toi d'une certaine façon. Je n'aurais jamais dû partir. Je n'aurais pas dû m'éloigner quand les choses étaient devenues difficiles. Mais j'avais peur de ce que je ressentais, de ce qui s'était passé, et je ne pensais pas comme il faut. Mais j'avais peur de ce que je ressentais, de ce qui s'était passé, et je ne pensais pas correctement. J'allais partir chez toi. Je te le jure. J'allais tomber à genoux et te supplier de me pardonner. Parce que je t'aime, Cross Brady. Je t'aime tellement. Je n'ai jamais pensé que je pourrais aimer comme ça. Ce que j'avais avec Thomas avant ? Ce n'était pas de l'amour. C'était un engouement unilatéral que j'ai pris pour de l'amour, et qui s'est transformé en quelque chose d'horrible.

— Hazel... chuchota Cross.

Je secouai la tête, lui coupant la parole.

— Non, laisse-moi finir. Je t'aime jusqu'au plus profond de mon âme. Tu me fais sourire et rire. Tu me fais réfléchir. Tu me fais sentir que je peux tout faire. Je suis partie parce que je m'en voulais pour ce qui s'était passé. Si tu ne peux pas me pardonner pour ça, je comprendrai. Mais je veux que tu saches que je ne le ferai plus jamais. Je ne m'en irai pas quand les choses deviennent difficiles ou si je m'en veux. Je te parlerai. J'essaierai juste de ne pas avoir une légère commotion cérébrale quand ça arrivera.

Voyant qu'il riait je fis de même, sachant que je disais des bêtises.

— Je peux te toucher ? murmura-t-il, et j'acquiesçai. Il fit glisser ses mains dans mes cheveux, et je me souvins que je les avais coupés depuis la dernière fois que je l'avais vu.

— J'aime bien plus court. Je les aime longs aussi. Tu me plais, c'est tout.

— J'ai dû les couper... après.

— Je sais. Arden me l'a dit.

— J'aime bien qu'elle fasse l'intermédiaire. Mais je préférerais qu'on n'en ait pas besoin.

— Je te comprends. Et je t'aime, aussi, Hazel.

Mon cœur s'arrêta une seconde.

Il poursuivit :

— Je t'aime tellement, putain. Je suis venu ici pour être sûr que tu le saches. Je t'ai laissé de l'espace parce que tu l'avais demandé, mais je venais voir si tu en avais encore besoin. Je ne veux pas partir, putain. Et je suis désolé, aussi. Je suis désolé que tout soit arrivé, mais on a traversé ça ensemble, et on peut traverser ça le reste aussi. Je suis juste tellement désolé que tout cela soit arrivé.

Les larmes coulaient librement sur mes joues désormais, et je me penchai en avant, pour embrasser son menton barbu. Il baissa les yeux et m'embrassa doucement, ses lèvres s'écartant juste un peu.

Je passai ma langue sur la sienne et je gémis. Il m'avait manqué.

— Je suis tellement heureux de m'être assis à cette table.

Je le regardai en pleurant encore plus.

— Et ça me plaît que tu sois mon rendez-vous accidentel, même si je sais que finalement, il n'y avait rien d'accidentel.

Puis ses lèvres étaient sur les miennes, et je souris tout en respirant son odeur.

Je savais qu'on avait d'autres choses à traverser, des choses à se dire, et des inquiétudes à gérer. Et nous le ferions.

Mais on ne s'éloignerait plus l'un de l'autre. Parce qu'on pouvait y arriver, tant qu'on le faisait ensemble.

J'avais eu tort de penser que je pouvais y arriver toute seule. J'avais eu tort de penser que j'en avais besoin.

Il m'avait devancée de loin, mais j'allais ramper jusqu'à la fin de mes jours pour qu'il sache ce que je ressentais.

Alors qu'il me tenait dans ses bras et que je pleurais, je savais que je n'aurais plus jamais besoin d'être seule.

J'avais trouvé mon amour éternel, quelque chose dont je ne pensais même pas avoir besoin.

On dit qu'on n'aime qu'une fois pour toujours, et si je pensais avoir déjà trouvé cet amour, je savais maintenant que j'avais tort.

J'avais trouvé mon amour pour toujours en Cross, et je n'allais jamais le donner à personne. Je ne le rendrais jamais.

Il était mon amour éternel.

ÉPILOGUE

Cross

P *lus tard*
Je léchai l'intérieur de la cuisse d'Hazel. J'aimais la façon dont elle frissonnait pour moi.

Elle gémit, les jambes autour de mon cou et les mains posées sur les seins, allongée sur notre lit, elle arqua le dos.

Je ronronnai en goûtant et dévorant son clitoris, toujours avide de plus.

Elle était enflée par nos ébats précédents, et tout ce que je voulais, c'était me faire plaisir, me régaler, le lécher et la goûter jusqu'à la fin de la journée. Mais c'était encore le matin, et nous devions aller quelque part. Il fallait que je sois rapide.

— On va être en retard, chuchota-t-elle.

— Alors je vais aller plus vite, dis-je, appréciant que son esprit suive toujours le même chemin que le mien. Du moins, en général.

Je la léchai encore, lui mis deux doigts et ronronnai encore contre son clitoris. Quand elle s'arcbouta contre moi tremblant de tout son corps, mon nom sur ses lèvres, je me couchai sur elle, pénétrant sa chaleur étroite, tandis qu'elle frissonnait. Mes lèvres étaient sur les siennes, et elle gémit en me griffant le dos. Nous ne faisions qu'un seul corps, arqué, luisant de sueur et d'envie.

Quand je me retournai sur le dos, elle me chevaucha, les mains sur les seins une fois de plus, puis sur ses hanches, son visage. Elle remua, prenant le contrôle, d'un mouvement sensuel de tout son corps, tout en contact et en besoin.

Je ne pouvais pas respirer ni me concentrer, tout ce que je voulais c'était elle. Quand mes bourses se contractèrent et que je jouis, elle jouit avec moi. Nous étions tous les deux tremblants et rassasiés.

Nous avions abandonné les préservatifs un mois auparavant environ, après avoir fait tous les tests, les médecins m'avaient finalement autorisé à avoir autant de relations sexuelles que nous le voulions. Merci la kiné.

Je me retirai lentement, je l'embrassai tendrement, puis nous nous dirigeâmes vers la salle de bains.

Après tout, on organisait une grande fête à la maison plus tard dans l'après-midi, donc l'endroit devait être impeccable, et je ne pouvais pas me promener tout nu — pas alors que ma famille allait bientôt être là.

— Je ne vais pas me doucher avec toi, dit Hazel, et je souris.

— C'est comme si tu lisais dans mes pensées. Je ne t'avais même pas encore demandé.

— Même, c'est non.

— Pourquoi ? On s'amuse tellement sous la douche.

— Non, on gaspille l'eau. Et même si tu as ce joli banc là-dedans qui nous offre de super angles, on va être en retard. Là, tu me fais parler comme le lapin d'Alice au pays des merveilles.

— Peut-être. Mais tu fais un lapin très mignon.

— Tu as déjà eu ton compte. Deux fois ce matin, et trois fois la nuit dernière. On sait tous que tu es viril. Je vais me doucher dans la salle de bain des invités, et tu vas me rejoindre dans la cuisine plus tard pour te préparer pour notre journée.

Je partis me doucher rapidement alors qu'elle s'éloignait.

Elle avait emménagé chez moi la semaine précédente, et nous étions encore en train de réfléchir à tout ça. Elle passait déjà tellement d'heures et de nuits chez moi que ça nous avait semblé logique.

Et aujourd'hui, nous fêtions notre cohabitation.

On comptait mettre sa maison en vente sous peu, et un jour prochain, je la demanderais en mariage. On y réfléchissait encore, mais après tout ce que nous avions traversé, il était logique qu'on ne veuille plus jamais passer une nuit seuls.

Je ne voulais pas qu'elle soit loin de moi, donc ça me convenait parfaitement.

J'avais déjà acheté sa bague pour pouvoir la demander en mariage, mais je ne voulais pas aller trop vite. La façon dont on avait déjà agi si rapidement pouvait être trop pour certains, mais cela fonctionnait pour nous. Quand le moment serait venu, je poserais la fameuse question. Avec un peu de chance, j'aurais la bénédiction de sa famille quand je le ferais — sa famille étant Paris, Dakota, et Myra. Et ça me convenait. Je pensais qu'elles m'appréciaient, alors avec un peu de chance, elles me laisseraient épouser leur meilleure amie.

Après tout, c'était un sacré bon moyen de terminer le cas Hazel dans leur pacte de rendez-vous.

Je savais que tout le monde attendait de commencer la phase suivante du pacte, avec Paris comme prochaine étape. J'avais hâte de voir comment ça allait se passer.

Je m'habillai rapidement et me dirigeai vers la cuisine pour commencer à me préparer. Cela prendrait un peu plus de temps à Hazel pour finir sa coiffure, mais cela ne me dérangeait pas. Ma copine avait déjà fait une liste de ce dont nous avions besoin et de ce qui devait être préparé pour la fête.

Je venais juste de commencer à préparer la nourriture et à m'assurer que l'endroit était propre quand Hazel apparut, coiffée, un sourire éclatant et satisfait sur le visage.

C'était grâce à moi. Non, je rectifie, grâce à *nous*. Et après tout ce qu'elle avait traversé ? C'était la chose que je préférais voir au monde.

— Je pourrais te manger, chuchotai-je. Elle se pencha en arrière, les mains tendues en avant.

— Ne fais pas ça. Si tu m'embrasses, on va encore faire l'amour dans la cuisine, et il faudra tout renettoyer pour qu'elle soit prête pour la fête.

Je rejetai la tête en riant, soudain sauvé par la sonnette.

— Que la fête commence ! Elle tapa dans ses mains et me fit un grand sourire. Je n'arrive pas à croire qu'on fasse déjà une pendaison de crémaillère. C'est comme si je venais d'emménager.

Je me penchai en avant et je l'embrassai sur les lèvres.

— Tu viens juste d'emménager, c'est vrai. D'où la fête. Maintenant, allons retrouver notre famille.

Tout le monde arriva presque en même temps, chacun apportant un plat, ainsi que des boissons et des petits cadeaux.

Joshua, le fils de Dakota, entra, une plante en pot dans les mains, et il la posa très soigneusement sur le sol.

— Maman m'a laissé la porter, mais j'ai dû faire très attention, dit-il.

Je me penchai et hochai la tête solennellement.

— Tu t'en es très bien sorti.

— Ton frère Macon m'a aidé à la sortir de la voiture, mais ensuite j'ai fait le reste du chemin. J'aime bien Macon.

Je souris et je tendis la main pour serrer l'épaule du gamin.

— J'aime bien Macon, moi aussi.

Macon n'était plus exactement le même qu'avant, cependant. Alors que mon frère avait toujours été calme et un peu grognon, il était aussi celui qui souriait facilement, tout comme Prior. Il ne souriait plus autant, et il n'en parlait pas. J'espérais qu'un jour il le ferait. En attendant, nous allions tous le surveiller et être là pour lui.

Dakota fut là, tout à coup là, aux côtés de Macon et lui prit le reste des récipients des mains. Macon ne dit rien et il la regarda juste fixement avant d'aller dans le salon où Nate et Myra se regardaient d'un œil noir. Je n'avais aucune idée de la raison pour laquelle ils faisaient ça, mais lorsque nous étions tous ensemble, c'était toujours très intéressant.

— Tu n'avais pas besoin de faire quoi que ce soit, dis-je.

— Elle aime toujours faire des choses, et c'est toujours hyper bon, alors je veux vraiment savoir ce qu'il y a là-dedans, dit Hazel, en prenant deux récipients des mains de Dakota pendant que je prenais le reste.

— Merci, dis-je en même temps qu'Hazel, et on se sourit tandis que Dakota roulait des yeux.

— Vous êtes tellement mignons que c'en est dégoûtant. Cependant, j'ai d'adorables petits gâteaux avec des garnitures que vous aimerez, j'espère. Et j'ai trop hâte de voir votre maison. Merci de nous avoir invités.

— Sérieusement, la maison est superbe, dit Paris. J'adore l'idée que vous vous mettiez ensemble. Et qui aurait cru qu'un rendez-vous que j'avais organisé se terminerait aussi bien ?

Prior pouffa dans son coin.

— Excuse-moi ? Tu as quelque chose à dire ? demanda-t-elle.

— On sait tous que ça n'a rien à voir avec toi. Et tout à voir avec eux. Mais bien sûr, attribue-toi cette gloire.

— Han ! Je n'arrive pas à croire que tu aies dit ça.

— Quoi, la vérité ?

Les deux commencèrent à se chamailler, et Hazel et moi nous jetâmes un œil avant de nous éloigner.

— Il semble que nos familles s'entendent très bien, dit Hazel en faisant une grimace.

— On va s'en sortir. Du moins, je l'espère. Je posai les cupcakes puis j'embrassai Hazel à nouveau, la serrant contre moi.

Arden et Liam arrivèrent, éloignant Prior et Paris l'un de l'autre.

Il semblait que tout le monde s'entende bien, mais avait ses propres bizarreries les uns avec les autres. Cela ne me dérangeait pas, car ma famille était pleine de bizarreries.

Je ne pouvais m'empêcher de penser à la façon dont on en

était arrivés là, et à ce qui allait se passer.

D'une certaine manière, j'avais obtenu plus que ce que j'avais espéré.

J'avais la femme de mes rêves, une famille que j'aimais, et on ne sait comment, je faisais en sorte que tout fonctionne.

J'avais ouvert une nouvelle boutique qui ne portait que mon nom et je continuais à faire carrière dans un domaine que j'aimais.

C'était une vie dont je n'avais jamais rêvé pour moi-même. Pourtant, je l'avais reçue en cadeau.

J'avais reçu *Hazel* en cadeau.

Et bien que personne n'ait vraiment guéri de ce qui s'était passé, nous allions tous de l'avant.

Nous avions perdu des parts de nous-mêmes cette nuit-là lorsque le sang avait couvert le sol, mais nous en avions trouvé d'autres.

Il fallait que je croie que ce serait suffisant. Que nous serions suffisants à nous même.

Parce que la femme à mes côtés était quelqu'un avec qui je voulais être pour le restant de mes jours. Pour toujours.

Et en regardant nos familles nous entourer, je sus que c'était la vie pour laquelle nous avions toujours été faits, même si nous n'avions pas pensé que c'était possible ou prévu.

Pour quelqu'un qui n'avait jamais été doué pour les mots ou les émotions, tout cela n'aurait pu arriver que par accident.

S'asseoir à cette table en face d'une belle femme aux yeux tristes était le plus heureux des accidents.

À suivre dans la saga Promesses éternelles...

N'oubliez pas de vous inscrire à ma LISTE DE DIFFUSION pour savoir quand les prochaines publications seront disponibles, participer à des concours et obtenir des *lectures gratuites*.

Cliquez ici pour un épilogue bonus!.

De la même autrice

Montgomery Ink: Boulder
   Tome 1: Sang d'encre
   Tome 2: De flammes et d'encre

Promesses éternelles:
   Tome 1: Ne jamais dire jamais

Montgomery Ink: Colorado Springs
   Tome 1: Point à la ligne
   Tome 2: À grands traits
   Tome 3: En pleins et déliés

Montgomery Ink:
   Tome 0.5: À l'encre de ton cœur
   Tome 0.6: À l'encre du destin
   Tome 1 : À l'encre déliée
   Tome 1.5: À l'encre de ton âme
   Tome 2 : À dessein prémédité
   Tome 3 : D'encre et de chair
   Tome 4 : Attrait pour trait
   Tome 4.5: À l'encre des secrets

Tome 5: Entre les lignes
Tome 6: En pointillé
Tome 6.5: À l'encre de nos rêves
Tome 6.7: À l'encre de tes yeux
Tome 7: Nos desseins ravivés
Tome 7.3 À l'encre de nos vies
Tome 7.5: À l'encre de nos choix
Tome 8: Motifs troubles
Tome 8.5: À l'encre de ton corps
Tome 8.7: À l'encre de l'espoir

L'un pour l'autre:

Tome 1: Elle et aucune autre
Tome 2: Nul autre que toi
Tome 3: Rien d'autre que nous

Whiskey Town:

Tome 1: Comme un avant-goût
Tome 2: Un goût d'inachevé
Tome 3: Le goût des secrets

Les Frères Gallagher:

Tome 1: Un amour nouveau
Tome 2: Une passion nouvelle
Tome 3: Un nouvel espoir

Sorcellerie à Ravenwood

Tome 1 : Mystères de l'aube
Tome 2 : Révélations au crépuscule
Tome 3 : Clarté nocturne

Redwood:

1. Jasper
2. Reed
3. Adam

4. Maddox
5. North
6. Logan
7. Quinn

Griffes
1. Gideon
2. Finn
3. Ryder
4. Bram
5. Parker
6. Mitchell
7. Walker

Pour plus d'informations, abonnez-vous à la LISTE DE DIFFUSION de Carrie Ann Ryan.

www.ingramcontent.com/pod-product-compliance
Lightning Source LLC
Chambersburg PA
CBHW010737130726
47899CB00015B/3320